联教学与创作

肖放亮　编著

江西高校出版社
JIANGXI UNIVERSITIES AND COLLEGES PRESS

图书在版编目（ＣＩＰ）数据

楹联教学与创作/肖放亮编著. --南昌:江西高校出
版社,2023.2（2024.9重印）
ISBN 978 - 7 - 5762 - 3565 - 4

Ⅰ.①楹⋯　Ⅱ.①肖⋯　Ⅲ.①对联—创作方法
Ⅳ.①I207.6

中国国家版本馆 CIP 数据核字（2023）第 006689 号

出 版 发 行	江西高校出版社
社　　　　址	江西省南昌市洪都北大道96号
总 编 室 电 话	（0791）88504319
销 售 电 话	（0791）88522516
网　　　　址	www.juacp.com
印　　　　刷	三河市京兰印务有限公司
经　　　　销	全国新华书店
开　　　　本	700mm×1000mm　1/16
印　　　　张	17.25
字　　　　数	248千字
版　　　　次	2023年2月第1版
	2024年9月第2次印刷
书　　　　号	ISBN 978 - 7 - 5762 - 3565 - 4
定　　　　价	68.00元

赣版权登字 -07 -2023 -17

序

楹联是什么？楹联是中国古典文学样式中的一朵小花，是"两行文学"。她在庙堂和草野之间以相同的身姿尽情绽放，倾吐芬芳。过大年、搬新居、庆盛事，民众都会用楹联来祈福，来渲染营造气氛。可以说，楹联活在中华文化绵亘的历史长河里，活在老百姓平凡的世界里。虽然很多时候，楹联因为她的交际应酬性、代众人言，两行文字之间语意不乏雷同，用词用语不乏粗浅，文学味道偏弱，但楹联已经衍生为一种文化符号。大众对文化符号的精神需求，赋予楹联绵延的生命力。

中共中央办公厅、国务院办公厅发布的《关于实施中华优秀传统文化传承发展工程的意见》提出：到 2025 年，中华优秀传统文化传承发展体系基本形成；要求研究阐发"具有中国特色、中国风格、中国气派的文化产品"。楹联是汉语言独有的文学，极具中国特色。教育部2021 年 1 月发布的《中华优秀传统文化进中小学课程教材指南》，明确指出要"开展对联欣赏、撰写等传统语言实践活动"。教育部办公厅 2021 年 11 月公布第三批全国中小学中华优秀传统文化传承学校名单，其中有十几个学校的申报项目是楹联，这也表明，各地中小学急需文化艺术传承师资,楹联教学大有可为。

然而,现有的中小学教师队伍里,能辨别入声字、懂诗词格律、会创作诗词联的人并不多。单纯地读、背、欣赏诗词联,与具有创作能力、创作经验后的读、背、欣赏诗词联不可同日而语。在传统文化越来越彰显其魅力的今天,如果一个学校培养出来的学生会创作古典诗词,创作春联、乔迁联、升学联、寿联、挽联等习俗联,并书写展示,这个学校的学生在就业市场上无疑是具有竞争力的,这一点也能成为该学校的品牌。从这个意义上说,《楹联教学与创作》的推出也是顺时而为。

全书包括《楹联概说》《楹联格律(上)》《楹联格律(下)》《楹联辞格》《楹联鉴赏》《楹联教学》《楹联传承(上)》《楹联传承(下)》八章,各章占比科学、构架合理、深浅拿捏有度。《楹联概说》简要介绍楹联文体。《楹联格律》在介绍基本的创作知识时未沉湎于大而全的陈述罗列,也未深陷格律的极端细节令文本有冗长、烦琐、偏执、枯涩之嫌,而是点到为止,但足以将规矩授之于人。《楹联辞格》介绍了多种修辞格、用字格、用词格,足以将一个新手培养成能在文字性对联、民俗性对联、文学性对联中游刃有余的楹联人。《楹联鉴赏》则是站在文学理论的高度,从立意、气脉上进行引导,兼顾普及与提高,提出"一类联有一类联的作法,短联重简练含蓄,立意深婉""长联重气势脉络,行文圆转",以及不同的楹联有不同的运笔方式等。

使本书迥异于海量楹联普及教材的,是作者对楹联教学和楹联传承的探讨,这是一个高等学校楹联教育者与仅专注于楹联创作的楹联人的根本区别。楹联的教学原则源于高等教育课程理论,但又有自身特点,如何有效地在高校课堂开展楹联教学,原则、策略的思考必不可少,楹联文化传承的思索同样不可或缺。教学范例的收集与展示可以将真实的楹联教学课堂呈现给其他教育者,使楹联教学切实可行;楹联文化传承的思索则使楹联教育在新的时代条件下创新发展,更好地服务于传统文化的弘扬。

张小华

2022 年教师节于豫章

目 录

CONTENTS

第一章 楹联概说

第一节 楹联的概念及艺术特征

一、楹联的定义

楹联者,对仗之文学也。楹联,又称对联、对子,是一种写在纸、布上或刻在竹子、木头、柱子上的两句话组成的对偶语句。它字数相同、对仗工整、平仄协调、结构相同、言简意深,是一字一音的汉语言的独特艺术形式,也是利用汉字特征撰写的一种民族文体。楹联是对联的雅称,因古时多悬挂(张贴)于楼堂宅殿的楹柱而得名,又有偶语、俪辞、联语、门对等别称,而以"对联"称之,则肇始于明代。

楹联的形成与兴盛有着民族独特心理、汉语言个性特点等方面的理据。"文体更迭的过程内在的从属于母语架构和民族精神自我呈现的过程,母语的内在架构是对偶的,汉语本身具有声调,构词以单音词根为基础,又以单音独体的方块汉字作为其书写符号。民族精神的精髓是'和合',对中华民族来说,凡事都要'成双成对',崇尚阴阳对峙、辨证和谐的审美观一直保持到今天。三千年伏线,到了清代才得见分晓。楹联之盛,达到了古典文学文体之美的高峰。"①

楹联,中国传统文化中的一株语言规范和文学意象精巧结合的奇葩,民族独有,内涵深厚,源远流长。楹联正因其充分展示了汉语的对称美、变化美和韵律美,具有突出的文学价值、审美价值和实用价值,在我国历史文化长河中一直绽放出独特的光彩。可以说,楹联艺术是中华民族的文化瑰宝。我们在游览祖国的名山大川时,随处可见古刹、博物馆、大学、古村落门楼、茶舍等处的佳联妙对。2006 年,国务院将对联楹联习俗列为第一批国家级非物质文化遗产名录。

---

① 邓政阳.谈高师开展对联教学的必要性[J].内江师范学院学报,2005(3).

楹联习俗在全球使用汉语的地区以及与汉语汉字有文化渊源的民族中传承、流播,对于弘扬中华民族文化有着重大价值。国学大师陈寅恪曾说过:对联不仅体现语文特性,而且可以很好地检测学生"能否知分虚实字及其运用"、能否"分别平仄声",同时还能检测学生"读书之多少及语藏之贫富"和"思想条理"。

在楹联文化的学习过程中,有一些和楹联相关的概念也是需要我们了解和掌握的。

(1)对:楹联的简称,联家常说这副"对"写得如何如何。

(2)联:楹联的简称,同"对"一样,人们评价一副对联时通常说这副"联"怎样怎样。

(3)对子:对联通俗的叫法,是楹联的口头文学形式,由平时的你"出句",我"对句"的"对子"游戏而来。民间百姓通常把写楹联称为"写对子"或"对对子"。

(4)对对子:应对的比较通俗的叫法,是楹联的口头文学形式。

(5)联对:这是别称。语出梁章钜《楹联续话》:"严问樵官山左时,寅好中联对多出其手。"

(6)联语:这是别称,是对偶词语(句)的总称,一般与对联意义大体相当,包括楹联的口头形式和文字形式,是楹联的内容。如王闿运《湘绮楼联语》。

(7)联句:这是偶称。因易与相联成篇的作诗方式混淆,不常用。

(8)楹帖:据梁章钜《楹联丛话》:"楹帖始于桃符。"原是特指赠予类或喜庆类的联语,后也泛指楹联。

(9)帖子:据曲滢生《宋代楹联辑要》:"楹联一名帖子。"

(10)偶句:据梁恭辰《楹联四话》:"偶句有多用虚字者,亦自生动可喜。"

(11)应对:楹联的口头文学形式。由一人(或团体)出上联,为"制对",亦称"出句";一人(或数人)对出下联,为"属对",亦称"对句",从而合成一副完整的楹联。自有刊物征联后,应对变为口头文学与书面文学兼有的形式。

(12)对语:据陆以湉《冷庐杂识》:"对语不难,难在敏捷,非有夙慧者不能。"

(13)小品:据陈方镛《楹联新话》:"薛慰农……所撰联语小品,亦脍炙人口。"

(14)小道:据庄俞《应用对联粹编》:"联语,小道也。"①

---

① 宋彩霞,孙英.楹联文化概论[M].北京:高等教育出版社,2016.

二、楹联的艺术特征

关于楹联的艺术特征,角度各异,众说纷纭,概括起来有文学性、民族性、实用性、通俗性、韵律性、对称性等说法。笔者认为傅小松先生《中国楹联特征论略》中对楹联艺术特征的归纳角度新颖,见解精妙。其把楹联的特征概括为五个对立统一:

(一)独特性和普遍性的统一

人们普遍认为楹联是中国最独特的一种文学形式。其独特性主要表现在结构和语言上。楹联可称为"二元结构"文体。一副标准的对联,总是由相互对仗的两部分组成的:前一部分称为"上联",又叫"出句""对头""对公";后一部分称为"下联",又叫"对句""对尾""对母"。两部分成双成对,只有上联或只有下联,只能算是半副对联。当然,许多对联,特别是书写悬挂的对联,除了上联、下联外,还有横批。横批是对联中一个有机组成部分,它往往是对全联带有总结性、画龙点睛或与对联互相切合的文字,一般是四个字,也有两个字、三个字、五个字或七个字的。从语言上看,楹联的语言既不是韵文语言,又不是散文语言,而是一种追求对仗和富有音乐性的特殊语言。楹联这种特殊的"语言-结构"方式,完全取决于汉语言及其文字的特殊性质。这种"语言-结构"的独特性使得楹联创作在构思、立意、布局、谋篇上迥异于其他文学形式。同样的客观对象和内容,楹样总是设法从两个方面、两个角度去观察和描述事物,并且努力把语言"整形"规范到二元的对称结构之中去。

(二)寄生性和包容性的统一

所谓寄生性,指楹联本从古文辞赋的骈词俪语派生发展而来,小而言之,它就是一对骈偶句,因此,它能寄生于各种文体之中。诗、词、曲、赋、骈文,乃至散文、戏剧、小说,哪一样中没有工整的对偶句呢?但反过来,楹联又具有极大的包容性。它可以兼备其他文体的特征,吸收其他文体的表现手法,尤其是长联和超长联,简直能集中国文体技法之大成。诸如诗之精练蕴藉,赋的铺陈夸张,词之中调长调,曲的意促爽劲,散文的自由潇洒,经文的节短韵长等等,皆兼收并蓄,熔铸创新。如清代刘韫良所撰贵阳甲秀楼长联:

五百年稳占鳌矶,独撑天宇。让我一层更上,茫茫眼界拓开。看东枕衡湘,西襟滇诏,南屏粤峤,北带巴夔,迢递关河。喜雄跨两游,支持那中原半壁。却好把猪拱箐扫,马撒碉隳,鸡讲营编,龙番险扼。劳劳缔造,装构成笙歌闾里,锦绣山川,漫云竹壤偏荒,难与神州争胜概。

数千仞高凌牛渡,永镇边隅。问谁双柱重镌,滚滚惊涛挽住。忆秦通僰道,汉置牂柯,唐靖且兰,宋封罗甸,凄迷风雨。叹名流几辈,消磨了旧迹千秋。到不如月唤狮岗,霞餐象岭,岚披凤峪,雾袭螺峰。款款登临,领略这金碧亭台,画图烟景,恍觉蓬洲咫尺,频呼仙侣话游踪。

此联有几种版本,字句有差异。整副对联共 206 字,形式上长短相见、对仗工整、情景自然,内容上文采飞扬,或诗或赋,可唱可诵。

(三)艺术性和实用性的统一

如前所述,楹联是中国古典文学形式的一种,理所当然具有文学性和艺术性,它以诗、词、曲等前所未有的灵活和完美,体现了中国文字的语言艺术风采。对联之美在于对称、对比和对立统一。宋代胡仔《苕溪渔隐丛话》后集卷二十引《复斋漫录》记载:晏殊一次邀王琪吃饭,谈起自己的"无可奈何花落去",恨无下句。王琪应声对道:"似曾相识燕归来。"晏殊大喜,于是把这个绝妙对句写进了《浣溪沙(一曲新词酒一杯)》一词。杨慎称这个对句"二语工丽,天然奇偶"。这就是对联的艺术魅力。楹联的艺术性,可以当代学者白启寰先生的一副对联来概括:

对非小道,情真意切,可讽可歌,媲美诗词、曲赋、文章,恰似明珠映宝玉;

联本大观,源远流长,亦庄亦趣,增辉堂室、山川、人物,犹如老树灿新花。

楹联和群众日常社会生活密切相关,婚丧嫁娶、逢年过节、开业乔迁、抒情寄慨等方面都有楹联的用场,实用价值显著。可以说,没有任何一种文学艺术形式,能像楹联这样拥有大量的受众,有着无孔不入的魅力,渗透到人们生活的各个角落,比如春联、婚联等。

(四)通俗性和高雅性的统一

人们常说对联雅俗共赏,这丝毫不假。试想,还有哪一种文学形式,像楹联一样,上为学者文人,下为妇人孺子所喜闻乐见,既可走进象牙之塔又能步入陇亩民间,既是阳春白雪又是下里巴人呢? 这种奇妙的合一究竟是怎么回事呢? 原因在于楹联是一种既简单又复杂、既纯粹又丰富的艺术。诚如前所述,楹联的规则并不复杂,尤其是对语言的色彩、风格,对题材、内容都没有什么要求。它一般很短小,又广泛应用于社会生活,不像其他文学形式有着一副高雅的面孔,它易学、易懂、易记,也不难写。只要对得好,无论语言之俗雅,题材之大小,思想之深浅,皆可成对联。但其他文学则不尽然。诗尚典雅蕴藉,如"江山一笼统,井上黑窟窿,黄狗身上白,白狗身上肿"之类,只能称之为"打油诗"。一般人是不敢问津诗词的,怕写成打油诗。而楹联,至若逢年过节,家家写之,户户贴之,实为文学中之最通俗者。但是,楹联俗而能雅,而且是大雅。楹联固规则简单、形式纯粹,但其对道、联艺博大精深,没有止境。短小隽永者,一语天然,非俗手能为;鸿篇巨制者更是铺锦列绣,千汇万状,如同史诗,非大手笔不能作。那些优秀的风景名胜联,辉映山川古迹,永放异彩;那些著名的哲理格言联,传播四海,流芳百世;那些仁人志士的言志联,慷慨磊落,光耀千秋,岂非大雅乎?

(五)严肃性和游戏性的统一

一般来说,文学和艺术是严肃的,人们反对游戏文学、游戏语言的那种不严肃的创作态度。但对于楹联来说,情况就不同了。楹联历来被很多人视为笔墨游戏,虽为偏见,但也说明了楹联具有游戏性的特点。由于楹联追求对仗,自然是对得越工整越巧妙越好。这其中既是文学创作,又包含了思维游戏和语言游戏的成分。如果单纯向对得工、对得巧上发展,就纯粹变成了一种语文斗才和思想斗智。事实上,纯以逗乐谐趣、斗智试才为目的的游戏性楹联也不少,它往往借助汉字音、形、义某一方面的特殊情况,运用各种修辞手法和别出心裁的奇思异构撰写而成。游戏性楹联在宋代就很普遍了。苏轼就曾经创作过不少游戏性对联,留下了许多趣闻佳话。从他以后,对对子成为文人之间乃至普通百姓试才斗智的一种主要方式,成为中国传统文化的一部分。明代的朱元璋、刘基、解缙,清代的乾隆皇帝、纪昀都是热衷于游戏性对联的大师。清末有个叫赵藩的,在成都武侯祠题了一联。联云:

> 能攻心则反侧自消,从古知兵非好战;
>
> 不审势即宽严皆误,后来治蜀要深思。

这副楹联既概括了诸葛亮用兵四川的特点,又总结了诸葛亮治理四川的策略,借此提出自己关于正反、宽严、和战、文武诸方面的政见,极富哲理,蕴含深刻的辩证法,发人深思。和历史上任何优秀的哲理诗相比,它都毫不示弱。此联问世以来,好评如潮。人们看重的正是此联的深刻性和严肃性。

第二节　楹联的起源与发展

关于楹联的起源有多种说法,包括偶文说、桃符说、骈文与律诗说等。目前颇为流行的,是清代乾隆时期大学士纪昀推崇的桃符说,也是当今楹联学者及爱好者普遍认可的起源说。

一、文化学角度看楹联起源之"桃符说"

有历史记载的最早对联出现在三国时代。明洪武年间,江西庐陵(今江西省吉安市),出土了一个特大铁十字架,上铸有三国时代孙权的年号"赤乌",又铸有艺术精美的对联云:"四海庆安澜,铁柱宝光留十字;万民怀大泽,金炉香篆蔼千秋。"

楹联始于桃符。关于楹联的渊源,在《山海经》中记载了一个故事:相传在东海度朔山上有一棵大桃树,树干弯曲伸展三千里,枝杈一直伸向东北方的鬼门,鬼门下山洞里住的鬼怪每天都由此门进出。树下有神荼、郁垒两位神将把守。这两位神将只要发现害人的恶鬼,就用芒苇编成的网子去捆住他们,并丢去喂一只老虎。周朝起,每逢年节,百姓就用两块长六寸、宽三寸的桃木板,画上两位神将的图像或题上他们的名字,悬挂在大门或卧房门的两侧,以镇邪驱鬼、祈福纳祥,这就是桃符。古代人还会在自家的第二道门上画上那只吃鬼的老虎,旁边还有一条芒苇绳。

梁章钜在《楹联丛话》中说:"尝闻纪文达师言:楹联始于桃符。蜀孟昶余庆、长春一联最古,但宋以来,春帖子多用绝句,其必以对语、朱笺书之者,则不知始于何时也。按《蜀梼杌》云:蜀未归宋(965 年)之前,一年岁除夕日,昶令学士幸寅逊题桃符版于寝门,以其词非工,自命笔云:新年纳余庆,嘉节号长春。"

也就是说,五代后蜀主孟昶在寝门桃符版上题词,创作了我国第一副春联,也就是第一副楹联。

敦煌研究院研究员谭蝉雪却认为楹联产生于晚唐以前,她的根据是敦煌遗书《斯坦因劫经》第 0610 卷背面之记载:"岁日:三阳始布,四序初开/福庆初新,寿禄延长/又:三阳□始,四序来祥/福延新日,庆寿无疆/立春日:铜浑初庆垫,玉律始调阳/五福除三祸,万古□百殃/宝鸡能僻(辟)恶,瑞燕解呈祥/立春□户上,富贵子孙昌/又:三阳始布,四猛(孟)初开/□□故往,逐吉新来/年年多庆,月月无灾/鸡□辟恶,燕复宜财/门神护卫,厉鬼藏埋/书门左右,吾傥康哉。"从形式与内容来,上文两两相对,字数相同,对仗工整,贴近生活。所以,关于楹联产生于唐代这一说法也得到了很多学者的认同。

二、从文学体裁角度看楹联来源之"偶句论"

对联,首要本质特征还应该是对仗。实际上,口头上的对对子和诗文中的对偶句,还可以追溯到更远的年代。例如《诗经·采薇》有"昔我往矣,杨柳依依/今我来思,雨雪霏霏";《晋书》载:陆云(字士龙)与荀隐(字鸣鹤)第一次见面时,互报姓名"云间陆士龙/日下荀鸣鹤"[1]。此类文笔常常为人们所乐道。从文学史的角度看,楹联的源头是诗歌,楹联是从古代诗文辞赋中的对偶句逐渐演化、发展而来的。有学者认为,楹联的发展过程大约经历了三个阶段。

(1)对偶阶段

时间跨度为先秦、两汉至南北朝。在中国古诗文中,很早就出现了一些比较整齐的对偶句。流传至今的几篇上古歌谣已见其滥觞。如"凿井而饮,耕田而食""日出而作,日入而息"之类。至先秦两汉,对偶句更是屡见不鲜。《易经》卦爻辞中已有一些对偶工整的文句,如《履》卦"六三"的"眇能视,跛能履"和《明夷》卦"上六"的"初登于天,后入于地。"《易传》中对偶工整的句子更常见,如《系辞下传》中的"仰以观于天文,俯以察于地理"和《乾·文言传》的"同声相应,同气相求,水流湿,火就燥,云从龙,风从虎……则各从其类也"。成书于春秋时期的《诗经》,其对偶句式已十分丰富。刘麟生在《中国骈文史》中说:"古今作对之法,《诗经》中殆无不毕具。"他列举了正名对、同类对、连珠对、双声对、叠韵对、双韵对等各种对格的例句。如"青青子衿,悠悠我心"(《郑风·子衿》)、"山有扶苏,隰有荷华"(《郑风·山有扶苏》)。《道德经》中对偶句亦多。刘麟生曾说:"《道德经》中裁对之法已经变化多端,有连环对者,有参差对者,有分字作对者,有复其字作对者,有反正作对者。"如第八十一章的"信言不美,美言不信。善者不辩,辩者不善"和第二十二章的"独立而不改,周行而不殆"。再看诸子散文中的对偶句。如"满招损,谦受益"(《尚书·武成》)、"乘肥马,衣轻裘"(《论语·雍也》)、"君子坦荡荡,小人长戚戚"(《论语·述而》)等。

---

① 云间为陆云的原籍,为今上海市松江区。封建社会将帝王比作太阳,帝王所在之地称"日下",荀隐为颍川人,颍川靠近西晋的都城洛阳,所以他称自己是"日下"人。

辞赋兴起于汉代,是一种讲究文采和韵律的新兴文学样式。对偶这种具有整齐美、对比美、音乐美的修辞手法,开始普遍而自觉地运用于赋的创作中。如司马相如的《子虚赋》中有:"击灵鼓,起烽燧;车按行,骑就队。"

（2）骈偶阶段

骈体文从其名称即可知,它是崇尚对偶,多由对偶句组成的文体。这种对偶句连续运用,又称排偶或骈偶。刘勰在《文心雕龙·明诗》评价骈体文是"俪采百字之偶,争价一句之奇"。以初唐王勃的《滕王阁序》（节选）为例:

时维九月,序属三秋。潦水尽而寒潭清,烟光凝而暮山紫。俨骖騑于上路,访风景于崇阿。临帝子之长洲,得仙人之旧馆。层峦耸翠,上出重霄;飞阁流丹,下临无地。鹤汀凫渚,穷岛屿之萦回;桂殿兰宫,即冈峦之体势。

披绣闼,俯雕甍,山原旷其盈视,川泽盱其骇瞩。闾阎扑地,钟鸣鼎食之家;舸舰迷津,青雀黄龙之舳。云销雨霁,彩彻区明。落霞与孤鹜齐飞,秋水共长天一色。渔舟唱晚,响穷彭蠡之滨;雁阵惊寒,声断衡阳之浦。

选文都是用对偶句组织,其中"落霞与孤鹜齐飞,秋水共长天一色"更是千古对偶名句。这种对偶句是古代诗文辞赋中对偶句的进一步发展,它有如下三个特点:

一是对偶不再是纯作为修辞手法,已经变成文体的主要格律要求。骈体文有三个特征,即四六句式、骈偶、用典。二是对偶字数有一定的规律,主要是"四六"句式及其变化形式,主要有:四字对偶、六字对偶、八字对偶、十字对偶、十二字对偶。三是对仗已相当工巧,允许相同虚字相对,故多有重字（"之、而"等字）,声律对仗未完全成熟。

正因为骈体文高度注重对偶,也极力丰富对偶的形式,所以有学者认为楹联最早应是从骈文中脱颖而出的。如朱熹松溪县明伦堂联"学成君子,如麟凤之为祥,而龙虎之为变;德在生民,如雨露之为泽,而雷霆之为威"。再如"新年纳余庆,嘉节号长春"一联,有学者说用的就是骈文句式,节奏点在"年""庆"字和"节""春"字上,"新年"对"嘉节","余庆"对"长春",对仗工丽。骈文句式在长联中占主要地位,后面也发展到将骈文句式和律诗句式结合起来,相同虚字相对的现象越来越少见了,例如:朱熹撰一联"鸟识玄机,衔得春来花上弄;鱼穿地脉,挹将月向水边吞",就没有之前的"之、为"等重字了。

（3）律偶阶段

律偶,格律诗中的对偶句。格律诗,又称近体诗,正式形成于唐代,但始于魏晋,因此时语音研究已经开始细化,为律诗创作提供了音韵选择的可能性。三国魏李登作《声类》十卷,晋代吕静作《韵集》五卷,分出清、浊音和宫、商、角、徵、羽诸声。另外,孙炎作《尔雅音义》,用反切注音。

一般的五、七言律诗,都是八句成章,中间两联,习称颔联和颈联,必须对仗,句式、平仄、意思都要求相对。这就是标准的律偶。举杜甫《登高》即可见一斑:

> 风急天高猿啸哀,渚清沙白鸟飞回。
>
> 无边落木萧萧下,不尽长江滚滚来。
>
> 万里悲秋常作客,百年多病独登台。
>
> 艰难苦恨繁霜鬓,潦倒新停浊酒杯。

这首诗的颔联和颈联为"无边落木萧萧下,不尽长江滚滚来""万里悲秋常作客,百年多病独登台"。律诗句式对仗极为工整,远胜过骈体文中的骈偶句,在五言联、七言联以及长联的五言、七言句中占绝对优势。律偶也有三个特征:

一是对仗作为文体的一种格律要求运用;二是字数由骈偶句喜用偶数向奇数转化,最后定格为五、七言;三是对仗精确而工整,声律对仗已成熟。

这里需要说明一下的是对联和对偶的异同。

对联和对偶相同之处是:都要求词性相对、平仄相对、结构相同。而两者不同之处是:对联是文学体裁,是从诗词歌赋中独立出来的特殊的文学形式,其创作不受其他文学体裁的限制,包括字数、平仄等,有着自身的规则要求。对偶是修辞手段,是为诗歌等文学体裁创作服务的,受到诗歌的约束,如字数上只能或五言,或七言;平仄上也有固定格式要求,通常讲"一三五不论,二四六分明";内容上只能表达诗歌的主题。

不可否认,对联是在律诗和骈文的高起点上发展起来的。但由于摆脱了押韵和句数的束缚,突出了对仗、平仄的统一,文白兼容,雅俗共赏,在现代社会仍具有强大的生命力。当然,从文学发展角度来看,楹联的出现应是中国汉语文化千年传承历程中的必然结果。纵观中国古代文学发展之脉络,《诗经》《楚辞》、汉赋、唐诗、宋词、元曲,每一代人竭尽所能,倾其才智,从朝廷高官到寒门学士,写诗作词创曲,争相传诵经典。每一种文学形式所能展现的美都被那一代人发挥到极致,楹联作为后来一种更加活泼、生命力更强的文学形式,实际上

也是应运而生的,正所谓:

> 几万里河山,尽到手中,手挥穹宇凌云笔,看此地腾蛟起凤;
>
> 数千年往事,奔来襟内,襟带春秋弄月诗,试今朝倚马生花。

三、楹联的发展

春联之设自明太祖朱元璋始。梁章钜在《楹联丛话》中引用《簪云楼杂说》云:"春联之设,自明孝陵昉也。时太祖都金陵(1368—1398 年),于除夕忽传旨:公卿士庶家门上须加春联一副。太祖亲微行出观,以为笑乐。偶见一家独无之,询知为阉豕苗者,尚未倩耳。太祖为大书曰:双手劈开生死路,一刀割断是非根。投笔径去。嗣太祖复出,不见悬挂,因问故。答云:知是御书,高悬中堂,燃香祝圣,为献岁之瑞。太祖大喜,赉银三十两,俾迁业焉。"不难看出,朱元璋行政命令的手段,要求家家户户新年贴春联,对春节贴春联风俗的形成起到极大的推动作用,也使得楹联走进老百姓日常生活,普及开去。

清康熙六十寿辰(1713 年)和乾隆八十寿辰(1790 年)两次重大庆祝活动是宫廷楹联创作的高潮。虽然多数是"润色洪业,鼓吹承平"之作,但由于"皆出当时名公硕彦之手",且大量制作,要求严格,因此必然有利于楹联结构的规范化。可惜这一点似乎尚未被人们重视。

有清一代是楹联文学的全盛时期。南怀瑾先生早已将"清对联"与唐诗、宋词、元曲相提并论,从事清代文学史研究的赵雨先生也认为,"清代的主流文体是楹联"。有学者研究认为,孙髯的昆明大观楼长联和梁章钜的《楹联丛话》(1840 年)是清代楹联发展的重要里程碑,标志着楹联已经成为可以与诗、词、曲、赋、骈文分庭抗礼、媲美争妍的独立文体。从此,文人学士以楹联赠答,用对联做文字游戏,成为一时风尚。1932 年清华大学入学考试,陈寅恪出题"孙行者"求对,周祖谟对以"胡适之",至今传为美谈。而社会层面上以春联、寿联、挽联、门联、厅联、庙联、名胜联、商业联、游戏联等为形式的对联文化已成为社会生活的组成部分,流风之盛。

20 世纪 80 年代以来,楹联以新的面貌开始复兴。1984 年成立中国楹联学会,1985 年创办《对联·民间对联故事》,1987 年创办《中国楹联报》,地方楹联组织的发展如雨后春笋,从此群众性的对联创作和理论研究成了新风尚。

第三节　楹联的分类

楹联言简意赅,内容丰富,实用价值高,种类繁多。故划分角度不同,楹联的类别也各不相同。如梁章钜《楹联丛话》共十二卷,分别为故事、应制、庙祀、廨宇、胜迹、格言、佳话、挽词、集句、集字、杂缀、谐语等。这样的划分,尽管在当时有一定的道理,但今天就不一定适合了,如应制对联,现在就没有了此类说法。当今学界的一些书籍或文章都对楹联种类进行了划分,多从功能性、文学性、技巧性等角度出发,比较切合现在的楹联状况。简要介绍如下。

一、按楹联适用范围大小划分

1.通用联。所谓通用联,指一般人可以使用,没有时间、地点的限制。如周恩来总理青年时期的一副题联:

与有肝胆人共事,

从无字句处读书。

最常见的通用联,非春联莫属。每逢春节,千家万户贴上红色的春联,联语寓意皆是欢快、吉祥,如:

杨柳吐翠九州绿,

桃杏争春五月红。

2.专用联。专用联是为某一特定对象、时间、内容等而创作的联作,如寿联、婚联、喜联、挽联、行业联、景观联、座右铭联、赠联、题答联。如:

(1)贺联:寿诞、婚嫁、乔迁、生子、开业等喜庆之日使用。如:

一对红心向四化,

两双巧手绘新图。

二十举乡,三十登第,四十还朝,五十出守,六十开府,七十归田,须知此后逍遥,一代福人多暇日;

简如《格言》,详如《随笔》,博如《旁证》,精如《选》学,巧如《联话》,高如诗集,略数平生著述,千秋大业擅名山。

——梁章钜七十寿辰时,王叔兰贺联

(2)挽联:哀悼死者用。如:

> 著作有千秋,此去震惊世界;
>
> 精神昭百世,再来造福人群。

(3)赠联:颂扬或劝勉他人用。如:

> 传家有道惟存厚,
>
> 处世无奇但率真。

(4)自勉联:自我勉励之用。如:

> 有关家国书常读,
>
> 无益身心事莫为。

(5)行业联:不同行业贴于大门或店内之用。如:

> 欲知千古事,
>
> 须读五车书。(书店)
>
> 虽是毫发生意,
>
> 却是顶上功夫。(理发店)
>
> 欢迎春夏秋冬客,
>
> 款待东西南北人。(旅店)

(6)言志联:道出志向之用。如:

> 宁作赵氏鬼,
>
> 不作他邦臣。

二、按楹联字数划分

楹联在形式上字数长短不一,主要依据表达主旨的需要。以字数为标准,楹联可大体分为:

1. 短联,十字以内。

2. 中联,百字以内。

3. 长联,百字以上。

三、按楹联创作方法划分

楹联创作不是简单的对仗,需要讲究一定的方法和技巧。

1. 对偶联,注重上下联的关系,有言对、事对、正对、反对、工对、宽对、流水对、回文对、顶针对等区分。

2. 修辞联,注重修辞手法在联句中的运用,有比喻、夸张、反诘、双关、设问、谐音等区分。

3. 炼字联,注重文字在楹联创作中的功能,有嵌字、隐字、复字、叠字、偏旁、析字、拆字、数字等区分。

四、按联语来源划分

顾名思义,这类划分标准着眼于上下联中词句的出处,可分为:

1. 集句联:全用古人诗中的现成句子组成的对联。

2. 集字联:集古人文章、书法字帖中的字组成的对联。

3. 摘句联:直接摘他人诗文中的对偶句而成的对联。

4. 自创联:作者自己独立创作出来的对联。

五、按楹联使用的范畴划分

从实用性上看,楹联是有使用范围的,据此分为题述类、纪庆类、哀挽类、其他类四大类。

1. 题述类

题述,就是针对某一特定主题对象开展创作,主要包括题祠庙、题胜迹、题行业、题师朋、自勉联、咏物联。

2. 纪庆类

纪庆,当然表纪念、庆贺之意,主要包括春联、寿联、婚联、新宅联、开业联、节会联、庆贺联、纪念联。

3. 哀挽类

哀挽联,为哀悼、悼念亡人而作,一般用来抒发哀痛之情。

4. 其他类

联作各有特色,难以统一风格,归为"其他类",主要包括格言联、讽刺联、谐趣联、集句联、地名联、无情对。

本书按照"宜粗不宜细"的原则,选几种联类做简要的介绍。

(一)春联

春联,也叫"门对""春贴""对联""对子",是一种独特的中国文学形式。它以工整、对偶、简洁、精巧的文字描绘时代背景,抒发美好愿望。每逢春节,无论城市还是农村,家家户户都要精选一副大红春联贴于门上,辞旧迎新,以增加节日的喜庆气氛。

一说春联源于古代的桃符。当时的"桃符"是挂在大门两旁的长方形的桃木板,上面写上"神荼""郁垒"二神名,以驱鬼辟邪。五代十国时,宫廷里有人在桃符上题写联语,据《宋史·蜀世家》载:后蜀主孟昶令学士幸寅逊题桃木板,"以其非工,自命笔题云:'新年纳余庆,嘉节号长春'",这便是我国有文字记载的第一副春联。直到宋代,春联仍称"桃符",王安石的诗中就有"千门万户曈曈日,总把新桃换旧符"之句。清代《燕京岁时记》载:"春联者,即桃符也。"后来,由于纸张大量生产,桃符逐渐由桃木板改为纸张,叫"春贴纸",这便是贴春联的开始。

"春联"一词的出现,则是在明代初年。春联普及盛行于明朝。据《簪云楼杂说》载:"春联之设,自明孝陵昉也。时太祖都金陵,于除夕忽传旨:公卿士庶家门上须加春联一副。太祖亲微行出观,以为笑乐。"据说,在一年的除夕前,朱元璋颁布御旨,要求南京的家家户户都要用红纸写成春联贴在门框上,来迎接新春。大年初一的早晨,朱元璋微服巡视,挨家挨户察看春联。每当见到写得好的春联,他就非常高兴,赞不绝口。在巡视时见到一家没有贴春联,朱元璋很生气,就询问什么原因。侍从回答:"这家人从事杀猪和劁猪营生,过年特别忙,还没有来得及请人书写。"朱元璋就命人拿来笔墨纸砚,为这家书写了一副春联:"双手劈开生死路,一刀割断是非根。"写完后,太祖继续巡视。过了一段时间,朱元璋巡视完毕回宫时,又路过这里,见到这个屠户家还没有贴上他写的春联,就问是怎么回事。这家主人很恭敬地回答:"这副春联是皇上亲自书写的,我们高悬在中堂,每天焚香供奉。"朱元璋听了非常高兴,就命令侍从赏给这家三十两银子。此外,朱元璋还为王公大臣们御书春联,赐给中山王徐达的春联是:"破虏平蛮,功贯古今人第一;出将入相,才兼文武世无双。"赐给陶安的春联是:"国朝谋略无双士,翰苑文章第一家。"由此可见,因为皇帝身体力行,再加上文人墨客的喜爱、广大群众的传播,春节贴对联便作为风俗习惯流传下来了。

春联的另一来源是春贴,古人在立春日多贴"宜春"二字,后渐渐发展为春联,表达了中国劳动人民一种辟邪除灾、迎祥纳福的美好愿望。堂屋正门的春联一定要大而高,所谓"开门红",寓示着新年行好运。里门、院门、侧门、后门、屋柱,也都要贴上一副红联。如:

> 人勤三春早,
> 地肥五谷丰。

> 爆竹声声辞旧岁,

红梅朵朵迎新春。

山清水秀风光好，
人寿年丰喜事多。

一家和睦一家福，
四季平安四季春。

甚至畜屋、灶屋，春联也必不可少，如：

六畜兴旺，
五谷丰登。

上天言好事，
下凡降吉祥。

这里再列举一些名家写的春联，如：

万里和风生柳叶，
五陵春色泛桃花。

——〔南宋〕王十朋

春风放胆来梳柳，
夜雨瞒人去浇花。

——〔清〕郑燮

飘风作态来梳柳，
细雨瞒人去润花。

——〔清〕梁恭辰

赤日更光明，一道东风吹世界；
春天何浩荡，万方霖雨泽群生。

——苏局仙

江河浩荡，纵曲折迂回，万里奔流趋大海；
松柏坚贞，历冰雪风雨，永怀志节对朝阳。

——秦牧

两个文明，春风万里开新局；

四项原则,红日千山举大旗。

——赵朴初

流水断桥芳草路,

淡云微雨养花天。

——启功

需要指出的是,春联里还有"孝联"的说法。即如果当年逢家里有老人去世,从当年起,三年里晚辈家不贴红春联,所谓"服丧不庆",而是用白、绿、黄三色的纸写春联:一般第一年用白纸,第二年用绿纸,第三年用黄纸,第四年服丧期满才恢复用红纸,故白、绿、黄三色的对联俗称"孝联"或"孝春联"。联语一般是:

天下皆春寸草绿,

吾门独素忆春晖。

梦里尚存思亲泪,

门前已有迎新歌。

也有的地方头年贴黄对联,次年贴蓝对联,第三年贴绿对联。也有的人家干脆三年都不贴对联以寄托哀思。故春节期间拜年的人,包括民间舞灯团体,如见贴"孝联"或未贴春联的人家是不进去的。

因此,春联作为老百姓最喜闻乐见的文学形式,成为中国最普及、生命力最强的文学形式。

(二)名胜联

中国是四大文明古国之一,历史悠久,地域辽阔,名胜古迹众多。古今名人置身于名山胜水之中,往往触景生情,欣然命笔,以抒发兴致和情怀。他们留下的这些楹联佳作,或镌刻于亭台楼阁,或张贴、悬挂于寺庙祠墓,不但为山水增色,而且陶冶了游人的情操,为人所称道、传诵。这类对联,作为风景名胜区最直观的文化现象,往往成为名胜景观甚至历史文化的重要组成部分。

名胜联可分为山水园林、寺庵庙观、殿阁亭台、院舍堂馆、碑塔墓窟等若干子类。如:

1.山水园林联

疏烟流水自千古,

山色湖光共一楼。

——九江甘棠湖烟水亭联

爽借清风明借月，

动观流水静观山。

——苏州拙政园梧竹幽居联

登此山，一半已是壶天；

造极顶，千重尚多福地。

——东岳泰山壶天阁联

门可通天，仰观碧落星辰近；

路承绝顶，俯瞰翠微峦屿低。

——南岳衡山南天门联

三十年先考无名，府考无名，道考也无名，人眼不开天眼见；

八十日乡试第一，京试第一，殿试又第一，蓝袍脱下紫袍归。

——江西南昌状元桥联

2.殿阁亭台联

隔岸眺仙踪，问楼头黄鹤，天际白云，可被大江留住；

绕阑寻胜迹，看树外烟波，洲边芳草，都凭杰阁收来。

——南昌滕王阁联

舍榭漫芳塘，柳浪莲房，曲曲层层皆入画；

烟霞笼别墅，莺歌蛙鼓，晴晴雨雨总宜人。

——杭州西湖湖心亭联

酒气冲天，飞鸟闻香化凤；

糟粕落地，游鱼得味成龙。

——山西杏花村牌楼联

何时黄鹤重来，且自把金樽，看洲渚千年芳草；

今日白云尚在，问谁吹玉笛，落江城五月梅花。

——武汉黄鹤楼联

别馆接莲池，谱来杨柳双声，古乐府翻新乐府；

故乡忆梅市，听到鹧鸪一声，燕王台作越王台。

——保定浙绍会馆戏台联

荐汾阳再造唐家，并无尺土酬功，只落得采石青山，供当日神仙啸傲；

喜妃子能谗学士，不是七言招怨，怎脱去名缰利锁，让先生诗酒逍遥。

——安徽当涂太白楼联

五百里滇池，奔来眼底，披襟岸帻，喜茫茫空阔无边。看：东骧神骏，西翥灵仪，北走蜿蜒，南翔缟素。高人韵士何妨选胜登临。趁蟹屿螺洲，梳裹就风鬟雾鬓；更蘋天苇地，点缀些翠羽丹霞。莫辜负：四围香稻，万顷晴沙，九夏芙蓉，三春杨柳。

数千年往事，注到心头，把酒凌虚，叹滚滚英雄谁在？想：汉习楼船，唐标铁柱，宋挥玉斧，元跨革囊。伟烈丰功费尽移山心力。尽珠帘画栋，卷不及暮雨朝云；便断碣残碑，都付与苍烟落照。只赢得：几杵疏钟，半江渔火，两行秋雁，一枕清霜。

——昆明大观园大观楼联

3. 院舍堂馆联

异代不同时，问如此江山，龙腾虎跃几诗客；

先生亦流寓，有长留天地，月白风清一草堂。

——成都杜甫草堂联

大明湖畔，趵突泉边，故居在垂杨深处；

《漱玉集》中，《金石录》里，文采有后主遗风。

——郭沫若题李清照纪念堂联

登百尺楼看大好江山，天若有情，应识四方思猛士；

留一抔土以争光日月，人谁不死，独将千古让先生。

——安庆徐锡麟烈士纪念楼联

圣迹巍然，仰止高山如阙里；

津声宛在，依稀流水即洙源。

——湖北武汉问津书院联

日月两轮天地眼，

诗书万卷圣贤心。

——庐山白鹿洞书院联

4. 寺庵庙观联

风声、水声、虫声、鸟声、梵呗声，总合三百六十天击钟声，无声不寂；

018

月色、山色、草色、树色、云霞色,更兼四万八千大峰峦色,有色皆空。

——浙江天台山中方广寺联

古迹重湖山,历数名贤,最难忘白傅留诗,苏公判牍;

胜缘结香火,来游秘地,莫虚负荷花十里,桂子三千。

——杭州灵隐寺联

尘劫历一千余年重复旧观,幸有名贤来做主;

诗人题二十八字长留胜迹,可知佳句不须多。

——寒山寺大雄宝殿联

何处招魂,香草还生三户地?

当年呵壁,湘流应识九歌心。

——长沙岳麓三闾大夫祠联

逞披发仗剑威风,仙佛焉耳矣;

有伏虎降龙手段,龟蛇云乎哉。

——广州真武庙联

海棠开后,燕子来时,良辰美景奈何天。芳草地,我欲醉眠;楝花风,尔且慢到。

碧濑倾春,黄金买夜,寒食清明都过了。杜鹃道,不如归去;流莺说,少住为佳。

——上海嘉定花神庙联

(三)人物联

人物联是楹联在当代发展起来的一个题材类型。当代人在传承的基础上,又开拓了咏物、人物、时事等题材。所谓人物联,顾名思义就是写人物,既要抓住人物的特点、神韵,又要有所思考、议论或者感怀。如:

写林则徐:

历历前朝风概,不远论岳阳忧叹,横屿凯歌,近有虎门烟未散;

拳拳赤子衷怀,独无忘创革制夷,进图强国,要看龙野境重开。

写孟子:

尊王言必称尧舜,

忧世心同切孔颜。

写司马迁:

刚直不阿,留得正气冲霄汉;

幽愁发愤,著成信史照尘寰。

写诸葛亮:

日月同悬《出师表》,

风云常护定军山。

写辛弃疾:

铁板铜琶,继东坡高唱大江东去;

美芹悲黍,冀南宋莫随鸿雁南飞。

写杨贵妃:

谷铃如诉旧愁来,蜀道秦川,过客重谈杨李事;

墓粉还将秋色补,雨尘云梦,伤心何似汉唐陵。

(四)庆贺联

庆贺联指特定时间、特定内容、带有某种特定祝贺性质的联对。庆贺联突出的特征是其内容必须是表示良好祝愿、喜庆吉祥的。按照内容和对象,庆贺联可划分为婚联、寿联、乔迁联、节庆联等若干子类。

1. 婚联

柳暗花明春正半,

珠联璧合影成双。

——佚名撰春日婚联

栀绾同心结,

莲开并蒂花。

——佚名撰夏日婚联

日月同明,报十二时吉祥如意;

天地合德,庆亿万年富贵寿康。

——英国维多利亚女王赠光绪皇帝婚联

2. 寿联

桃李增华,坐帐无鹤;

琴书作伴,支床有龟。

——周恩来、董必武、邓颖超贺马寅初六十寿联

常如作客,何问康宁;但使囊有余钱,瓮有余酿,釜有余粮。取数叶赏心旧

纸,放浪吟哦;兴要阔,皮要顽,五官灵动胜千官,过到六旬犹少。

定欲成仙,空生烦恼;只令耳无俗声,眼无俗物,胸无俗事。将几枝随意新花,纵横穿插;睡得迟,起得早,一日清闲似两日,算来百岁已多。

——郑板桥六十岁自撰寿联

人生不满公今满,

世上难逢我独逢。

——王文清贺百岁老人寿联

龙飞五十有五年,庆一时,五数合天,五数合地,五事修,五福备,五世同堂,五色斑斓辉彩服;

鹤算八旬逢八月,祝万寿,八千为春,八千为秋,八元进,八恺登,八音从律,八方缥缈奏丹墀。

——彭文勤贺乾隆帝八十寿和即位五十五年联

述先圣之玄意,整百家之不齐,入此岁来,年七十矣;

奉觞豆于国叟,致欢忻于春酒,亲受业者,盖三千焉。

——梁启超贺康有为七十岁寿联

3. 乔迁联

房屋落成或迁入新居,人们要用对联道喜,这类对联称为乔迁联,主要写一些雍容尔雅之辞,表达心中美好愿望。如:

华堂锦乡,江山添异彩;

甲第祥和,农户乐重光。

新厦落成增秀气,

华堂安就进财源。

择居仁里和为贵,

善与人同德有邻。

4. 节庆联

传统节日文化是我国民族文化的重要组成部分,是民族价值观念和风俗习惯的表现形式。几千年的中华文明发展史进程中,老百姓认可的传统节日形式多样,内容丰富,其中一些重大的节日习俗如春节、清明、端午、中秋至今仍影响着广大人民的生活。传统节日或重要日期到来之际,文人墨客常用对联这一我国特有的文学形式,以表庆祝或纪念之意,此为节庆联。如:

题元旦:

> 一元复始,九州同庆;
>
> 八方和谐,四季平安。

题清明节:

> 流水夕阳千古恨,
>
> 春风落日万人思。

题端午节:

> 龙舟竞渡,不忘楚风余韵;
>
> 诗台抒怀,更忆圣哲先贤。

题国庆节:

> 日月知心,人民大团结;
>
> 春风得意,江山起宏图。

韩崇文贺中国地质图书馆八十五周年馆庆:

> 福田宝地滋名馆,馆藏古今中外;
>
> 玉质金相蕴好书,书有声像画图。

刘海粟祝贺 1985 年全国《红楼梦》学术研讨会联:

> 博不离题,深不穿凿;
>
> 微言妙味,举世同索。

黄兴贺武昌起义一周年:

> 百折不回,十七次铁血精神,始有去年今日;
>
> 一笔勾尽,四千年帝王历史,才成民主共和。

(五)挽联

挽联,是哀悼死者、治丧祭祀时专用的对联,其主要的作用是哀悼逝去之人,表达对逝去之人的一种敬意与怀念等,有其社会性,也有其时代的代表性。如:

> 四镇多二心,两岛屯师,敢向东南争半壁;
>
> 诸王无寸土,一隅抗志,方知海外有孤忠。

——康熙帝挽郑成功联

六载固金汤,问何人忽坏长城,孤注空教躬尽瘁;

双忠同坎壈,闻异类亦钦伟节,归魂相送面如生。

——林则徐挽关天培联

附公者不皆君子,间公者必是小人,忧国如家,二百余年遗直在;

庙堂倚之为长城,草野望之若时雨,出师未捷,八千里路大星沉。

——左宗棠挽林则徐联

一代高文树新帜,

千秋孤痛托遗言。

——孔祥熙挽鲁迅联

无私无畏,光明磊落,肝胆比日月,大鹏展翅,蓬雀心惊;

为党为国,鞠躬尽瘁,丹心照千古,金猴骋目,魑魅难藏。

——佚名挽周总理联

(六)行业联

行业楹联贴在单位大门的两旁,内容呈现行业特点,让人一看便知其行业性质,起到宣传推广作用,效果不可小觑。所以,很多公司、店铺开张,通常会邀请名流题联,或书写、或镌刻、悬挂于大门两旁,既可寓意良好愿望,亦可作为单位门面的装潢点缀。如:

关帝不死,当趋千里走单骑,登此楼问,刀可换酒乎;

夫子若在,必舍大国就小鲜,临斯坊曰,食不厌精也。

——酒肆饭庄

同气同声,济民济世;

仁心仁术,医国医人。

——同仁堂

置邮传命,

为政在人。

——邮政公司

大度誉千家,乐得城中取乐;

华堂盈百货,专从微处便民。

——大华百货公司

元嘉元祐诗情,脉脉丰隆入针蒿;

顾缪顾韩玉指,纤纤文绣胜丹青。

——元隆顾绣绸缎商行

腕底走霜锋,镂月裁云,得心应手;
案头挥雪刃,雕龙剪凤,快意怡情。

——王麻子刀剪门市部

月影透清香,酱炙牛羊称独步;
盛情贻美味,誉流燕蓟飨千家。

——月盛斋酱牛羊肉店

荣华四宝,妙手丹青,惠尔人间春色;
独秀一葩,天工水印,任它古迹重光。

——荣宝斋

辛勤弹一曲,
温暖送千家。

——弹棉花店

虽然毫末技艺,
却是顶上功夫。

——理发店

曲尺能成方圆器,
直线调就栋梁材。

——木匠店

刻刻催人资警醒,
声声劝尔惜秒阴。

——钟表店

架上丹丸,长生妙药;
壶中日月,不老仙龄。

——药店

香分花上露,
水汲石中泉。

——茶店

寒衣慰出春风暖,

彩线添来瑞日长。

——裁缝店

前程远大,脚跟须站稳;
工作浩繁,步骤要分清。

——鞋店

四时恒满金银器,
一室常凝珠宝光。

——珠宝店

第二章　楹联格律(上)

第一节　楹联的基本规则

相传,古时有一位秀才在桂林名胜之一斗鸡山游玩。他在山上纵目远望,觉得处处可爱,连山名也新奇别致。他一边游览,一边念念有词,在看到一群山鸡相斗之时,不知不觉地吟出一句上联,曰:

斗鸡山上山鸡斗。

此乃回文对,正读反念,音义都是一样的。正当他苦思冥想抓耳挠腮之际,一位智者路过,在听到秀才的上联后,也为这上联而发愁。突然,智者念及不久前游玩的龙隐洞,豁然开朗,对道:

龙隐洞中洞隐龙。

这一下联对仗工整、平稳,可谓妙对。所以,楹联不仅内涵丰厚深远,形式还变化多端。如果想要创作一副符合联律的对联,还真不是件容易的事情。

按照《联律通则》的说法,楹联作为对立统一、和谐完美、构成特定而完整意义的一个有机整体,上下联语之间必须做到"字句对等、词性对品、结构对应、节律对拍、平仄对立、形对意联"。也就是说,同时具备以上六项基本要素的,才能称作真正意义上的楹联。下面简要谈谈楹联的基本格式。

1.字句对等

这一规则包括了字数和句数两个层面的含义,概而言之,就是要求三个"相等":一副对联,上联总字数和下联总字数相等;在多分句的情况下,上、下联各自包含的分句数要相等;每个相对应分句的字数也要相等。例如,民国陆润庠题江苏苏州寒山寺联:

近郭古招堤,毗连浒墅名区,渔火秋深涵月影;
傍山新结构,依旧枫江野渡,客船夜半听钟声。

联语借寒山寺重建竣工而作,由景生情,你看,渔火客船,月影钟声,恰似一幅深秋夜色图,读来饶有情致。这是一副三句联,上、下联各18个字,分别由五言、六言、七言的三句构成,总字数亦相等。

再如,一言联:

死!

‭ 生‬?

——佚名撰

这是1931年九一八事变以后,有人追悼死难烈士而作的。意为宁可站着死,也不倒着生!此联形式别开生面,一正写一倒写,一感叹号一问号,形意相对,构思绝妙。

二言联:

就日,

瞻云。

——山西省临汾尧庙联

三言联:

疑无路,

小有天。

——佚名题山西小有天名胜联

四言联:

门心皆水,

物我同春。

——清代彭元瑞京邸春联

月色如故,

江流有声。

——湖北黄冈东坡赤壁联

五言联:

楼观沧海日,

门对浙江潮。

——杭州韬光寺观海亭联

泉清堪洗砚,

山秀可藏书。

——朱熹题白鹿洞书院联

六言联：

> 好事流传千古，
> 良书播惠九州。

——郭沫若题宁波天一阁联

七言联：

> 烟笼古寺无人到，
> 树倚深堂有月来。

——翁方纲题北京陶然亭联

> 清风明月本无价，
> 近水遥山皆有情。

——梁章钜题苏州沧浪亭联

八言联：

> 桂馥兰芬，水流山静；
> 花明柳媚，日朗风清。

——上海豫园点春堂联

> 写鬼写妖，高人一等；
> 刺贪刺虐，入骨三分。

——郭沫若题淄博蒲松龄故居阁联

九言联：

> 明月梅花，拜祁连高冢；
> 疾风劲草，识板荡忠臣。

——清代俞樾题扬州史可法公祠

> 翁去八百年，醉乡犹在；
> 山行六七里，亭影不孤。

——安徽滁州醉翁亭联

十言联：

> 洞辟几时，问孤松而不语；
> 云飞何处，输老鹤以长闲。

——贵州飞云洞联

> 嵌石一亭，临水居然可月；

层峦百尺,插天直许栖霞。

——福建厦门鼓浪屿渡月亭联

十言以上的楹联,如:

问岳何奇,未到顶峰能揽月;

沿途尽秀,才登半道便穿云。

——姜一白题泰山联

我本楚狂人,五岳寻山不辞远;

地犹邹氏邑,万方多难此登临。

——彭玉麟题泰山联

大浪滔天,中流击水,岂止魏王输气概;

诗篇耀世,翰墨传神,更凭文字点江山。

——赵志题毛主席画像联

焚前楼阁未成灰,犹剩得半折磬,一卷经,五更钟,六月凉风,三冬积雪;

雨后园林无限好,最爱是百本蕉,千条柳,万竿竹,数声啼鸟,几寸游鱼。

——王紫仙题南京妙相庵联

当然,还有超过一定字数的长联,比如清代孙髯为昆明滇池大观楼所题长联,长达180字,被称为180字联。一般联句以四言句、五言句、六言句、七言句居多。总之,一副对联,字数不限,短可仅二三字,长可至百千字,但上下联的字数、句数必须相等。

2. 词性对品

指上下联句法结构中处于相同位置的词,其词类属性相同,或符合传统的对仗种类,才能构成对仗。所谓"品",就是类。"对品"包含了两个方面的含义:

一是按现代汉语语法对词性的分类。在现代汉语中,汉字总体上分为实词、虚词两大类。实词包括:名、动、形、数、量、代词。虚词包括:副、介、连、助、叹、拟声词。上下联相同位置的文字的词性必须相同,而为成对。即名词对名词,形容词对形容词,动词对动词,数量词对数量词等。词性相同是对联"对偶艺术"的精髓所在。

二是上下联对应的字词,要符合传统的对仗种类,即传统的字类虚实相对,或者传统的对偶辞格而成对。古人属对一般把字分作实字、虚字、助字和半虚半实字。其定义是:"无形可见为虚,有迹可指为实;体本乎静为死,用发乎动为生;似有似无者,半虚半实。""实、虚、死、活",就是词性概念。与现代汉语语法词性的分类对照,所谓"实字"都是名词;"半实"是抽象名词;"虚字(活)"是动词;"虚字(死)"是形容词;"助字"就是包括现在所说的连词、介词、助词等虚词;"半虚"除方位词外,还包括一些意义比较抽象的形容词和时间词。古人属对的要求是"实对实,虚对虚,死对死,活对活"。符合二者之一者,均可成对。

例如下面这副勉励联:

> 海阔凭鱼跃,
>
> 天高任鸟飞。

联中,"海""天"均为名词,"阔""高"均为形容词,"凭""任"均为副词,"鱼""鸟"均为名词,"跃""飞"均为动词。

再如:

> 和风吹柳绿,
>
> 细雨润花红。

诗句中"和"对"细"、"绿"对"红"是两个形容词相对,"吹"对"润"是两个动词相对,"柳"对"花"是名词相对,两句诗构成了一副对联,描写了美丽的春景。

再如:

> 两个黄鹂鸣翠柳,
>
> 一行白鹭上青天。

"两个"和"一行"是数量词对数量词,"黄鹂"和"白鹭"是名词对名词,"鸣"和"上"是动词对动词,"翠"和"青"是形容词对形容词,"柳"和"天"是名词对名词。此联在词性对品上是非常工整的。

例如,民国刘心源题湖南长沙岳麓山望湘亭联:

> 世界半疮痍,城郭人民环眼底;
>
> 英雄一盼睐,山川门户在胸中。

联语借登临而寄慨,揽云天以兴怀,充分表达了作者的忧乐情思,工整贴切。"世界"与"英雄"、"城郭"与"山川"、"人民"与"门户"、"眼"与"胸",相应之词均为名词相对;"半"与"一"为数词相对;"环"与"在"为动词相对;"底"与"中"为方位词相对。而"疮痍"与"盼睐",前者意为创伤,亦比喻百姓之疾苦,当属名词;后者意为顾盼,当属动词。但两者按同义连用字这一传统的对偶辞格成对,符合传统的对仗种类。

在这里还有必要说明一点,由于古代汉语与现代汉语间的差异性,今天词性对品这一要求可以适当放宽。按现代汉语语法来表述,异类词相对的范围大致包含:形容词对动词(特别是不及物动词),方位词对数目词,数目词对颜色词,同义词对反义词,副词对连词、介词,连词、介词对助词,某些成序列(系列)的名目或两种序列(系列)之间相对。如自然数列、天干地支、五行、十二属相等。

3.结构对应

结构对应指上下联词语的构成、词义的配合、词序的排列及虚词的使用、修辞的运用,合乎规律或习惯,彼此对应平衡。从现代汉语语法学的角度讲,也就是说,相应的句式结构或词语结构要尽可能一致,即主谓结构对主谓结构,动宾结构对动宾结构,偏正结构对偏正结构,并列结构对并列结构。楹联在大的语法结构对称的同时,小的词组也要做到句法一致,即主语对主语,谓语对谓语,宾语对宾语,定语对定语,补语对补语,状语对状语。

关于"结构对应"这一基本规则,必须说明的是,古人在诗文的对仗实践中,只是立足于字的相对,几乎没有涉及词和词组的概念,更没有涉及短语及句子的概念。句式结构对应的上下联一定可以构成对仗,但已经构成对仗的上下联不一定都句式结构对应。王力先生在谈到"对仗上的语法问题"时说,语法结构相同的句子相为对仗,这是正格。但是,我们同时应该注意到,诗词的对仗还有一种情况,就是只要求字面相对,而不要求句型相同。

例如,杜甫《八阵图》:

功盖三分国,

名成八阵图。

"三分国"是"盖"的直接宾语,而"八阵图"却不是"成"的直接宾语。可见对仗是不能过于拘泥句式结构相同的。鉴于此,对"结构对应"的把握,主要应侧重于上下联词语结构的对应,在此基础上,再适当关注词义配合、词序排列和修辞运用等方面的知识,唯此才有助于对"对仗"的理性把握。至于把握的尺度,则是"合乎规律或习惯,彼此对应平衡",并非强求一致。

例如:

月来满地水，

云起一天山。

此为郑板桥题瘦西湖月观亭联，上下联都是主谓补宾结构相对。

再如：

四面荷花三面柳，

一城山色半城湖。

此为清代刘凤诰题小沧浪亭联，此联巧用了数字，修辞精练。我们从结构上分析，上联的"四面""荷花""三面"与下联的"一城""山色""半城"都是偏正结构。上联的"三面柳"与下联的"半城湖"也是偏正结构。同时，上、下两联又都构成并列结构，实属精品佳作。

再如，民国时期金武祥题江苏江阴环川草堂联：

芙蓉江上占林泉，解组归来，胜境重开摩诘画；

桃李园中宴花月，飞觞歌咏，良游愧乏惠连诗。

联语遣词秀丽、感事怀人，将山水旨趣表现得淋漓尽致。上下联起句均为状谓宾结构，结句均为主谓宾结构；"林泉"与"花月"为并列结构；"解组"与"飞觞"为动宾结构；"胜景"与"良游"为偏正结构。"摩诘"，唐代诗画家王维之字；"惠连"，南朝文学家、诗人谢惠连。"摩诘画"与"惠连诗"，也同为偏正结构。从结构上分析，彼此对应，四平八稳。

对于初学楹联的爱好者，宜撰单句短联。因为楹联的字、句数越多，句子结构就越复杂，结构变化就越大，对技巧要求就越高。在楹联的创作中，词性一致与结构对应必须结合起来运用。

4. 节律对拍

节律对拍指上下联句的语句节奏保持一致。节律，也称节奏、音步，即有规律的重复。汉语基本上是以两个音节为一个节奏单位，重音落在后面的音节上。这样，节奏单位中的第二个字就被称为节奏点，整句的最后一个字为句尾。以上文"斗鸡山上山鸡斗"为例，"斗鸡""山上""山鸡"是节奏单位，而"鸡""上"分别就是节奏点，"斗"是句尾，也即"斗鸡/山上/山鸡/斗"。

出现单字，可占一节。如合肥包公祠联：

凡/吾辈/做官，须带/几分/骨气；

谒/先生/遗像，如亲/三代/典型。

同时也可以按"语意节奏",即按语句中语意的自然停顿处来确定节奏点。语意节奏与声律节奏有时一致,有时并不一致。

例如,"风云三尺剑",按声律节奏为"风云/三尺/剑",按语意节奏为"风云/三尺/剑",二者是一致的。而如"于无声处听惊雷",按声律节奏为"于无/声处/听惊/雷",而按语意节奏为"于/无声处/听/惊雷",二者是不一致的。按语意节奏确定节奏点时,遇到不宜拆分的三字、四字或更长的词语,其节奏点均在最后一字,中间不再细分节奏点。

再如:独怜京国人南窜,不似湘江水北流。按音律节奏为:独怜/京国/人南/窜,不似/湘江/水北/流;而按意义为:独怜/京国人/南窜,不似/湘江水/北流。又如宋代谢枋得的诗句:"天地寂寥山雨歇,几生修得到梅花?"后一句按声律节奏为:几生/修得/到梅/花? 而按语意节奏为:几生/修得到/梅花? 以上两例,语意节奏与声律节奏也是不一致的。创作联句,最好两者能兼顾为佳。

5. 平仄对立

平仄对立指上下联语句节奏点平仄声调相反。具体来讲,这一基本规则有三个层面上的含义:

一是单句联及多句联的分句,一句之内的若干节奏点上要平仄交替;而上、下联对应的节奏点上要平仄相反。

当句节奏点交替使用平声和仄声时,能够造成声调上的抑扬顿挫。以"龙隐洞中洞隐龙"为例,"隐"是仄声,"中"是平声,则节奏点在"仄—平—仄"中交错,形成一种回环往复的音韵美。

我们也不难看出,"斗鸡山上山鸡斗,龙隐洞中洞隐龙"这副佳对,上下联之间的节奏点是相对的,即"斗鸡"的"鸡"是平声,"龙隐"的"隐"是仄声。而句尾则是固定的格式,即仄起平收,如"山鸡斗"的"斗"是仄声,"洞隐龙"的"龙"是平声。

则有如:○平○仄○平仄

　　　　○仄○平○仄平

二是多句联的各分句之句脚要平仄交替。句脚是指对联中每一个分句的最后一个字。一般情况下,多句联的句脚,其声调按顺序形成两平两仄的交替,例如:三分句联,上联句脚是平平仄,下联是仄仄平。四分句联,上联句脚是仄平平仄,下联是平仄仄平。五分句联,上联句脚是仄仄平平仄,下联是平平仄仄平。

当然还有交替式,如:

> 上得峰峦,信也出云里,是能读九岭松风、四湖烟水;
>
> 重开气象,恍然入画中,此处有双潭日月、一井乾坤。

此联为马培国先生题山东邹城市上九山村的楹联,上联分句脚是"峦、里、风、水",为平仄平仄,下联分句脚是"象、中、月、坤",为仄平仄平。

三是上联尾字用仄声,下联尾字用平声。这是写楹联必须遵守的规则。无论是单句联还是多句联,它的上联最后一个字都必须是仄声字,下联最后一个字都必须是平声字。

例如,民国严寅亮题四川江油匡山书院联:

> 望远特登楼,分明几座村庄,红杏丛中沽酒旆;
>
> 感怀凭倚槛,遥忆先生杖履,白云深处读书台。

联语以"登楼""倚槛"作喻,感怀寄意,勉励学子求知须更上一层楼,切教育之宗旨。上、下联分别由五言、六言、七言三个分句构成,各分句句内节奏点依循正格安排平仄交替,而上、下联之相应节奏点平仄相反,即上联依循"仄仄仄平平,平平仄仄平平,仄仄平平平仄仄",下联依循"平平平仄仄,仄仄平平仄仄仄,平平仄仄仄平平";上、下联分句句脚平仄分别为"平平仄""仄仄平",令节奏和谐,酣畅可诵。

6.形对意联

形对意联指上下联之间形式上相对仗、意义上相关联。对联作为一种文体形式,是表达某种主题的工具和载体。首先,在形式上表现为上下联的"对举"。对举,犹对偶,相对举出,互相衬托。这种对举包括对应字词的类别一致及平仄的对立。其次,在语意上,上下联所表达的内容,包括景色、形象、思想、意境等,必须相关联,围绕着同一主题展开,为同一主题服务。否则,只是原始的、普通的对偶,不是文体意义上的对联。即使《声律启蒙》中的"天对地""雨对风",也只是修辞材料的运用,都不能称其为对联。

例如,民国徐琪题浙江杭州西湖三潭印月联:

> 孤屿春回,许与梅花为伍;
>
> 寒潭秋静,邀来月影成三。

联语即景抒怀,上联以"梅花"喻高洁情操;下联化用唐李白《月下独酌》诗中"举杯邀明月，对影成三人"之句，暗含一个"印"字，遂以秋月喻淡泊旨趣。"孤屿"与"寒潭"，切地切景；"春回"与"秋静"，穿越时空；"梅花"与"月影"，一实一虚，营造出颇为惬意的清雅爽心之意境情调，耐人咏诵，从而共同完成了塑造三潭印月艺术形象的同一主题。

比如：

一劳永逸长生乐，

万象回春大地新。

此联在平仄、词性方面基本对称，但上下联内容相互孤立，不能共同表达一个完整的主题。

这里有必要提一提"无情对"。"无情对"字面对仗，而内容互不关联，此谓"无情"。且联对内容越是相去万里，越是佳作。经典一联如：

三星白兰地，

五月黄梅天。

这副对联平仄合律，逐字相对，绝对工整，上下联分别成文，但是上下联在意义上毫不相干。上联以"三星"限酒名"白兰地"，"三星"似是数字对，但未确指，不同"三光日月星"之含义；下联以"五月"释"黄梅天"，正符合节令气候特点。以"五月"对"三星"，"白兰地"对"黄梅天"，词性对得极工。此联有弄文字游戏之嫌，但细加玩味，却妙趣盎然，实属妙联。

古人留下了无数有趣的无情对，我们再来看几个比较有名的：

色难，

容易。

此联相传是说朱棣和解缙的故事。朱棣出"色难"让解缙应对。"色难"一语，出自《论语·为政》："子夏问孝，子曰：'色难。'"意思是子女侍奉父母，要经常保持和颜悦色，是件很难的事。谁知解缙听后，张口就说："容易。"朱棣等了一会，又问了一遍："既说容易，你就对下联吧。"解缙说："我不是对出来了吗？"这回朱棣听明白了。其妙在"容"字借用了"容貌"之意，与"色"形成工对；而"难"和"易"意思相反，毫无破绽。

以清代"张之洞"入对的无情对也极富趣味。民国徐珂《清稗类钞》中有云：

张文襄（即张之洞，谥文襄）早岁登第，名满都门，诗酒宴会无虚日。一日，在陶然亭会饮，张创为无情对，对语甚夥，工力悉敌。如"树巳半枯休纵斧"，张对以"果然一点不相干"，李莼客侍御慈铭(李慈铭，号莼客)对以"萧何三策定安刘"。又如"欲解牢愁惟纵酒"，张对以"兴对群怨不如诗"。此联尤工，因"解"与"观"皆为卦名，"愁"与"怨"皆从心部，最妙者则"牢"之下半为"牛"，而"群"字之下半为"羊"(此处所用之群为异体字羣)，更觉想入非非。最后，张以"陶然亭"三字命作无情对，李芍农侍郎文田(李文田，号芍农)曰："若要无情，非阁下之姓名莫属矣。"众大笑，盖"张之洞"也。

此段话中创有两副"无情对"之名作，如下：

> 树巳半枯休纵斧，
> 果然一点不相干。

> 张之洞，
> 陶然亭。

再如：

> 公门桃李争荣日，
> 法国荷兰比利时。

上联出自《资治通鉴》："或谓狄仁杰曰：'天下桃李，悉在公门矣！'"指唐代名臣狄仁杰门生之多。下联为三个国名。荷兰，拆成"荷""兰"两种花名，与"桃李"对；比利时，此处理解成"比利(之)时"，与"争荣(之)日"对。上下联两用借对，虽南辕北辙，但字字对仗工整、出色。

"无情对"多属文字游戏，也有包含深刻内容的创作。如讽李鸿章联：

> 杨三巳死无苏丑，
> 李二先生是汉奸。

上联表达了对名丑杨三死亡的哀悼。杨三，原名阿金，号鸣玉，为清朝同治、光绪年间著名的京剧表演艺术家，因排行第三，人称"杨三"。因为他祖籍江苏扬州，演的是昆剧丑角，当时也被称为"苏丑"。而下联则是表达了对李鸿章的嘲讽。杨鸣玉死于1894年，而李鸿章(排行第二)由于在1895年初与日本签订了丧权辱国的《马关条约》，因此被当时百姓视为汉奸。

总而言之，就楹联格律而言，"基本规则"只是初级的、简化的表述形式，初学楹联创作者只要遵循上述六条基本规则，就可以创作出中规中矩的楹联作品。换言之，在所有的情况下，只要遵循了上述六条基本规则的楹联，肯定是合格的作品,甚至有可能是上乘之作。但是,在特定的条件下,未能遵循上述六条基本规则的楹联,未必就是出格的作品,甚至有可能是传世佳作。

第二节　楹联文体的禁忌

楹联与其他文体一样,在创作过程中也存在一些需要避讳的地方,主要表现在以下三个方面:

一、忌"三平尾"和"三仄尾"

楹联是从格律诗中衍生而来的,所以也需符合一定的格律。楹联除了需要仄起平收、字数对等、词性对品、结构对应、节律对拍之外,还应尽量避免"三仄尾"和"三平尾"。那么,什么是"三平尾"和"三仄尾"呢?

拿七言绝句举例,七言绝句的基本句型只有四种:

(1)仄仄平平仄仄平;

(2)平平仄仄平平仄;

(3)仄仄平平平仄仄;

(4)平平仄仄仄平平。

如若用在楹联中,由于楹联七言可以"一三五不论,二四六分明","仄仄平平平仄仄"句型的第五字就容易平声用仄声,变成"仄仄平平仄仄仄",这就是三仄尾。同理,"平平仄仄仄平平"句型第五字也就容易仄声用平声,变成"平平仄仄平平平",这就是"三平尾"。

之前,学者认为古人写诗作联时会尽量避免出现"三仄尾"和"三平尾",因为格律诗的三字尾是由两个音节组成的,声律上必须有变化;如果用三平或三仄,一连三个同声字,声律就没有变化,显得呆板,不能体现音调的高低抑扬变化,听起来就不会和谐悦耳,影响吟咏效果,破坏音律美。

然而事实上,唐人的诗作也较常见"三仄尾"和"三平尾"。崔颢《黄鹤楼》中名句"黄鹤一去不复返,白云千载空悠悠"中,"不复返""空悠悠"便是三仄、三平尾。也有人做过统计,在《全唐诗》里,五言格律诗中犯"三平尾"的共256句,占1%左右;七言格律诗中犯"三平尾"的共87句,占0.2%左右。应该说,至少在唐代,"三平尾"的现象还是比较严重的。如:

浣花流水水西头，主人为卜林塘幽。（杜甫）

水槛虚凉风月好，夜深谁共阿怜来。（白居易）

振锡导师凭众力，挥金退傅施家财。（白居易）

祥云辉映汉宫紫，春光绣画秦川明。（杜牧）

王维、李白、杜甫、白居易这样的大诗人作诗都有"三平尾"的现象，其中杜甫甚至可以说是比较喜欢用"三平尾"的诗人。

那么，写诗作联是否一定要避免出现"三平尾"和"三仄尾"呢？南朝沈约是反对"三仄尾"的，认为应当避免，只是没有形成官律。而唐诗在李商隐以后，"三仄尾"就少见了。宋诗、清诗中，"三平尾"和"三仄尾"也较为少见。现代学者王力、沙地、吴丈蜀等前辈权威也没有做出明确的定论说是避还是不避。

不过，如今避免"三平尾""三仄尾"是大势所趋。"三平尾"名人可用、凡人可用、古人可用、今人更可用，只有严格的格律诗不会用。如果真的不小心用了"三平尾"和"三仄尾"，也无妨，写诗作联，应是内容为上，正所谓"炼格不如多炼意"。《红楼梦》里林黛玉有一句话说得好："若果是有了奇句，连平仄虚实不对都使得的。"比如"黄鹤一去不复返，白云千载空悠悠"一联，不符合律诗的平仄要求，尽管如此，后人仍认为这首诗为千古绝唱！南宋严羽《沧浪诗话》有评："唐人七言律诗，当以崔颢《黄鹤楼》为第一。"此言不虚。

二、忌"合掌"

所谓"合掌"即上下联所表达的句意相同，或上下联词语、词组意思相似。两只手掌本为对称，却合而为一，即称作"合掌"。此一形象说法，意指上下联对应位置语意重复，既无互补，又非对立，徒增累赘。合掌是楹联创作中的大忌，也是大家最常犯的一个错误。如：

　　神州千古秀，

　　赤县万年春。

这里"赤县"和"神州"指的都是中华大地，而"千古秀"和"万年春"本质意思也是一样的，所以上下联说的是一个东西、一种意思，这就是"合掌对"。又如：

　　蟾影上窗人未睡，

　　月光叠案酒犹添。

这里"蟾影"指的就是月光，下联还用"月光"来对，就是在重复表达，所以此联便是一副"合掌"的对联。再如：

> 黄莺枝上啭，
>
> 春鸟柳梢啼。

这里下联中的"春鸟"就已经包括了"黄莺"，所以再用"春鸟"来对"黄莺"的话，就"合掌"了。

但是，在楹联创作、赏析、评审中要注意把握好判断"合掌"的尺度，因为具体语境下产生的意境各不相同，有些联句虽有"合掌"之嫌，却为佳篇。如：

> 蝉噪林逾静，
>
> 鸟鸣山更幽。

有人认为这是"合掌"现象，其实不然。这两句诗极富诗境，一静一动，互为映衬，意象万千，下句之于上句是递进与补充的关系，不仅不"合掌"，反而对仗工整，诗意盎然。

判断一副对联是否"合掌"，主要依据两个条件：一是所用词语相似，所写事物相同；二是上下联意思相同，意象空间重叠。

三、忌"不规则重字"

《联律通则》的避讳中规定：楹联应忌"不规则重字"。"不规则重字"主要表现为"同位重字"和"异位重字"两种情形。

所谓同位重字，就是以同一个字在上下联同一个位置相对，这是联家大忌。因为重字缺少变化、意思相同，容易形成"合掌"；再者，同字平仄相同，有失联律。不过，有些虚词的同位重字是允许的，如：

> 漏网之鱼，世间时有；
>
> 脱天之鸟，宇内尚无。

所谓异位重字，就是同一个字出现在上下联不同的位置。如：

> 为人在世明荣辱，
>
> 处世于今知是非。

这是北京某中学征联比赛获奖作品，这个"世"字属不规则重字。再如：

> 煤海流金，安全胜似泰山重；
>
> 矿山献宝，幸福犹如汾水长。

这是某煤矿安全主题春联竞赛中的获奖作品，上下联不同位置用了两个"山"字，也应属避忌列。

不过,如果撰联中恰当使用重字,发挥其积极的修辞作用,还是能够起到突出重点、强调语气、容易记忆的良好表达效果。如杭州西湖天下景亭联:

> 水水山山,处处明明秀秀;
>
> 晴晴雨雨,时时好好奇奇。

此副楹联共 10 字重叠,把西湖山光水色、晴雨景象尽收联中,充满韵味,耐人回味,可谓妙趣横生。

又如闻楚卿先生为李尔重题联:

> 尔寿尔康,尔公尔正;
>
> 重文重德,重党重民。

一副 16 字联,被嵌者的名字竟出现 4 次,将被嵌者的身份、言行、品德概括无遗。

还有些虚词可以例外,如:

> 不坠青云之志,
>
> 宁移白首之心。

再如:

> 大肚能容,容天下难容之事;
>
> 开口便笑,笑天下可笑之人。

联中"之"字不算重字,因为一来在汉字体系中,虚词数量少、作用多、使用率高,对无所对,替无所替;二来虚词一般不在节奏点上,可以放宽限制。

第三章　楹联格律(下)

第一节　平　　仄

格律诗对楹联的影响颇大。某些楹联,实际上就是从格律诗中派生出来的。因此,传统的或说是正统的楹联写作就不可避免地形成了与格律诗极为类似的格局和程式。这种传统的格局和程式,有比较严格的格律要求,主要表现在平仄和对仗两个方面。我们先说平仄。

一、"平仄"和"四声"

(一)"古四声"和"今四声"

平仄是诗词格律的一个术语,与汉语声调相关。古人把古四声分为平、仄两大类。辨别四声,是辨别平仄的基础。知道了什么是四声,平仄就好懂了。

我们要知道古四声,必须先知道声调是怎样构成的。所以这里先从声调谈起。

声调,这是汉语及某些其他语言的特点。语音的高低、升降、长短,构成了汉语的声调,而高低、升降则是主要的因素。拿普通话的声调来说,共有四个声调,我们称作"今四声"①:

(1)阴平;(2)阳平;(3)上声;(4)去声。

其中,阴平是一个高平调(不升不降叫平);阳平是一个中升调(不高不低叫中);上声是一个降升调;去声是一个高降调。

古代汉语也有四个声调,但是和今天普通话的声调种类不完全一样。古代的四声是:

(1)平声;(2)上声;(3)去声;(4)入声。

据记载,汉语声调有四声,是南朝齐、梁时期文人的发现。梁武帝曾经问朱

---

① 王力.诗词格律[M].北京:中华书局,1983.

异:"你们这帮文人整天在谈四声,那是什么意思?"朱乘机拍了一下马屁:"就是'天子万福'的意思。"天是平声,子是上声,万是去声,福是入声。

古代的四声高低升降的形状是怎样的,现在已不得而知。依照传统的说法,平声应该是一个中平调,上声应该是一个升调,去声应该是一个降调,入声应该是一个短调。《康熙字典》前面载有一首歌诀,名为《分四声法》:

> 平声平道莫低昂,
>
> 上声高呼猛烈强,
>
> 去声分明哀远道,
>
> 入声短促急收藏。

我们再来讲入声。这个声调是一个短促的调子,一般以塞音[-p]、[-t]、[-k]收尾,或以喉塞音[-ʔ]收尾。北方的大部分和西南的大部分口语里,入声已经消失了。所以,以长江为界,以是否有入声为标准,汉语方言分为北方方言和南方方言。南方方言大部分存在入声情况,如江浙、福建、广东、广西、江西等地还保存着入声。当然,语言发展是不平衡的,北方也有一些地方,如山西、内蒙古部分区域保存着入声,没有完全消失。湖南新湘话受普通话的影响,入声不再短促,但也保存着入声这一个调类。

关于古四声与今四声的对应关系,元代周德清的著作《中原音韵》为我们提供了有力的文献佐证。书中记载"平分阴阳,入派三家",即古平声分化为今阴平和阳平,而入声字则分化为古平声、上声、去声。所以,北方的入声字,有的变为阴平,有的变为阳平,有的变为上声,有的变为去声。就普通话来说,据调查统计,入声字变为去声的最多,其次是阳平,变为上声的最少。西南方言(从湖北到云南)的入声字一律变成了阳平。①

(二)"平仄"和"四声"的对应关系

古人把古四声分为平、仄两大类。古平声单独归为一类,称之为"平";古上声、去声、入声归为一类,称之为"仄"。相应地,今四声中阴平、阳平称之为"平",上声、去声称之为"仄"。图示如下:

---

① 王力. 诗词格律[M]. 上海:中华书局,1983.

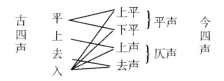

对于楹联创作是用古四声还是今四声,《联律通则》坚持"时代性"原则,明确规定:"用字的声调平仄遵循汉语音韵学的成规",实行"双轨制",即划分平仄既可以遵循古代"平水韵",以平声为平,上声、去声、入声为仄;也可以按照现代汉语普通话的正规读音,以阴平、阳平为平,上声、去声为仄。但是,在同一副对联中,两者不可以混用。①

北方方言区的同学在学习平仄的时候存在一大困难,就是古入声字今读阳平的情况。因为大多数北方方言已经没有入声字了,入声字已分别转化为阴平、阳平、上声、去声。变成了上声字和去声字的入声字,在确认是否仄声时没有难度,还是仄声。主要是变为平声的字,难以辨识,如:白、读、毒、竹、独,等等,原为古入声字,应是仄声。所以,在初学楹联时,我们建议以今四声为创作规则。

二、楹联的平仄结构

与诗词同出一脉,律诗里的律句形式,也就是所谓的平仄结构,同样适用于楹联。

拿七言律句举例,七言律句的基本句型只有四种:

(1)平平仄仄平平仄;

(2)仄仄平平仄仄平;

(3)仄仄平平平仄仄;

(4)平平仄仄仄平平。

按照楹联的基本规则中"平仄对立"的要求,我们看,(1)和(2)自然构成了一副对联的平仄形式;(3)和(4)同理。

七言律句减去前面两个字,就是标准的五言律句,如下:

(1)仄仄平平仄;

(2)平平仄仄平;

(3)平平平仄仄;

---

① 中国楹联学会.联律通则(修订稿)[J].对联·民间对联故事(下半月),2010(7).

（4）仄仄仄平平。

（1）和（2）、（3）和（4）也同样构成了一副五言的对联平仄形式。

需要说明的是，律诗中"一三五不论，二四六分明"的原则，也适用于对联，是指五、七言诗每句的第一、三、五字，不拘平仄，当用平声字的用了仄声字，或当用仄声字的用了平声字，皆无不可；而每句的第二、四、六字，则须平仄分明，不容更换。皆因一、三、五字平仄移易，读音影响不大，二、四、六字平仄失调，则读之拗口，乃律诗之大忌，用于楹联创作，也是传统楹联作法之大忌。

短句楹联中，以五言句和七言句为最多，对格律要求也最严，而其中又以七言句为根本，因为其他所有的句子，都可以看作是从七言句化来的。我们简单分析一下不同字数联句平仄的主要形式：

一言句：仄；平。

二言句：仄仄；平平。这是正格。重音节在后一字上，所以，第一字有时是可宽的。如"作赋；观书""眼底；眉尖""落絮；游丝""白鹤；青鸾"。

三言句：平仄仄；仄平平。这是常用的，也有如平平仄；仄仄平。这三字句就相当于七言律句的后三字，其变化也不外如此。就三字而言，第一字也是可宽的。如"星拱北；月流西""横醉眼；捻吟须""山不断；水无涯""花有艳；竹成文"。

四言句：平平仄仄；仄仄平平。这是七言的前四个字。有些变化，也如"平平平仄；仄仄仄平"或"仄平平仄；平仄仄平"，把它放在七言句上看，也属于一三不拘的变化范畴。

六言句，常用的则是仄仄平平仄仄；平平仄仄平平。

八言句，可以看成三言句与五言句的组合。

九言句，可以看成四言句与五言句的组合。

十言句，可以看成三言句和七言句的组合。

十一言句，可以看成四言句和七言句的组合。

通过这样的分组结构分析，则可以看出，七言句的平仄句式，既是最常用的，也是最根本的。

三、楹联的拗句情况

先看律诗。在律诗中，首先拗句必须是律句，不是律句就谈不上"拗"。从广义上讲，凡不合平仄格式的字就是拗，那么变格律句就是拗句了。在律诗中，我们要说的拗句相对来说也有固定的格式和要求，这也是狭义上的拗句，在具体分析的时候还要分成小拗和大拗。小拗通常是指第1、3、5字平仄格式发生变化，大拗是指第4、6字（五言第4字、七言第6字）平仄发生变化。对联中的拗救与五律、七律、五绝、七绝一样。如：上联（平平）平仄平仄仄，第6字当平而仄拗，第3字当平而仄是针对六仄拗的一种句中自救，也必须救，否则就是孤平，是联律大忌！而下联要当仄而平救：如（仄仄）仄平仄平平。

律诗与楹联有着不可分割的关系。律诗是有拗就要救，但由于楹联只有上下句，没有其他律句相映衬，故关于拗救部分的小拗通常不要求在楹联中使用，也就是说楹联中的小拗可不救，只要整体平仄声和谐即可。例如"平平仄仄仄平仄"，律诗要求对句格式为"仄仄平平平仄平"，如果对句不进行拗救仍然是"仄仄平平仄仄平"，我们就认为此诗句不合律。但这种情况在楹联中不属于出律范畴，只要对句仍然是相对应的律格联句即可，即遵循"一三五不论，二四六分明"的规则。

关于大拗句的格式，律诗中的格式是固定的，就是上面列举的两种格式。楹联则不同，因为楹联仅仅是两个句子之间的对仗，所以楹联更大程度上倾向于平仄相反律，特别是网络楹联的兴起，更是给拗句的另一种格式提供了温床。楹联拗句（大拗）也是两种，但每种有两种应对格式，即：

（平平）仄仄平仄仄，（仄仄）平平平仄平（格式一，律诗格式）

（平平）仄仄平仄仄，（仄仄）平平仄平平（格式二，相反律格式）

（仄仄）平平仄平仄，（平平）仄仄仄平平（格式一，律诗格式）

（仄仄）平平仄平仄，（平平）仄仄平仄平（格式二，相反律格式）

以上相反律格式仅适用于楹联，但不适用于律诗。楹联中的拗句在日常使用时也有很重要的地位。有人统计，在691副古今风景名胜区名联中有拗句联（包括多分句联中拗句分句）41副，比例约为6%。所以，我们一定要掌握，不能看到拗句联而不知其为何物。

例如，我们通常讲的历史上第一副对联"新年纳余庆，佳节号长春"，出句就是上面说的第二种格式，在第3字拗，在第4字进行了救。再如泰安泰山楼联"我本楚狂人，五岳寻仙不辞远；地犹邹氏邑，万方多难此登临"，出句第二分句也是上述第二种拗句格式，第5字拗第6字救。又如洛阳邙山吕祖阁联"东南瞻崿岭，千层翠黛朝凤阙；西北听洪水，万丈波涛出龙门"，出句第二分句就是上述第一种拗句格式,对句第二分句完全按照相反律来安排平仄,是第一种拗句的格式二的相反律格式。

第二节 对　　仗

对联,对仗之联也。对联的基本规则"六要素",即为"对仗"之细化:字句对等、词性对品、结构对应、节律对拍、平仄对立、形对意联。下面,从不同角度,我们探讨楹联对仗的种类。

一、根据对仗的宽严程度,可分为工对、宽对

(一)工对

工对也就是严对,要求严格遵守对仗的"六要素"原则。特别是词类对仗,要求所对仗的词属于同一小类。如果没有满足"对仗"之基本要素,则为"失对"。

"工对"的第一要求——词类相当。王力先生在《诗词格律》中,按照诗的对仗,将词分成九类,即名词、形容词、数词(数目词)、颜色词、方位词、动词、副词、虚词(连词、助词之类)和代词。动词对动词,名词对名词。名词又可划分出天文、时令、地理、宫室、服饰、器用、植物、动物、人伦、人事、形体等来应对。

"工对"的第二要求——结构相应。主谓结构对主谓结构,偏正结构对偏正结构,联合结构对联合结构。

"工对"的第三要求——节奏必须相同,平仄协调。如果上联以两个字为一顿,下联也必须以两个字为一顿,如:

> 书山/有路/勤为径,
>
> 学海/无涯/苦作舟。

同时,平仄也需相对:

> 平平仄仄平平仄,
>
> 仄仄平平仄仄平。("学"为入声字)

其中,一三五位置上虽可不论,二四六位置必须分明。这些都是需要严格遵守的。

且看福建福州小西湖一联:

> 桑柘几家湖上社，
>
> 芙蓉十里水边城。

"桑柘"与"芙蓉"同属植物类，"几"与"十"同属数词类，"湖"与"水"同属"地理类"，"上"与"边"同属方位类，"社"与"城"同属宫室类，诚工对也。

小类相对中，数目、体形、颜色、方位更是自成一格。举例如下：

数目对：

> 一诗二表三分鼎，
>
> 万古千秋五丈原。（五丈原联）

体形对：

> 四面湖山归眼底，
>
> 万家忧乐到心头。（岳阳楼联）

方位对：

> 福如东海，
>
> 寿比南山。

若相对仗的词是相邻的小类，也认为属工对。王力在《汉语诗律学》中把用于工对的相邻小类分为二十种，分别是"天文对地理、天文对时令、地理对宫室、宫室对器物、器物对衣饰、器物对文具、衣饰对饮食、文具对文学、植物对动物、形体对人事、人伦对代名、疑问代词对副词、方位对数目、数目对颜色、人名对地名、同义字对反义字、同义字对连绵字、副词对连介词、连介词对助词"。

兹举岳阳楼一联：

> 杜老乾坤今日眼，
>
> 范公忧乐古人心。

此联中，"乾坤"对"忧乐"系同义字对反义字类，也觉工整。当然，对联尽力求工，但求工太过，走上反面，形成同义反复，则是作联之大忌。

（二）宽对

"宽对"是相对于"工对"而言的。如果不能完全做到词类相当、结构相应、节奏相同和平仄协调这几点，那就是宽对。宽对有如下几种情况：

1.相同的词性即可以对仗，不必再分小类。

> 青山/有幸/埋忠骨，
>
> 白铁/无辜/铸佞臣。

其实这是一副宽对,下联以"白铁"来对"青山",是用了"器物类"来对"地理类",以"臣"来对"骨",是"人伦类"对"形体类"。在古代,这其实是一副宽对,只不过在现代,把它看作工对。

再如:

> 春在江山上,
>
> 人入画图中。

"春"属于时令类,"人"属于人物类,但都属于名词,古代可把这副对联看作不工,现代可以把它看作工对。

2. 不同词性的词只要具有相同的语法功能,亦可对仗。如北京古藤书屋一联:

> 一庭芳草围新绿,
>
> 十亩藤花落古香。

"芳"为形容词,"藤"则为名词,但同用于修饰后面的名词,亦可。

3. 上下联语法结构有异,能对亦可。如河南信陵君庙联:

> 大河南北望,
>
> 万里风云通。

上联结构是"大河(主语)+南北(状语)+望(谓语)",下联结构是"万里(定语)+风云(主语)+通(谓语)",显然结构上并不一致,但字面对仗还是工整的,并无失对之嫌。

4. 同字对仗。工对忌重字,宽对则不避。最典型的莫过于岳阳楼一联:

> 洞庭天下水,
>
> 岳阳天下楼。

"天下"二字完全重复,但用在这里非但不使人感觉重复,反而感受到一种特别的气势。

5. 局部不对,亦可对仗。如集毛泽东、周恩来诗(词)句一联:

> 不到长城非好汉,
>
> 难酬蹈海亦英雄。

全联仅有"长"与"蹈"不对,作为一副集句联,也算难能可贵了。

宽对的形式大多是半对半不对,出现这种情况的对联有两种:一为上联所用的词类较窄或者结构较偏,又碍于平仄,使下联难于工对;二为作对联者联艺不高,学识有限,只能以宽对应对上联。

然而,从古至今,形式必须为内容服务,对联亦不例外。若拘泥平仄使内容有损,何不放宽限制呢? 写诗作联,取意为上。古今楹联作品,以宽对为主,因为刻意求工,往往因词害意,步入形式主义。因此,高明的联家往往是顺其自然,能工则工,难工则宽。

二、根据对仗的内容,可分为正对、反对、串对

一副对联由上联和下联两部分组成。从上下联联意内容的相互关系看,对联存在着并立、对立、顺连三种方式。人们习惯称之为正对、反对、串对。

(一)正对

上下两联,角度不同,意思互相补充,内容相似或相关。如清代毕沅题岳阳楼联:

> 湘灵瑟,吕仙杯,坐揽云涛人宛在;
>
> 子美诗,希文笔,笑题雪壁我重来。

上联写两位传说中的神仙,下联则写两位文豪,相互映衬。

(二)反对

上下两联,一正一反,语义互相对立。最著名的反对之作应是清代徐氏女题西湖岳飞墓联:

> 青山有幸埋忠骨,
>
> 白铁无辜铸佞臣。

上联之褒,荣于华衮;下联之贬,严于斧钺。上下联对比尖锐,爱憎分明,产生了巨大的艺术感染力。

较长联中使用反对的如:

> 上官吏彼何人? 三户仅存,忍使忠良殄瘁;
>
> 太史公真知己,千秋定论,能教日月争光。

这是汨罗屈子祠里一联,写的也是奸、贤两种人的对比。上官大夫陷害屈原,而司马迁则高度推崇屈原,《史记》谓之"虽与日月争光可也"。

(三)串对

楹联中,串对又名"流水对",是和正对、反对并列的一种对仗形式,其上下联意思顺连,在语法上形成一个复句,构成连贯、递进、转折、选择、假设、目的等复合关系。

一般的对仗是上、下两句各自表达一个意思，能够各自独立成文，两句之间互不依存，是并列的关系。而流水对和一般的对仗不同，王力先生认为："所谓流水对是说相对的两句之间的关系不是对立的，而是一个意思连贯下来；也就是说，出句与对句不是两句话，而是一句话。"①正因为如此，流水对的上下联应是"一意相承，不能颠倒"的。由此可见，流水对的出句与对句有上下相承的关系，在意义上和语法结构上不是对立的；两者是有一定秩序的语言结构，不能脱离或颠倒。

流水对有三种类型：

1. 单句形式流水对

单句形式流水对就像王力先生所说"一句话分成两句说"，上下联是一个单句，例如杜甫《怀锦水居止》中：

犹闻蜀父老，

不忘舜讴歌。

这本是一个省略了主语的单句，谓语是"犹闻"，宾语是"蜀父老不忘舜讴歌"。作者把宾语拆开，把"蜀父老"分到出句上，而把"不忘舜讴歌"作为对句，使出句与对句词性对应相同。出句与对句既对仗稳妥，又在意思上连成一脉，真像流水一样没有间隔。

2. 问答形式流水对

问答形式流水对通常是上联设问，下联解答，一问一答，自然连贯。例如周恩来挽张冲：

安危谁与共？

风雨忆同舟。

周恩来此联用问答式表达了对张冲的沉痛悼念追怀。如果只看上联或是下联，那意思就不完整了，无法准确地理解此联中的感情。

3. 复合句形式流水对

复合句形式的流水对中，作为复合句的两个分句——上联和下联之间有着各种各样的语法关系，我们可以用关联词来连接。

复合句形式流水对中的语法关系主要有三种，分别是假设关系、因果关系、

① 韩巍.平行原则下的唐诗英译研究［D］.上海：上海外国语大学,2013.

条件关系,皆是典型的"流水对"。

(1)假设关系。出句提出假设,对句出结论。关联词有"若""如""便""如果……就""要是……就"等。如:

> 若问梅消息,
>
> 须待鹤归来。

一格言联,如:

> 欲知千古事,
>
> 须读五车书。

(2)因果关系。例如杜甫《中夜》中:

> 长为万里客,
>
> 有愧百年身。

诗人杜甫因为长期为客而感慨虚度此生,形成因果关系,上下联可以用"因为……所以……"来连接。

(3)条件关系。例如:

> 吃得苦中苦,
>
> 方为人上人。

此联意思是只有吃得苦,方能成为出众之人。上下联形成条件关系,可用"只有……才……"来连接。

流水对是楹联中不算常见的一种形式,流水对上下两句在表意的流程中构成对仗,是流动中的对仗。它能够克服一般对仗的呆板、凝滞,具有生动、流转的特征,在动态中实现了匀齐美,从而把对仗的美学效应推向极致。对于我们来说,流水对的创作要求比较高,不用强求。我们要了解的只是流水对的巧妙之处,掌握了这种创作方法,再作其他形式的联就会变得轻易很多。我们在平时作联时可以试着看能否作成流水对的形式,即使不是完全意义上的流水对,但有了流水对的味道,联会变得自然流畅许多。

第三节 句　　法

对联除了要做到对仗和谐、平仄合理、节奏有致、词性相近，还要注意句法问题。句法问题，实质就是语法的逻辑问题。句法不通，即使联句意义再好，也难成佳句，这是属对中不可忽视的一个问题。常见的对联（短联）句法，大致有以下几种类型：并列关系、连贯关系、递进关系、假设关系、条件关系、转折关系、选择关系、因果关系和目的关系等。

1. 并列关系

上下联在形式上平行并列，语气一致，上下联分别从两个不同的角度说明同一个事物，以表示同一主题的称为并列关系，这种形式的联语常在句中用"也""又""既……又……"等，也可以不用关联，不用关联词，称意合法。大多数楹联属于并列关系范围。如：

> 法制成风国泰，
> 道德化雨民安。

2. 连贯关系

上下联按时间顺序叙述连续的事件，或者按意义上的承接关系构成，称连贯关系，关联词多用"已……又……""才……又……"等。如一副甲午战争后讽刺清政府将台湾割让给日本的对联：

> 台湾省已归日本，
> 颐和园又搭天棚。

3. 递进关系

对句和出句的关系从小而大，由浅入深，由表及里，这种关系被称为递进关系。常用的关联词有"况""更""不但……而且……"等。如：

> 进门都是客，
> 到此即为家。

再如一理发店联：

> 不教白发催人老，
> 更喜春风吹面生。

在叙事层次上,下联比上联更深一层,下联化用白居易《赋得古原草送别》中"春风吹又生"句,寓意尤浓,此为联句的高妙之处。有的联省去表示递进关系的关联词,而并不减其递进的意思。

4. 假设关系

出句提出假设,对句做出结论,这种句法关系称假设关系,常用的关联词有"若""如""便""如果……就""要是……就"等。如:

> 若能杯水如名淡,
>
> 应信村茶比酒香。

上联出句提出假设,对句推出结果,意思是说如果能将名利视为杯水一样清淡,你会觉得农家的清茶胜过酒的香醇。

例如王之涣《登鹳雀楼》中的名句:

> 欲穷千里目,
>
> 更上一层楼。

此联意指如果想要想看到无穷无尽的美丽景色,那么应当再登上一层楼。上下联形成因果关系,两联之间可以用"如果……那么……"来连接。

5. 因果关系

上下联可以用"因为……所以……"来连接。例如毛泽东《和郭沫若同志》中:

> 金猴奋起千钧棒,
>
> 玉宇澄清万里埃。

联句之间是因果关系,上、下联也不能颠倒过来。再如集句联:

> 读书破万卷,
>
> 落笔超群英。

上联摘自杜甫诗句"读书破万卷,下笔如有神",下联摘自李白诗句"吴江赋鹦鹉,落笔超群英",两者恰巧可为一佳对。

有时候,也有前果后因的倒装句。如:

> 莫愁前路无知己,
>
> 西出阳关多故人。

6. 条件关系

上下联形成条件关系,可用"只有……才……""只要……就……"等来连接。例如：

> 天地入胸臆，
>
> 文章生风雷。

此联意思是只要胸中如天地开阔，就能生成如风雷般震撼的文章。

7. 转折关系

出句推出条件，对句反向叙说。关联词有"但""却""然"等，也有不用的。如理发店有一联：

> 虽为毫末技艺，
>
> 却是顶上文章。

8. 选择关系

上下句，二选一。常用"宁……不……""与其……不如……""但""不"等关联词。如：

> 宁为玉碎，
>
> 不为瓦全。

又如四川德阳白马庞靖侯祠联：

> 明知落凤存先帝，
>
> 甘让卧龙作老臣。

联中庞统，号凤雏，死后谥靖侯。明知落凤，即明知自己会死，却还是选择了和刘备在落凤坡前换马骑行，最终被乱箭射死，心甘情愿成就了诸葛亮辅佐刘备三分天下之功。

9. 目的关系

上下句之间为目的和行动的关系。一般出句为目的，对句为行动。如长沙岳麓山联：

> 直登云麓三千丈，
>
> 来看长沙百万家。

"登"是为了"看"，"看"是"登"的目的。

但有时候，也有倒装句。如：

> 但得桃红李艳，
>
> 何愁体瘦鬓霜。

第四章　楹联辞格

相对于基本规则而言,修辞格是更为高级、繁杂的范畴。实际上如同其他文学形式,楹联的创作过程,往往也伴随着修辞活动。由于篇幅所限,楹联必然追求讲究修辞格的巧妙运用,才能尽显其凝练"情、意、理、艺、雅、趣"于一体的独特的文体魅力。在掌握了楹联的基本规则之后,又懂得了一些修辞技巧,楹联创作、赏析就可以进入妙境。

第一节　楹联的修辞格

从现代汉语修辞学角度来看,楹联和其他文学文体一样,在创作过程中经常使用一些常见的辞格,以期收到较好的表达效果,主要有比喻、比拟、夸张、双关、衬托、对比、用典、设问、反问等。

一、比喻

比喻就是"打比方",即根据两类不同事物的相似点,用一个事物来比喻另一个事物,也叫"譬喻",中国古代称为"比"或者"譬(辟)"。比喻常见明喻、暗喻、借喻等形式。对联中经常使用明喻,又称直喻,即直接说出"甲像乙"之形式,联中多用"如""似""若"等明喻词。如贵州黄果树观瀑亭联:

> 白水如棉,不用弓弹花自散;
>
> 红霞似锦,何须梭织天生成。

暗喻,又称隐喻,直接指出"甲是乙",省略了"如""像"之类比喻词,而多用"是""作""为"等比喻词连接。如:

> 书山有路勤为径,
>
> 学海无涯苦作舟。

再如:

> 湘雨滂沱,水为帝子眼中泪;

巫山十二,云是襄王梦里人。

此联构思新颖,遣词含蓄。作者把"水"喻为"眼中泪",把"云"喻为"梦里人",多么美妙而富于情思的比喻!

借喻,是直接用乙事物取代甲事物,表达两者之间的密切关系,不用任何比喻词。如河北赵县赵州桥联:

水从碧玉环中过,

人在苍龙背上行。

上联直接用"碧玉环"表示碧玉环似的桥洞,下联用"苍龙背"指代苍龙般的桥面,虽然没有任何比喻词,却比譬犹在,特征突显。

二、比拟

比拟就是运用联想把甲事物当作乙事物来描写,即故意把物当成人,或把人当作物,或把甲物当成乙物。

以物拟人在楹联作品中比较常见,如:

稻草捆秧父抱子,

竹篮装笋母怀儿。

这副对联将"稻草""秧"当成父子关系,将"竹篮""笋"当成母子关系,收到了生动形象的表达效果。

以物拟物,如:

金殿凤凰鸣晓日,

玉阶鹦鹉醉春风。

联句题于云南昆明城东山峰的金殿。凤凰:指凤鸣山;鹦鹉:凤鸣山的别称。"凤凰""鹦鹉"本为山名,此处说它"鸣""醉",就是把它们由无生命之物拟作了有生命之物。

三、夸张

夸张即通过事物的形象进行扩大或缩小的描述,借以突出描写对象的形象特征和本质特点。夸张在对联中很常用。

扩大夸张,直接扩大事物本身的特征,即直接从本身的程度上去说,如:

门辟九霄,仰步三天胜迹;

阶崇万级,俯临千嶂奇观。

这是山东泰山南天门联。说门开在"九霄",即九重天上,这样可见南天门位置确实很高。

缩小夸张,将事物特征尽量往小的程度里说,如:

> 一粒米中藏世界,
>
> 半边锅里煮乾坤。

这是米雕联。米上雕刻施工面积极小,没有相当高的书法功底和熟练运用微雕工具的技能是难以完成的。由此联可见,米雕是一种以微小精细见长的雕刻技法。

四、衬托

衬托是为了使事物的特色突出,用另一些事物放在一起来陪衬或对照。如:

> 四面荷花三面柳,
>
> 一城春色半城湖。

这是清代刘凤诰题山东济南大明湖沧浪亭的对联,常用以赞济南之美。但美在哪里? 美在"一城春色半城湖",济南满城都映着千佛山的山色,"四面荷花三面柳"的大明湖也占了城的一半。

衬托,有陪衬和反衬两种。

陪衬,亦称正衬,是用具有相同特点的事物作为参照。如:

> 功在睢阳,昔尚咬牙思啖贼;
>
> 荫垂蠡水,今犹挽手欲回澜。

这副对联题于江西吉安文天祥祠。功在睢阳,谓功可同张睢阳相比。张睢阳,即张巡,唐开元进士。安史之乱中,张巡由河南雍丘移守睢阳,在内无粮草、外无援兵的情况下,仍坚持数月不屈。后城破被俘,张巡骂贼而死。文天祥于南宋端宗景炎二年(1277 年)在江西被元兵所败,退入广东坚持抗元,次年于五坡岭(今海丰北)被俘,旋解至大都(今北京),囚兵马司四年,守节不屈,1283 年被杀。这里将文天祥与张巡并提,起到了突出文天祥的作用。

反衬,用具有相反特点的事物来作为参照。例如:

> 孙曹固一世雄也! 何以吴宫魏殿,转眼丘墟,怎若此茅屋半间,遥与磻溪而千古。
>
> 将相岂先生志乎? 讵知羽扇纶巾,终身军旅,剩这些松涛满径,如闻梁父之长吟。

这副楹联题于南阳武侯祠。孙指孙权。曹指曹操。磻溪，即渭滨，取姜太公于渭水之滨垂钓之意。孙、曹确是"一世之雄"，但他们的宫殿已成废墟，而诸葛亮的半间茅屋却像姜子牙的隐居之地一样千古长存，这就从反与正两个角度突出了诸葛亮。磻溪为陪衬，孙、曹为反衬。

五、对比

对联的上、下联在内容上分别描绘两件具有可比性的事物或从不同角度写同一事物内容相关的两个方面，以便更深刻、更全面地描述某种情景、表达某种感情或说明某种哲理，例如：

> 山势巍峨，翻鸟不能越过；
>
> 崖壁峻峭，飞猿亦苦攀登。

上联极言其高，下联极言其峻，上下互补突出摩天岭的高峻。再如：

> 水以长流方及远，
>
> 山因积石始成高。

上、下两联通过描绘两件具有可比性的事物以说理。

也有上下两联，一正一反，意思互相对比，更明显突出主旨。如：

> 野心家祸国殃民，生不如死；
>
> 革命者忠心亦胆，死而犹生。

对比与衬托有所不同：对比的两部分是平等的、并列的、相互突出的；而衬托的两个部分则一主一次，通过一个去突出另一个。

六、双关

双关是利用语音或语义的联系，使语句同时关涉两种事物、表达两种意思，是言在此而意在彼的修辞手法。双关分为谐音双关和语义双关两类。

谐音双关，指利用语言文字同音或近音的关系，使一个字、词构成表、里两层意思，使之涉及两件事情、多件事或两种内容、多种内容。谐音修辞法的作用，可以一语双关地表达作者所要表达的意思，含蓄委婉，幽默诙谐，耐人寻味。例如：

> 因荷而得藕，
>
> 有杏不须梅。

"荷""藕""杏""梅"另有谐音，第二层意思是：因何而得偶，有幸不须媒。

又如：

> 莲子心中苦，
>
> 梨儿腹内酸。

此联第二层意思是：怜子心中苦，离儿腹内酸。

再如：

> 东不管，西不管，酒管；
>
> 兴也罢，衰也罢，喝罢。

清代江南一酒馆生意萧条，有书生为酒馆题此联，生意渐好。"管"谐"馆"，"罢"谐"吧"。

语义双关，利用词的多义，有意使语句具有双重意义。如：

> 史鉴流传真可法，
>
> 洪恩未报反成仇。

这是用了明末清初两个著名人物的双关联。史可法是抗清名将，最终死在扬州。洪承畴原来也是明朝大将，却投降清廷，成了叛徒。上联说史可法真的可以"效法"。下联讽刺洪承畴只能"成为仇人"。

七、用典

用典，即借历史典故或有出处的词句来说明问题的修辞手法。

有时候典用的是历史故事：

> 鹿野舟沉王业兆，
>
> 鸿门斗碎霸图空。

这是一副题于安徽和县霸王祠的对联。其中，"鹿野舟沉"典自《史记·项羽本纪》中项羽于巨鹿（今河北省平乡县）破釜沉舟打破秦军之事，原文是："项羽已杀卿子冠军（宋义），威震楚国，名闻诸侯。乃遣当阳君、蒲将军将卒二万，渡河救巨鹿……破釜甑，烧庐舍，持三日粮，以示士卒必死，无一还心。于是至则围王离，与秦军遇。九战，绝其甬道，大破之。"鸿门斗碎，指鸿门宴事。据《史记·项羽本纪》载，公元前206年刘邦攻占秦都咸阳后，派兵守函谷关。不久，项羽率40万大军攻入，进驻鸿门，准备消灭刘邦。经项羽叔父项伯调解，刘邦亲赴鸿门会见项羽。宴会上，范增命项庄舞剑，乘机刺杀刘邦，项伯亦拔剑起舞，常以身掩护。最后，樊哙带剑执盾闯入，刘邦始得乘隙脱险。刘邦脱险后，张良代刘邦以白璧一双献项羽，项羽受纳；又以玉斗一双献范增，范增"置之地，拔剑撞而破之"，曰："夺项王天下者，必沛公也，吾属今为之虏矣！"巨鹿之战，显出项羽将成王业的兆头,但他在鸿门宴上放走了刘邦,终为刘邦所灭。这里就用了这样两个历史故事。

有时候,典用的是名人或典籍中的话语,如:

> 观瞻气象耀民魂,喜今朝祠宇重开,老柏千年抬望眼;
>
> 收拾山河酬壮志,看此日神州奋起,新程万里驾长车。

这是赵朴初先生为岳飞庙题的对联,用了五典。"老柏"指岳飞墓前精忠柏,传为岳飞忠魂所化。"抬望眼""收拾山河""壮志""驾长车"都出自岳飞的《满江红》。赵先生的这副对联用得自然而贴切,即使没有读过《满江红》的读者,也照样可以理解。

有时候,联语中表面看起来没有用典,但实际上化用了相关典故,如:

> 湘灵瑟,吕仙杯,坐揽云涛人宛在;
>
> 子美诗,希文笔,笑题雪壁我重来。

这是清代毕沅题湖南岳阳楼联。子美诗、希文笔,分别指杜甫的诗作《登岳阳楼》、范仲淹的散文《岳阳楼记》,用典巧妙,恰到好处,令人难以察觉。

《文心雕龙·丽辞》说"言对为易,事对为难",就是指用典。用典之所以难,是因为文、意两方面都不易配合妥当。当然,用典冷僻,晦涩难懂,是不宜提倡的。

八、设问

设问是为了引起人们的思考,加深印象,对联中先设疑问,再解答或不答,让读者自己去思考。根据回答情况,设问有两种类型。

(一)有问有答,分两种情况。

上问下答,即一联发问,一联作答。如:

> 好消息几时来? 二月杏花八月桂;
>
> 实功夫何处下? 三更灯火五更鸡。

再如题倒坐观音像联:

> 问大士缘何倒坐?
>
> 恨凡夫不肯回头。

前问后答,即上下联中,分别是前句设问,后句作答。如清代大学士彭元瑞自勉联:

> 何物动人? 二月杏花八月桂;

有谁催我？三更灯火五更鸡。

一酒馆兼卖伞，有人为之撰联：

问生意如何？打得开，收得拢；

看世情怎样？醒的少，醉的多。

上联言生意如伞，能开能收；下联言人皆沉迷世情，很难看破。联语直白，劝谕世人。

（二）有问无答，即有的上下联全设问而不作答，其实也不需要回答。

如杭州西湖飞来峰冷泉亭联：

泉自几时冷起？

峰从无处飞来？

联语明白如话，且诙谐、生动、有趣，使人印象深刻而兴趣益然。再如：

绿杨枝上鸟声声，春到也？春去也？

青草池中蛙句句，为公乎？为私乎？

也有下联发问不作答的情形。如：

兴废总关情，看落霞孤鹜，秋水长天，幸此地湖山无恙；

古今才一瞬，问江上才人，阁中帝子，比当年风景何如？

这副对联题于江西南昌滕王阁。"风景何如？"这是对古今一瞬、世事沧桑的诘问，更引起人们睹物怀人的历史幽思，从而产生一种不可名状的惆怅。

九、反问

反问即反诘，是不需回答的无疑而问，明知故问。其答案本身包含在反问的句子中。如辽宁省绥中县孟姜女庙联：

秦皇安在哉？万里长城筑怨。

姜女未亡也，千秋片石铭贞。

上联用一反问句：当年修筑长城的秦始皇如今还在吗？不见秦始皇，只见万里怨气了。下联语：孟姜女未亡，她的坚贞品格会被千秋铭记。两联对照，反问形式更能突出孟姜女的形象。

再看一副下联为反问的对联：

列为无产者，

宁不革命乎？

此联为流水对，虽只有十字，且嵌入"列宁"二字，却借反问的形式充分表现了作者坚定的革命信念。

再如：

> 文章自得方为贵，
>
> 衣钵相传岂为真？

衣钵，这里喻指前人的风格。联语的意思是：文章贵在能独创新体、标新立异，一味地沿袭前人的风格怎么能算是真正的创作呢？

十、借代

借代，即舍去人或事物的本来名称，而借用与它关系密切的人或事物来替代。它既不像同义词，是同一事物的不同说法；也不像借喻，只是在本体和喻体之间有相似点。

借代分旁代与对代两种主要形式，它们都可以用在对联写作中。

旁代的主体是主干事物（不出现），借体是伴随事物。旁代主要有四种情况。

用人或事物的特征替代。如一副中秋联：

> 轮影渐移花树下，
>
> 镜光如挂玉楼头。

飞轮、明镜（以及银盘等），都以其圆、亮的特点替代月亮，轮影代月影，镜光代月光。

用人或事物的所在替代。如孔庙对联：

> 泗水文章昭日月，
>
> 杏坛礼乐冠华夷。

联中，泗水，即泗河，流经孔子的家乡山东曲阜，用以替代孔子；杏坛，相传为孔子讲学处，用以替代儒家学说。

用物品来替代。这在对联中用得较多。有用物品替代物的，如用丝竹替代乐器：

> 无丝竹之乱耳，
>
> 乐琴书以消忧。

有用物品替代人的。如用履（鞋子）替代人（旅游者），见山东崂山联：

> 迎来海外三千履，
>
> 望飞齐州九点烟。

用名称来替代人。这也是对联以及诗词古文中常用的。如吴鼒题安徽当涂太白楼联：

> 谢宣城何许人，只凭江上五言诗，要先生低首；
>
> 韩荆州差解事，肯让阶前盈尺地，容国士扬眉。

联中，"谢宣城"代南朝宣城太守谢朓，是以官名替代；"韩荆州"代唐荆州刺史韩朝宗，也是以官名替代；而"先生""国士"则是以尊称代李白。

对代表现为全体与部分互代，抽象与具体互代，普通与特定互代，原因与结果互代。

对联中，有以全体代部分的，如郭沫若题联：

> 宋人方守株待兔，
>
> 大道以多歧亡羊。

这里的"宋人"，是替代宋国那个守株待兔、不劳而获的人。对联中最常见的是以部分代全体，如春联：

> 江山永固，
>
> 日月常新。

这里的"江山"，代替"祖国"。

以抽象代具体，如明代于谦少年时一副妙对：

> 小孩子暗藏春色，
>
> 老大人明察秋毫。

据说，于谦随父进城赶考，他路上采了朵小花藏在袖中，忘了丢掉，主考官发现后，出了上联，于谦答出对句。花，本是春天景象中的一部分，其色为春色的一种，其香气也为春天暖气之一，因此，以春色代花，就使其变得抽象了。然而这种用法并不多见，反之，以具体代抽象却是常有的事，像以"九州"代替中国，以"四化"代替经济建设等。

再看一副行业联，是以一般代特殊的：

> 葱韭薤蒜滋味美，
>
> 瓜茄豆菜养分多。

这是蔬菜店的联，"瓜茄豆菜"中的"菜"与我们平常所说"鸡鸭鱼肉"的"肉"一样。

对联中不但常用借代，而且一副对联中常多处借代，举一副对代短联为例：

一门两禹，

六字千秋。

这是四川都江堰李冰庙的对联。以"门"代替"家"，是旁代；以"禹"这位传说中的治水英雄，代替治水的功臣李冰父子，也是旁代；"一门"即李冰父子，也是旁代；"六字"即李冰父子遵循的"深淘滩，低作堰"的治水方针，以具体代抽象，属于对代。

第二节　楹联的用字格

一、析字

相传过去有个穷秀才，屡试不第。有人见他失意的样子，便悄悄地在他门上写了一句话：

此木为柴山山出。

意思是说，看他不稂不莠，好像山里的木柴，这样的人到处都是。秀才见了，知道是奚落自己，也在门上回敬了一句：

白水作泉日日昌。

意思是说，你们莫看我时运不济，我的学问多得像泉水一样，不但不会枯竭，还会一天比一天增长。从此，人们便不敢再小看他了。

这一副对联，上联"此"和"木"为"柴"，"山"和"山"为"出"；下联"白"与"水"成"泉"，"日"与"日"（"曰"的变通说法）成"昌"，可谓出得好，对得也好！

这副对联所用的技巧，就是析字。析字，包括拼和拆两种。

1. 拼

拼，是拼零为整。如：

二人土上坐，

一月日边明。

相传这副对联，上联为金章宗所出，下联为李妃所对。从联中看，二"人"（两个"人"字）与"土"拼起来，便是"坐"字；一个"月"与一个"日"字拼起来，便是"明"字。

还有一例，传说，康熙帝求才若渴，一旦发现，便不拘一格地重用。一天，康

熙帝听说一位和尚很有学问,便请他来宫中下棋。康熙帝连输三盘,出上联试和尚:

> 白水泉边女子好,少女更妙。

此联析"泉""好""妙"三字,"白水"拼成"泉","女子"拼成"好","少女"拼成"妙",文字连贯。不料,和尚随口而出:

> 山石岩下古木枯,此木为柴。

康熙帝一听,和尚妙析"岩""枯""柴"三字而成,"山石"拼成"岩","古木"拼成"枯","此木"拼成"柴",对得无懈可击。康熙帝心中十分高兴,便对和尚委以重任。

2. 拆

拆,是拆整成零。

相传西湖天竺顶有一座庵,叫"竹仙庵",庵边有一眼泉,泉水极其清洌。有两个静心修道的人经常在庵中用泉水煮茶品尝。有一联悬于庵门:

> 品泉茶三口白水,
>
> 竹仙庵两个山人。

上联"品"拆成"三口","泉"拆成"白水";下联"竹"拆成两个"个","仙"拆成"山人",把庵中的情境写得惟妙惟肖。

又如:

> 踏破磊桥三板石,
>
> 分开出路两重山。

上联是把"磊"拆成三个"石"(注:"石"是入声字),下联则是把"出"拆成两个"山"。

3. 拼和拆

拼和拆既可单独使用,也可以在同一联中同时使用。以一副清时禁烟衙门征得的对联为例:

> 因火为烟,若不撇开终是苦;
>
> 舛木成桀,全无人道也称王。

上联"因"和"火"拼成"烟","若"缩短那一"撇"拆成"苦";下联"舛"与"木"拼成"桀","全"分为"人"和"王"又是拆。全联是前拼后拆。

在一般情况下,表示"零"(如上面谈到的"此"和"木")和"整"(如"柴")的

两部分,总是一起出现的,但有时候也可以只出现"零"而不出现"整"。如:

<blockquote>
少目焉能识文字,

欠金安可望功名。
</blockquote>

这副对联是清嘉庆年间,蜀中文士嘲讽督学吴省钦在主考取生时受贿而作。上联"少目"为"省",下联"欠金"为"钦"。而"省""钦"二字在联中都没有出现,这种析字在不了解其事实背景上很难看出,但如果心知肚明就会暗自称赞其巧妙。

4.析字中的繁体字

由于过去用的是繁体字,析字也是析繁体字。如:

<blockquote>
鳥入風中,銜去虫而作鳳;

馬来芦畔,吃尽草以为驴。
</blockquote>

下联中的"马""芦"和"驴",写繁体、简体都没有关系。但是上联中的"鸟""凤"和"凤",就只能写繁体,尤其是"凤"若不写成繁体,"鸟"在里头无法存身。可见,分清繁体字,对析字来说也是很重要的。

写析字联,既要把一个字做巧妙的拼拢或拆开处理,还要巧妙地表达特定的意思。据说明代正统年间内阁首辅杨溥年幼时,其父被县官捉去服劳役,杨溥上前哀求,县官傲慢地说:

<blockquote>
四口同圖,内口皆从外口管。
</blockquote>

这句话就用了"圖"("图"的繁体字)的析字。言下之意是县官有权做任何处理。谁知杨溥听了,恭恭敬敬地答道:

<blockquote>
五人共傘,小人全仗大人遮。
</blockquote>

这句话也用了"傘"("伞"的繁体字)的析字。言下之意是,还望父母官多多照顾。县官见杨溥小小年纪,不但对得工工整整,而且意思也得体,心里一高兴,就把他父亲放了。

还有的对联,一联连析好几个字:

<blockquote>
岳麓山,山山出小大尖峰,四維羅绕;

汉阳口,口口回上下卡道,千里重关。
</blockquote>

上下两联各析三字。上联"山"和"山"为"出","小"和"大"为"尖","四"和"维"("维"的繁体字)为"羅"("罗"的繁体字);下联"口"与"口"(当为"口")成"回","上""下"成"卡","千"与"里"成"重"。

总而言之,析字联就是联中采用了拼拆汉字形体的技巧,或分或合而成联,有的一目了然,有的需细心领会,有的还含有一定的思想内容。

二、同旁

同旁是指将偏旁相同的字按一定的规则组合成联,有竖同、横同、叠架三种用法。

1. 竖同

在广东虎门有一副"绝对",即:

> 烟锁河堤柳,
>
> 炮镇海城楼。

这副对联不仅写出虎门的自然景色,而且写出了中国人民严阵以待,随时准备打击外国侵略者的气势。

为何称"绝对"呢? 其实"烟锁河堤柳"一句,从诗而言妙在一个"锁"字,点出了青烟霭霭的河堤,犹如一幅泼墨静物山水画;从联而言,妙在嵌入"金木水火土"五行。上、下两联将偏旁相同的字放在相同位置处,如"烟""炮"同"火"旁,"锁""镇"同"金"旁等,是为竖同。

2. 横同

1900 年八国联军侵华,腐败无能的清政府立即派代表议和。八国联军派来的通译得寸进尺,气焰嚣张,出上联道:

> 琴瑟琵琶,八大王王王王在上,单戈成战。

清政府代表默不作声。一随员忍无可忍,猛地站起来,有力地回击道:

> 魑魅魍魉,四小鬼鬼鬼鬼犯边,合手擒拿。

两人都是利用同旁做文章,"琴瑟琵琶",上部同"玨",魑魅魍魉,左边同"鬼"。

又如过去有人题一上联,曰:

> 宦官寄宿穷家,寒窗寂寞。

对者问可让一点否,出联者许之,于是有了

> 冢宰安宁富宅,宇宙宽宏。

这副对联,仅"冢"字上少了一点("让一点"),其余都是同"宀"。

从上面的例子中我们知道,将偏旁相同的字都排在同一联内,是为横同。

3.叠架

叠架其实就是用"叠架字"撰联。所谓"叠架字",就是以两个、三个或四个同样的字构成的字,如"森""淼""磊"等。如:

木林森森千岭翠,

火炎焱焱九天明。

谈到这里,我们对同旁应该有所了解,再结合之前谈到的析字联,我们来看看下面这则上联,即:

乔女自然娇,深恶胭脂胶肖脸

此联是以东汉末年江东二乔为内容,除前五字为析字外,后五字"胭脂胶肖脸"均同为"月"字旁。据说此联公布后收到1500多个下联,下面三联即出其中:

止戈才是武,何劳铜铁铸镖锋。

人言虽可信,但防渭水混泾江。

主人留小住,岂嫌酵醃配醇醪。

三、逆转

逆转是古汉语中常用的一种修辞手法,其特点是通过改字、添字、减字、断句等方式,使原意向其反面转化。

1. 改字

改字,意为在一副对联中修改几个字,使整副对联的意义更完整、更发人深省。

清末彭玉麟曾赠著名学者俞樾一联:

开卷古今都在眼,

闭门晴雨不关心。

许多年后,俞樾先生的曾孙、红学家俞平伯将对联改作:

掩卷古今都在眼,

拥衾寒暖不关情。

俞平伯将改联之事告诉好友荒芜。荒芜觉得上联改得好,但下联仍未脱消沉,于是提笔改为:

掩卷古今都在眼,

开窗晴雨要关心。

这一改,果然意境不凡。

2. 添字

添字,意为在一副对联中增加几个字使意义更为深刻,甚至朝着相反的方向发展。

一天,唐伯虎与祝枝山前去游鹳雀楼。年过花甲、身肥体胖的祝枝山刚爬到第二层,就气喘吁吁不想往上爬了。唐伯虎游兴正浓,也想鼓励好友活动一下筋骨,便高声朗诵王之涣的名句:

> 欲穷千里目,
>
> 更上一层楼。

祝枝山分别给每句加上两个字,改成:

> 到此欲穷千里目,
>
> 何必更上一层楼?

唐伯虎对于祝枝山不爱运动还找借口搪塞甚为不满,在祝改动的基础上再改动三字,变成了:

> 到此欲穷千里目,
>
> 谁知才上一层楼!

祝枝山听罢心悦诚服,一个台阶一个台阶地爬到顶层。

据传,宋代文人方若虚倾慕苏小妹的文采久矣,托苏东坡转呈几篇诗文。才貌双全的苏小妹见文章平淡无奇,直接以联批复曰:

> 笔底才华少,
>
> 胸中韬略无。

苏东坡一见,担心方若虚面子挂不住,便悄悄地在上下联尾各添一字,改成:

> 笔底才华少有,
>
> 胸中韬略无穷。

加上两字,联意立变,由贬而褒,堪称妙笔。

3. 减字

减字意为删减对联中的几个字,使整副对联读来更显简单大气,有时甚至导致联意突变,使人的情绪来了个 180 度大转弯。

从前,鄂西山区有户姓覃的人家,大儿子娶媳妇,请一位乡间学究写婚联。

因招待不周,这位老先生竟为其写了一副丧气联:

> 流水夕阳千古恨,春露秋霜百年愁。

对联贴出,亲戚们看了都摇头。新娘款步下轿,突见此联,好生烦恼。她走到门边,灵机一动便将对联的两个尾字撕去,即:

> 流水夕阳千古,春露秋霜百年。

减去两字,联意突变,晦气全无,反而显得文雅宁静,实在巧妙。①

4. 断句

有时候人们也会把一副对联拆开,在每句后面添一行字,这样原意被改变,甚至会变得意味深长。

清光绪年间,某知县王国宾是个贪官,既贪婪又严酷,士庶切齿,而他又无自知之明,常以君子自诩。某年元旦,他在大门口贴一联云:

> 爱民若子,执法如山。

不久,有人在上下联后面各添一行字,变成:

> 爱民若子,金子银子皆吾子也;
> 执法如山,钱山靠山其为山乎!

断开两句,意味深长。

第三节　楹联的用词格

使用领字、衬字、介词、连词、助词、叹词、拟声词,以及三个音节及其以上的数量词,凡在句首、句中允许不拘平仄,且可视之为嵌入联句中的、与节奏声律无关的因素,不与前后相连的词语一起计节奏。

一、领字

领字是词曲特有的一种句法,对联亦用之。一般情况下,它处于句首位置,起引领下句(一句或数句)的作用,或在句意转折、过渡之处,起串合、联结各句的作用。领字在对联中的应用,常见一字领、二字领、三字领,亦称一字豆、二字豆、三字豆,当然也有四字领,乃至五字领、七字领等。对联中,领字常由动词、

---

① 《课外阅读》编辑部. 逆转联赏趣[J]. 课外阅读,2012(4).

副词、连词或短语充当,平仄皆有。虽然上下联之间以平仄相对为佳,但也可不计平仄。王力先生在《诗词格律》中说:"一字豆是词的特点之一。懂得一字豆,才不至于误解词句的平仄。有些五字句,实际上是上一下四。"于联也当如此。例如,民国张一麐题江苏苏州冷香阁联:

> 高阁此登临,试领略太湖帆影、古寺钟声,有如蓟子还乡,触手铜仙总凄异;

> 大吴仍巨丽,最惆怅恨别禽心、感时花泪,安得生公说法,点头顽石亦慈悲。

上联登临赏景,忧思寓于帆影、钟声之中;下联敞怀寄慨,洒落感时之泪,寄托恨别之情。联语化用古人名诗之句,如张继《枫桥夜泊》之诗句:"姑苏城外寒山寺,夜半钟声到客船";杜甫《春望》之诗句:"感时花溅泪,恨别鸟惊心",清新而不落俗套,洒脱而见雅致。"试领略""最惆怅",则是三字领。

二、衬字

衬字是元曲中特有的句法特点,即曲牌所规定的格式之外另加的字。它的作用是补充正字语意的缺漏,使内容更加完整、充实,语言更加丰富、生动,或者使字句与音乐旋律更加贴合。衬字一般用于句首或句中,不占用乐曲的节拍、音调。衬字在对联中偶有运用,因为衬字多无实际意义,故平仄要求可以不拘;与其对应的字,可用衬字,也可不用衬字。

例如,《坚瓠集》中载有某巡按为拍魏忠贤马屁,替魏忠贤生祠所题之联:

> 至圣至神,中乾坤而立极;

> 允文允武,并日月以常新。

其中,"允"是衬字,不需解释其义,只用来补足二字而成音步。

三、介词

介词是一种用来表示词与词、词与句之间关系的词,如"在""和""跟""从""除了""为了""关于",等等。介词在句中不能单独做句子成分。介词后面一般有名词、代词做它的宾语,介词依附在实词或短语前面,共同构成"介词短语",用于标明跟动作、性状有关的时间、处所、方式、原因、目的、施事对象、受事对象等。因为介词本身并无实际意义,在介宾结构中只充当修饰成分,故可以放宽词性及平仄方面的要求。

例如,清代状元秦大士题浙江杭州岳飞墓联:

> 人从宋后羞名桧,

> 我到坟前愧姓秦。

此联构思新巧,立意深刻,既切合身份,又不失尊严。尤为可贵的是,作者毫不忌讳,直抒"愧姓秦"之感慨,既有自惭之情,又有自解之意。上联"从"系介词,而下联以动词"到"与之相对,从宽之。

四、连词

连词是用来连接词与词、词组与词组或句子与句子,以表示并列、承接、转折、因果、选择、假设、比较、让步等某种逻辑关系的虚词。常用的连词,包括并列连词"和""跟""与""况且""乃至"等;承接连词"则""乃""而""如""于是"等;转折连词"却""但是""然而""只是""不过"等;因果连词"原来""因为""以致"等;选择连词"或""非……即……""不是……就是……"等;假设连词"若""如果""要是"等;比较连词"像""好比""如同""与其……不如……"等;让步连词"虽然""尽管""纵然""即使"等。连词是比副词、介词更虚的一个词类,在联语中只有语法上的功能,没有任何修饰作用,故连词的词性与平仄要求可以放宽。

例如,咏竹联:

> 未出土时先有节,
>
> 纵凌云处也虚心。

联语化自宋代徐庭筠《咏竹》诗之颔联:"未出土时先有节,便凌云去也无心",表达了竹节节高升、积极向上之精神风貌,但又不失虚心豁达、刚正不阿之美德。上联"未""先"为副词,下联"纵"为连词,"也"为副词,配合用之而成对。

五、助词

助词是指附着在词、短语、句子的前面或后面,表示结构关系或某些附加意义的虚词。助词有结构助词,如"的""地""得""所"等;时态助词,如"了""着""过"等;语气助词,如"吗""呢""吧""啊"等。除在句尾这样的关键位置之外,联语中的助词词性与平仄要求允许从宽,即在词性与平仄上能调适自然好;难调适时,以保内容为要义。

例如,湖南衡山南天门酒楼联:

> 来吧,来吧,都道是此间乐;
>
> 轻点,轻点,莫惊了天上人。

联语遣词俗语化,且化用历史典故。上联化自三国蜀后主刘禅"此间乐,不思蜀也"之句。下联化自李白《夜宿山寺》"危楼高百尺,手可摘星辰。不敢高声语,恐惊天上人"之诗句,将服务令人满意、所处位置高峻等意思,非常委婉含蓄地以口语表达出来,高明之至。上联"来"为动词,"吧"为语气助词;下联"轻"为形容词,"点"为动态助词,互为相对。

六、叹词

叹词是指表示感叹、呼唤、应答的一类词,常用的有"哈哈""哎呀""啊""哼""呸""哎哟""咳""哦""嗯",等等。叹词具有独立性,它不跟其他词组合,也不充当句子成分,能独立成句。对联中的叹词一般可以不计平仄相对之要求。

例如,浙江杭州岳飞庙铸有秦桧夫妇铁像跪于岳飞墓前,有人模拟秦桧与其妻王氏互相埋怨的语气撰一联:

> 咳!仆本丧心,有贤妻何至若是?
>
> 啐!妇虽长舌,非老贼不到今朝。

上联模仿秦桧,下联模仿王氏,一怨一驳,其语调口吻刻画入微,活灵活现,令人捧腹。联语第一字为叹词,可不论平仄。

七、拟声词

拟声词是指模拟自然界声音的一类词汇,如"乒乓""扑哧""扑通""喀嚓""滴答""叮咚""叮当",等等。对联中运用拟声词,给人以身临其境、如闻其声之感觉,在平仄要求上可以适当从宽。

例如,杭州西湖九溪十八涧联:

> 曲曲环环路,
>
> 叮叮咚咚泉。

"叮叮咚咚"为拟声词,均为平声,可以从宽。

八、数量词

数量词是数词和量词连用时的合称。数词是指表示数量或顺序的词,量词是指表示人、事物或动作的数量单位的词。对联中巧妙地运用数字,以增强对联的表现力,显得生动活泼。如:

> 万树梅花一潭水,
>
> 四时烟雨半山云。

再如:

> 孤庙独宿一将军,单枪匹马;

　　　　　　对河两岸二渔翁,并钓双钩。

　　数量词的相对,能做到平仄相对并按音步交替固然好,但在平水韵中,绝大多数的数词和数位词是仄声,所以,习惯上三个音节及其以上的数量词,允许不拘平仄,只计最后一字的平仄就行。例如,"约十二万年后""南朝四百八十寺""一百八十记早晚钟声"等,这样的联句用法很多,可以说俯拾即是,《联律通则》做此规定,求实求是,不在既有术语概念上自缚。

　　例如,清代薛时雨题江苏南京清凉寺联:

　　　　四百八十寺,过眼成墟,幸岚影江光,犹有天然好图画;

　　　　三万六千场,回头是梦,问善男信女,可知此地最清凉。

　　上联借用杜牧《江南春》中"南朝四百八十寺,多少楼台烟雨中",称多少寺庙已成废墟,唯有山光水色依旧,犹如天然绘就的美妙图画。下联指即使人活百年,天天做佛事,到头来如梦一场,何不寄情于山水,享受美好的风光呢? 这是对自然胜景可陶冶情操的赞美和向往。"四百八十寺"与"三万六千场",数量词相对,其平仄可从宽。

第四节　楹联的传统辞格

　　传统对格,就是历史上创作骈词俪句等诗文对仗句时,常用到的一些对仗格式。传统对联修辞格式(或称传统修辞对格、传统对格),主要是字法中的叠语、嵌字、衔字;音法中的借音、谐音、联绵;词法中的互成、交股、转品;句法中的当句、鼎足、流水等。在掌握了基本规则之后,若再能掌握一些常用的传统修辞对格,更有利于对联创作、赏析水平的提高。

　　《联律通则》对传统修辞对格在对联文体中的应用做出了"从宽"的明确规定:"凡符合传统修辞对格,即可视为成对。"即在运用传统修辞对格时,若出现与现代汉语语法学角度的"基本规则"不相吻合的情况时,那就认可传统辞格,放宽"基本规则",允许不受典型对式的严格限制。

一、叠语

　　"叠语"是指同样的词语,在句子间(包括单句联上下联,以及多句联分句之间)重复使用、两两对举的修辞法。应用较多的情况是在句内自对中,含重字自对者均为叠语对。使用叠语修辞法,使重要的词语及其所表述的重要的事物或观念,一再反复出现,可以取得一唱三叹的效果,富有联语的节奏美。

例如,民国喻长霖题浙江杭州岳飞庙联:

> 有汉一人,有宋一人,百世清风关岳并;
>
> 奇才绝代,奇冤绝代,千秋毅魄日星悬。

联语以议论之笔,评赞有加,充分表达了作者对岳飞一生精忠报国之"清风""毅魂"的缅怀与仰慕。上联两个"有"字,下联两个"奇"字,称首叠;因只叠了一个字,称一叠。上联"一人"两字、下联"绝代"两字重复,称尾叠;叠了两个字,称二叠。

二、嵌字

"嵌字"是指将人名、地名、干支、事物等,分别嵌入上下联的某些位置,进而构成一个新词,使之产生新的语义或情趣。嵌字修辞法的作用,在于能把作者表达的真情实感或特别需要突出的字、词,巧妙地、天衣无缝地嵌入联语中,从而引起读者的格外注意,增强楹联的艺术感染力。

例如,清代俞樾《曲园楹联》中有一副:

> 曲径通幽处,
>
> 园林无俗情。

此联为集句联,上联"曲径通幽处"出自唐代常建《破山寺后禅院》:"曲径通幽处,禅房花木深。"下联"园林无俗情"自陶渊明《辛丑岁七月赴假还江陵夜行涂口》:"诗书敦宿好,林园无世情"化出。此联语以鹤顶格嵌入"曲园"二字,可谓造化天成。虽然"曲"与"园"二字词性不同,且"曲径"为偏正结构、"园林"为并列结构,然只作为整体名词视之,可也。

三、衔字

"衔字"是指联语中一个字衔接着一个相同的字,以增强语意的节奏感及其情趣。清代梁章钜在《浪迹丛谈》卷七《巧对补录》中载:"'无锡锡山山无锡'之句,久无属对,朱兰坡先生(清代学者)以'平湖湖水水平湖'对之。"此为一例。衔字修辞法,是把两个分句紧密地缩合成一句,诵读时要在两个字之间稍做停顿,不能把两字当成叠音词连读。这是衔字对与同字叠用的连珠对不同之处,即同字叠用所构成的叠音词中间不可以有停顿,如"喜茫茫空阔无边"。

例如,民国叶征题浙江杭州四照阁联:

面面有情,环水抱山山抱水;

心心相印,因人传地地传人。

联语平实质朴,切景、切情,通俗而淡雅。上联之"山"与下联之"地"为衔字相接。与此同时,对联采用反复修辞手法,"水""人""抱""传"等字在同一联句中再次使用,而音、义均无改变,可见作者匠心。

四、借对

从内容角度来看,借对分借义与借音两种。从位置上看,借对又分借上与借下两种。借下联的词语以适应上联的,叫借下。同理,借上联的词语来对应下联,叫借上。我们一起来探讨。

借义类的借对,就是在用某个词的甲义的同时,又借用乙义来与另一个词相对。例如:

灯明月明,照得大明一统;

君乐臣乐,求彼永乐万年。

这副题明成祖观灯的对联中,下联的"永乐"就是借"永远快乐"来表示明成祖年号,与上联的"大明"相对。

又如:

红白相兼,醉后怎分南北;

青黄不接,贫来尽卖东西。

"红白"指两种酒。这副联中,下联的"东西"就是在表明物件意思的同时,借其意思来对上联的"南北"。

借音类的借对,是指借用某个字的音与本来不能相对的字成对。从语音修辞角度来说,亦称"借音"。例如,李商隐《锦瑟》诗中的颈联:

沧海月明珠有泪,

蓝田日暖玉生烟。

联语中诗人以"珠""玉"自喻,不仅喻才能,更喻德行和理想,由此抒发自己才德卓越却不为世所用的悲哀之情。上联的"沧"本义是"寒"的意思,因与"苍"同音,这里便借以表示颜色的"苍"(深绿色)同下联的"蓝"相对。

由于借对有较高的技巧性,因此也是难度比较大的巧对。大家多看、多练,自然熟能生巧。

五、联绵

"联绵"是指"两字相续,或以其形,或以其事,或以其声"相缀成义而不能分割。此为修辞中的一格。其主要特点有三：一是组成联绵词的两字，是一个不可分割的整体，表示一个概念，如"葡萄"是一种水果的名字，不能拆开来解释；二是组成联绵词的两字只有表音作用，字形与词义并无必然联系，因而在古代书籍中往往有多种不同的写法，如"犹豫"也写作"忧豫"；三是组成联绵词的两字，多数有双声或者叠韵的关系，亦分别称"双声联绵"（即两字声母相同，如"鸳鸯""玲珑"）、"叠韵联绵"（即两字韵母相同，如"烂漫""缥缈"）、"非双声叠韵"（如"葡萄""玻璃"），有的还同属一个偏旁（如"逍遥""磅礴"）。在对联创作中，联绵词必须与联绵词相对，其词性相同尤佳，但也允许词性不同。

例如，民国邱菽园题缅甸仰光孤屿园居联：

芳草密粘天，缥缈楼台开画本；

轻鸥闲傲我，苍茫烟水足菰蒲。

联语描绘孤屿园的美丽景色，凸显清远之画境，悠闲之心境，流露出怡然自乐的感情。上联联绵词"缥缈"与下联联绵词"苍茫"相对。

六、互成

"互成"这一修辞格式，首见于日本僧人空海《文镜秘府论·二十九种对》，其将"互成对"与"的名对"（即同类词语之工对）进行对比，指出："互成对者，天与地对，日与月对，麟与凤对，金与银对，台与殿对，楼与榭对。两字若上下句安之，名的名对；若两字一处用之，是名互成对，言互相成也。"前人将互成对与同类对等同看待，应当引起后人的重视。所以，我们将同类单字连用，然后上下联对应相对，规范地称其为互成对。如"日月光天德，山河壮帝居"中，上联"日月"对下联"山河"，均为同类单字连用，这种格式即为互成对，而不能理解为"日"与"月"，以及"山"与"河"的自对。

例如，民国魏定南题湖南临武学署联：

闲地却逢忙世界，

冷官偏有热心肠。

联语以"闲"与"忙"、"冷"与"热"，互为反衬，谐趣其中，耐人赏玩。"世界"与"心肠"则为同类单字连用，构成互成对。

七、交股

"交股"是指上下联中的两对词语在不同的语法位置上交错互对。交股修辞法，刻意避开整齐、均衡、雷同的词语形式，使上下联词语别异，形式参差，错落有致,产生活泼多变的优美词句。

例如,唐代李群玉《杜丞相悰宴中赠美人》中之句:

> 裙拖六幅湘江水,
>
> 鬓耸巫山一段云。

上联"六幅""湘江"分别与下联"一段""巫山",不是依次相对,而是交错相对,达到了词语形式新颖、灵动的效果。

八、转品

"转品"即转类,是指凭借上下联语的条件,字词由一种词性转变为另一种词性而用之,其意义也随之变化。转品修辞法也是常用修辞手法之一,其作用在于增加联语的意象,在感觉上有惊人的一新。一句古诗"春风又绿江南岸",其中的"绿"字即为转品修辞之成功范例。"绿"原本是形容颜色,其词性为形容词,诗句中转变为动词使用,效果非同凡响。运用转品修辞法时要注意合乎情理,符合事物的特性,尽可能地使之具体化、情趣化。

例如,康有为挽刘光第联:

> 死得其所,光第真光第也;
>
> 生沦异域,有为安有为哉?

刘光第乃"戊戌六君子"之一,变法失败后英勇就义,康有为撰此联挽之。作者将自己的名"有为"和逝者的名"光第"巧嵌联中,进而采用转品修辞手法,衍义成文,构思颇为奇特。上联第一个"光第"指刘光第,第二个"光第"指光耀门第,是对志士仁人的崇高评价。下联第一个"有为"指作者自己,第二个"有为"指有所作为。"安有为哉",几多醒世的反思。词性的悄然转变,令联语形式别开生面,感情真挚深沉,给人以回环跌宕之感。

九、当句

"当句"是指在上下联各自的联文中,一些字词或句子与另一些字词或句子各自成对。宋代洪迈在《容斋随笔》中有"于句中自成对偶,谓之当句对"之说。其又云:"盖起于《楚辞》'蕙烝兰藉''桂酒椒浆''桂棹兰枻''斫冰积雪'。自齐、梁以来,江文通、庾子山诸人亦如此。如王勃《宴滕王阁序》一篇皆然。谓若'襟三江,带五湖,控蛮荆,引瓯越''龙光牛斗,徐孺陈蕃''腾蛟起凤,紫电青霜'……之辞是也。……杜诗'小院回廊春寂寂,浴凫飞鹭晚悠悠''清江锦石伤心丽,嫩蕊浓花满目斑'……不可胜举。"

当句修辞法,是古今联家乐于运用的一种格式。它突破了对联单纯的上下联对仗的局限,拓宽了对联创作的思路,活跃了对联字少意广的表现形式,使对联更加工整,更增添了对称美,在对联(特别是长联)中,运用得比较广泛。当句修辞法中也有工对与宽对,尤以宽对更具魅力。

句中自对的用法,而且有句中自对,则上下联之间的对仗,一般就要求得宽松些。如:

闲云野鹤翩翩去,

万水千山得得来。

其中,"闲云"与"野鹤"、"万水"与"千山",自对颇工,但上下联之间,对仗就宽些。王力先生在《汉语诗律学》中说过:"如果上联句中自对,则下联也只须句中自对,上联和下联之间不必求工。"又说:"甚至于上联和下联之间完全不像对仗,只要句中自对是一种工对,全联也可以认为工对了。"

从具体的字词或句子自对情况来看,当句修辞法一般可以分成三种:

一是联中自对式,即在多分句联中,两个分句以上自对,亦可称语句自对。如:清末湖南石门人袁少枚题湖北武汉汉阳龟山的古琴台联:

遗迹此台,想当年掩抑七弦,定弹个吾道南来,大江东去;

知音何处?到今日苍茫四顾,只剩得汉阳流水,黄鹄高山。

联语抚今追昔,其情怆然,其语叹息。此联结尾两个分句采用语句自对修辞手法,上联之"吾道南来"与"大江东去"成对;下联之"汉阳流水"与"黄鹄高山"成对。但,上联之"吾道南来"与"大江东去"为主谓宾结构;而下联之汉阳流水、黄鹄高山为偏正结构,完全不相对。所以,这是宽松相对式的联中自对。

甚至上下联完全自对的情形也是有的。又如汉阳古琴台另一名联:

志在高山,志在流水;

一客荷樵,一客听琴。

二是句中自对式,即在一个分句中,两个词语(包括词和词组)以上自对,亦可称词语自对。如:柳州柳侯祠联:

山水来归,黄蕉丹荔;

春秋报事,福我佑民。

联中的"黄蕉"与"丹荔"是自对,"福我"与"佑民"也是自对。"黄蕉"与"丹荔"是偏正结构,"福我"与"佑民"是动宾结构。结构不相应,上下自然不对仗。但因自对的词语彼此词类相同、结构相应,因此也就工整了。

三是词中自对式,即在一个词语中两个字以上自对,亦可称字词自对。如:

> 正邪自古同冰炭,
>
> 毁誉于今辨伪真。

这副杭州岳飞墓联,上联"正"与"邪"(皆为形容词)自对,"冰"与"炭"(皆为名词)自对;下联"毁"与"誉"(皆为动词)自对,"伪"与"真"(皆为形容词)自对。

十、扇面对

扇面对,又称作隔句对,即隔句相对,在诗句中表现为两联四句的第一句与第三句相对,第二句与第四句相对。各联中的出句和对句,本身不构成对仗。

我们以《沁园春·雪》中"望长城内外,惟余莽莽;大河上下,顿失滔滔"为例,"望"是领字,那么"长城内外,惟余莽莽;大河上下,顿失滔滔"就是扇面对。

再看白居易的五言律诗《夜闻筝中弹潇湘送神曲感旧》

> 缥缈巫山女,归来七八年。
>
> 殷勤湘水曲,留在十三弦。
>
> 苦调吟还出,深情咽不传。
>
> 万重云水思,今夜月明前。

在此诗中,首联与颔联互成对偶,其中第一句"缥缈巫山女"与第三句"殷勤湘水曲"相对,第二句"归来七八年"与第四句"留在十三弦"相对。

相对是指平仄及词性相对,也就是说不仅要在词的类型上相对,节奏点的平仄也要相对。而这首诗的前两联就严格地体现了扇面对的特点。这种情况在诗词中是不多见的,因此也被视为诗词曲中的珍稀品种。

在扇面对中还有一种更为特殊的情况,那就是隔阕扇对,即律诗的上下两阕相对。与上面所举例子相同的是,它们都是隔句相对,而不同点在于隔句对是两联中的两句两两对应,而隔阕扇对的涉及诗句更广,是诗的上阕四句与诗的下阕四句相互对应相对。下面就举例说明隔阕扇对。

我们来看一首七言律诗《长相思》:

> 春霖叩宇问寒楼,户外黄丝怎忘收?
>
> 雁杳频愁推牍老,笺舒只恋点毫钩。
>
> 东风摆柳寻飞絮,梦里青天可记游?

水渺长思祈愿切,桥穷且醉绕肠柔。

在此诗中,上阕四句与下阕四句分别对应,十分巧妙,但这种诗凤毛麟角。

在《沁园春·雪》中我们提到"望"是领字,领字是词中用来领起下文的虚字,不成概念,因此这个词上片即使多了一个字,也可以视为扇面对。值得注意的是,领字后面至少要跟四句,否则不能称为领字。如:

望一川暝霭,雁声哀怨;半规凉月,人影参差。

想寄恨书中,银钩空满;断肠声里,玉箸还垂。

(周邦彦《风流子·愁怨》)

渐月华收练,晨霜耿耿;云山摛锦,朝露溥溥。

〔苏轼《沁园春(孤馆灯青)》〕

第五章　楹联鉴赏

第一节　楹联鉴赏方法

　　语言是文学的主要构成要素之一。一切文学作品所给予人们的美感,无不以语言这一媒介作为载体。文学创作实践表明,文学就是用语言为唯一媒介材料,构成一种想象的艺术形象来再现现实生活和表达作家、诗人审美意识的一种艺术形式。因此,语言是文学审美意象的物态化承担者,文学语言以其所具有的独特艺术魅力感染着读者,读者通过语言的朗读或默读而接受形象,通过自己的想象进入作品中的艺术世界。楹联作为一种文学样式,同样充满了美的价值。楹联鉴赏就是通过对楹联作品的分析、评论,使得对联作品的义愈明而意愈彰,提高读者的欣赏能力和艺术趣味,促进对联审美标准与习惯的形成。因此,楹联鉴赏实际上是对楹联作品进行感受、理解和评判的思维活动和过程。

　　那么如何进行楹联鉴赏?贾雪梅认为,楹联鉴赏包含两个过程:一是鉴定,从直观的印象,升华到理性的层次,判断、评价对联作品优劣得失;二是欣赏,一副好的对联作品呈现在读者面前,鉴赏者的任务就是帮助读者读懂、理解作品的内容,帮助读者领略蕴藏在文字中的历史深度、空间广度及情感张力,帮助读者体会作者独具个性的表现手法,欣赏对联内容与形式和谐统一的美感。

一、对联鉴定

　　如何判断作品的优劣,评者虽然是"仁者见仁,智者见智",但还是要考虑多数人的价值取向和欣赏习惯。比如,说秦桧是宋、金的和平使者,与普通大众的是非标准严重背离,这是立意上的哗众取宠,鉴赏者就不当为其"标新立异"持肯定意见。又比如,孙髯的云南大观楼长联,气势宏大,脍炙人口,后为道光初年任云贵总督的阮元所改。阮元把原来优美的有诗意的句子改成了一些死句,便有违多数人的欣赏习惯,当时就有名士公开指责说:"阮元所改,不及原文远甚,芸台(阮元的号)亦多事矣。"对于表现手法的优劣判断,鉴赏者当提高自己的古典文学素养,才能做出正确的评价。

贵州现代楹联大家向义在《论联杂缀》中对评联标准有着自己的见解和体会,相当精辟,与大家共赏:

联语贵在吐属名贵,寄托遥深。若实事求是,虽句句切合,终嫌笨伯;妙手则不即不离,自然入扣。

联语不可带头巾气,不可带市井气。冬烘之语,既涉浅俗;江湖之言,尤为鄙陋。墨卷滥调,极其臭腐;经生语录,亦嫌质实。大抵才人之作,偏于词章。庶几词旨圆匀,风神逸宕,是为上乘。

联语须有识见,有身份。既要议论翻新,亦须自占地位。若仅顺题敷衍,文辞虽美,于义无取。

集句之联,贵能浑成,信手拈来,天然凑合,殊不易得。寻常逗辏之作,钉饾满纸,徒取憎耳。

…………

联语须切地切人,移易不得,方为上乘。肤泛之作,词藻虽佳,但宜于此者,亦宜于彼。随处去得,于事无当。庆吊之联,尤贵有人有己,切合身份,不可移易,方称合作。

二、对联赏析

对联的鉴赏固然包含鉴定和欣赏两个过程,但作为被鉴赏的对联作品,作者一般是古今对联名家。即便是普通联手的作品,也有值得称道之处。所以鉴赏的重点在欣赏与分析,挖掘出作品的闪光点。

对联鉴赏,大致也和其他文学艺术形式的鉴赏一样,从内容和形式两方面进行。首先考虑其思想意义,即对联作者所要表达的思想感情。其次是对联的艺术手法和表达技巧,包括构思、选材、组句、对仗、声律等方面。

(一)对联内容

对联的内容应是对联鉴赏的最主要部分。鉴赏对联先要读懂、理解对联,读懂对联则要对对联文字所选择的意象、所涉及的典故、相关的背景有一定的了解。可以说,对联的内容能读懂,能理解,对联鉴赏也就完成了一大部分。

文学意象是一种特殊形态的意象,它指的是文学作品特别是诗歌中那些蕴含着独特意念而让读者获得言外之意的艺术形象。中国古典文学,由于某些审美物象的反复运用,已经形成了比较稳定的意象系统。对联意象的选择和诗歌

等文学作品一样,不可忽视物象的象征意义,要与作者表达的思想感情相一致。例如清人阮元题杭州贡院一联:

> 下笔千言,正桂子香时,槐花黄后;
>
> 出门一笑,看西湖月满,东浙潮来。

上联写考试时的情景,在一片桂子飘香中,考生文思泉涌,下笔千言。用物象"桂子香时,槐花黄后"寓意考生历经寒窗之苦,终于到春华秋实的收获之时,能不"下笔千言"?下联写考试后的心情,用物象"西湖月满"隐含考生答卷之圆满、称心、得意,用物象"东浙潮来"暗示考生对于前程之憧憬,故而离开考场时"出门一笑"。该联善用物象,通过想象的纽带把眼前之景与作者要表达的旨意巧妙融合,构成一幅可视可感的风景画,给人以美的享受。另外,在对仗方面,此联采用句中自对,全联工整合律,无怪乎长期以来为世人所称颂。

我们常见到的名胜楹联、贺联、挽联等往往都含典故,或人物(如籍贯、经历、官职、业绩等),或地理,或史实,或传说,不可不详察。如果对其中的典故不了解,恐怕就谈不上什么欣赏了。举几例以观之:

清代吴慈鹤题嵩山嵩阳书院联:

> 近四旁惟中央,统泰华恒衡,四塞关河拱神岳;
>
> 历九朝为都会,包伊洛瀍涧,三台风雨作名山。

上联以四岳泰山、华山、恒山、衡山为衬,化用了《荀子·大略》语"欲近四旁,莫如中央",突出了嵩山的地位;下联紧承上联的"神岳"而及嵩山北麓的洛阳历史、地理,洛阳为九朝古都,伊洛瀍涧,为洛阳附近的河流。此联就地发挥,由远而近,由山而水,由地理而历史,包容一切,大气磅礴。

总之,以风景为主的名胜联,对名胜地所处的位置、名人遗迹、历史传说不能一无所知;以人物为主的名胜联,如祠庙,则要对这位历史人物有所了解,如他的出身、经历、主要业绩、功勋、古今评价等。

名胜如宗教所在地,如佛寺(道观)的楹联,还要懂得一些佛教和道教常识、佛道术语,以及这个寺院(道观)不同于其他寺院(道观)的独特之处。如登封的少林寺,因北魏时达摩在此面壁修行,被认为是禅宗祖庭;如鹿邑的太清宫,是道家学派创始人老子的家乡为纪念他而建的道教建筑等。

请看一副古代倡导廉政的对联:

> 领郡愧难胜,愿同阎俗变饮羊,人除害马;

同舟须共济，与僚寀政朝驯雉，节励悬鱼。

联中几乎每个短句用了一两个典故。这里就"饮羊""害马""驯雉""悬鱼"展开说说。"饮羊"典出《孔子家语·相鲁》："鲁之贩羊有沈氏者，常饮其羊以诈市人。"这是以水饮羊，增重牟利，如今天的注水肉，古又称"饮诈谋利"。"害马"语出《庄子·徐无鬼》，本指损害马的自然本性，后引申为害群之马。"驯雉"是《后汉书·鲁恭传》中的故事，说鲁恭的政绩化及鸟兽，连小孩也不愿捕获来到身边的雉鸟，比喻地方官善施仁政。"悬鱼"是《后汉书·羊续传》中拒下属送鱼不食，悬而以示拒贿的故事。宋人徐积在《和路朝奉新居》诗中赞羊续"清身太守旧悬鱼"，表示羊续为官清廉。本例用典，既没有生搬硬套的痕迹，也难见因陈相袭的毛病。由于征引恰当，妙合自然，不仅增强了联语的感染力，也收到了意境超凡、对仗工妙的艺术效果。

再看成都望江楼公园联：

少陵茅屋，诸葛祠堂，并此鼎足而三；饰崇丽，荡漪澜，系客垂杨歌《小雅》。
元相诗篇，韦公奏牍，总是关心则一；思贤才，哀窈窕，美人香草续《离骚》。

一个公园为什么能与杜甫的茅屋、诸葛亮的祠堂"鼎足而三"？不清楚这一点就无法真正读懂此联。原来，望江楼在成都东门外锦江南岸，因有唐代女诗人薛涛遗址而闻名，所以下联用"美人香草"，是赞扬薛涛的诗歌可以承续《离骚》而流传后世。全联既推崇薛涛的文学才华，又感叹她的不幸身世（薛涛曾是乐伎）。全联融写景、抒情、叙事、议论于一炉，辞藻典雅，最足兴感。

（二）对联的表现形式

对联的表现形式包括构思、选材、组句、对仗、声律等方面。

关于声律，刘太品先生在《树立科学联律观，促进对联创作、鉴赏和评审工作》一文中说："在对古人联语的鉴赏活动中，要从当时的文化与语言环境出发，以内涵统领形式，不可以用古人绝不可能知道也不会去遵循的现代语法学规则来对古人的联语作品，做出'出格'的判定。"又说："在遇到已有定评的名家名作中，有些局部在对偶声律上有不同于常规的处理方式，最好不要因为自己不理解而轻易地否定前人，传世对联作者多是一时的文章作手，对于各类文章体式自有其深刻的把握，他在个别语句上的处理方式自有其道理，林则徐说'壁立千仞'并不代表他找不到一个平声字来代替'立'字，曾国藩说'才未尽也'，也不代表他找不到一个平声字来代替'未'字，他们之所以在联中这么用，说明这样是符合他们心目中对联文体规范的。"今人在鉴赏古人联作时,时有"某处不符合马蹄韵,但瑕不掩瑜"之言,然何为瑕疵?切不可以一种作为参考的对联格律来要求所有对联作品。

对于对联形式要求,除了"对仗工整、平仄协调、强弱相当"外,更重要的是,要站在形式与内容相统一的高度,从立意、布局、章法、脉络、遣词、格调等达成的联语整体效果来做出评判。

三、如何鉴赏文字

鉴赏文字可面面俱到,既对楹联的内容,包括创作背景、涉及的典故、比较生僻的词语等一一注释,又对创作手法和表达技巧条分缕析。亦可如古代诗话体一般,主要诠释本身和点明语言风格。

无论什么鉴赏方式,只要把最本质、最具特色的部分赏析出来,就达到了鉴赏者的目的。举几例以观之:

清代何绍基题成都杜甫草堂联:

> 锦水春风公占却,
>
> 草堂人日我归来。

此联据唐代杜甫、高适两诗人酬唱故事写成。杜、高为好友。上元元年(674 年),高为蜀州(今四川崇州)刺史,杜从成都前往看望,做短暂聚会。次年人日,高写了《人日寄杜二拾遗》诗:"人日题诗寄草堂,遥怜故人思故乡……今年人日空相忆,明年人日知何处?"谓今年人日是相思不见,岂能预料明年又在何处,杜读后"泪洒行间"。后来杜漂泊湖湘,偶检旧作,见此诗,高已去世五年矣,不胜感慨系之,因作《追酬故高蜀州人日见寄》诗,中有云:"自蒙蜀州人日作,不意清诗久零落……锦里春光空烂漫,瑶墀侍臣已冥寞。"此故事后遂传为美谈。

上联化用杜甫诗句怀念杜甫。"锦水",在成都市南。《华阳国志·蜀志》:"锦江织锦濯于其中则鲜明,他江则不好,故命曰锦里也。"后以"锦水""锦里"指成都,此处则泛指蜀中各地。"锦水春风"谓蜀中美好山水,"公占却"谓被杜甫吟咏殆尽。

下联化用高适诗句,记来谒日期。"人日"指正月初七日。《西清诗话》引东方朔《占书》:"岁后八日:一日鸡,二日犬,三日豕,四日羊,五日牛,六日马,七日人,八日谷。"何绍基于咸丰二年(1852 年)接任四川学政,四年(1854 年)正月初七日由梁州回成都,谒杜甫故宅。"我归来"隐隐有参与杜、高唱和之意,作者缅怀昔贤,往往高自标置,本联之"公""我"对举,直与杜甫并驾齐驱。又如四川凌云寺东坡楼联下句"扁舟载酒我重来",不啻谓我是继苏轼、苏辙之后的读书人。

这种语言习惯、典故等多适用于古联,造成了现代人阅读的一些困难,所以详述为好。

再看林则徐题福州贡院:

> 初日照三神山,看碧海珊瑚,尽收铁网;
>
> 长风破万里浪,喜丹霄银榜,早兆珠宫。

时习之先生鉴赏对联,严谨而完备,足显学者风范,从此联可窥其欣赏的角度和笔法:

福建是沿海省份,省会福州也是滨海城市。因此林则徐的这副题福州贡院联就把着眼点放到了"海"字上。"三神山"原指传说中仙人居住的蓬莱、方丈、瀛洲三个海上仙岛,典出《史记·封禅书》;"珊瑚"和"铁网"的典故则出自《新唐书·拂菻国传》的记载,说拂菻国(东罗马帝国)海中有珊瑚洲,当地人乘船放铁网到海底,三年后珊瑚长成时,绞起铁网,收获珊瑚。上联巧妙地以"初日"喻朝廷的恩惠,以"三神山"喻福州(福州因为城中有于山、乌山、屏山而别称三山),以"珊瑚"喻人才,以"尽收铁网"喻通过考试毫无遗漏地选拔人才。"长风破万里浪"是南朝宋人宗悫的典故,据《宋书·宗悫传》记载,宗悫年少时,叔父宗炳问他的志向。宗悫回答道:"愿乘长风破万里浪。"珠宫指神话传说中的仙宫,出自战国时期楚国大诗人屈原的《九歌·河伯》:"鱼鳞屋兮龙堂,紫贝阙兮珠宫。"这里借指显贵之地。下联说这些考生年轻而胸怀大志,可喜在贡院放榜时榜上有名,预示着他们前程远大。全联分别从主持考试者和应考者两个方向落笔,用典得体,文字典雅,对仗工整,堪称佳作。

楹联鉴赏涉及的话题还有很多,比如酬赠联、节日联、名胜联等,一类联有一类联的作法:短联重简练含蓄,立意深婉;长联重气势脉络,行文圆转。又比如,行联是以议论为主还是以抒情为主,抑或情景交融?是诗词格调还是散文笔法、白话体式等,鉴赏时都要做到胸有成竹。

总之,楹联鉴赏是鉴赏者学力、思力、文学素养的综合体现,需要积累知识,拓宽眼界。见识的提高不是一朝一夕之事,大家多看、多思、多练,是为上策。

第二节 经典楹联赏析

一、山水古迹联赏析

1. 湖南岳阳楼联

一楼何奇？杜少陵五言绝唱，范希文两字关情，滕子京百废俱兴，吕纯阳三过必醉。诗耶？儒耶？吏耶？仙耶？前不见古人，使我怆然涕下。

诸君试看，洞庭湖南极潇湘，扬子江北通巫峡，巴陵山西来爽气，岳州城东道岩疆。潴者，流者，峙者，镇者，此中有真意，问谁领会得来？

【赏析】这一副102字楹联，为晚清著名文学家窦垿撰写。上联"杜少陵五言绝唱，范希文两字关情，滕子京百废俱兴，吕纯阳三过必醉"向人们讲述了与岳阳楼相关的四位名人：杜甫的诗、范仲淹的文、滕子京的政绩、吕洞宾的传说。下联"洞庭湖南极潇湘，扬子江北通巫峡，巴陵山西来爽气，岳州城东道岩疆"则描绘了岳阳楼四面的景色：南有洞庭湖，北有长江，西有巴陵山，东有岳州城（今岳阳市），高度概括，精巧布局。读到这副联，几乎就能在脑子里构建起一个坐标，岳阳楼的历史和景致一目了然。

而这副联被公认为岳阳楼第一联，原因还远不止这些。全联以"一楼何奇"的问句开始，又以"问谁领会得来"的问句收尾。上下联的结尾更是精准捕捉到岳阳楼的独特之处，就像上联所写：杜甫晚年曾乘船来到洞庭湖，此时的杜甫已经57岁，年老体弱，登楼后留下了千古绝唱："亲朋无一字，老病有孤舟。戎马关山北，凭轩涕泗流。"宋代以前，岳阳并非富庶之地，以至于滕子京被一贬再贬，到了荒凉的巴陵郡。因此不只是杜甫，历代文人墨客在岳阳楼留下的文字多少都带有几分沉郁顿挫之感。有人说岳阳楼是士大夫的岳阳楼，因为范仲淹"先天下之忧而忧""后天下之乐而乐"这两句话对中国知识分子道德的形成影响至深。八百余年后的晚清，当楹联的作者窦垿来到岳阳楼，洋洋洒洒百字之后，才在上下联的结尾分别留下了"使我怆然涕下"的感伤与"问谁领会得来"的无奈。

2. 杭州西湖公园天下景亭联

水水山山处处明明秀秀，

晴晴雨雨时时好好奇奇。

【赏析】这副对联由民国时期一代楹联大家黄文中题于西湖。黄文中为甘肃临洮人,出生于 1890 年,早年曾留学日本明治大学。黄文中曾经在西湖边住了三年,对西湖的景致有着独特的感悟,以十个简单的汉字重叠,上联从空间落墨,写西湖常景,山明水秀,无处不美;下联从时间着笔,评西湖变化,晴好雨奇,无时不佳,确实可称为情景并茂、表里皆美的叠字连珠佳对。

从格律上讲,这副对联有趣的地方还不仅于此。据说这副对联有 12 种读法,许多游客游玩到这副楹联面前,几乎都会驻足,反复吟咏,想要将这 12 种读法尝试出来,每读一遍都要回味许久。有意思的是,自从 1934 年以来,许多人引用这副楹联时错将"水水山山"误用成"山山水水"。这副楹联最令人回味的就是格律。甘肃省楹联学会副会长王家安说,上联起句"水水山山处处",是"仄仄平平仄仄";下联起句"晴晴雨雨时时",是"平平仄仄平平",这样一句之中平仄既交替,上下两句之间平仄也互对,动一个字不行,颠倒顺序也是不行的。

3. 西岳华山玉泉院联

三峰三霄通,宝掌千秋留薜迹;

一岳一石作,金天万里矗莲花。

【赏析】这副联为清代诗文家严长明撰。玉泉院是上华山必经之路,故又称为"华山之门"。此联虽书于玉泉院,实际却是描写华山。

偌大华山景致入联者甚多,而作者善于抓住华山的特色,单刀直入,极力渲染。"三峰三霄通",起句突兀、明快。西岳以奇甲天下,尤以三峰为最。自古写华山之人,亦多从三峰起笔。玉泉院联的作者虽然也从三峰起笔,目的却是五言句,配以二三节奏和双拟对的手法,一下就造成了险峻、高矗的气势。紧接"宝掌千秋留薜迹",那华岳仙掌就是仙人上天留下的足迹,而华岳三峰中明星、玉女之峰皆为仙名。《太平广记》卷五十九:"明星玉女者,居华山。服玉浆,白日升天。"华山是仙人上天之山,似乎不容置疑。

"一岳一石作",华山不在于高,而在于险。整座西岳仿佛是一块巨石构筑而成,浑然一体。人常言:自古华山一条道。的确,华岳山道大多从石缝中开凿而成。"金天万里矗莲花",金天,似作为"西天"解更妥。莲花峰矗立在万里西天,写出了华山雄伟、壮观的气势,又点出了华山得名的缘由。

从艺术上看,从峰起笔,到峰落笔,全联围绕峰写,先写三峰,最后突出一峰,主旨明确,意在写出华山气势。从对仗看,这是一副工对联,无论是从词类、词结构、平仄看,上下联对仗工整;上下联的首句和尾句从风格上看,首句明快,尾句含蓄。尽管尾句典故深藏,但并不影响一般读者阅读,从意义上看,相互映衬,乃写景佳联。

4. 梅关古驿道联

> 不必定有梅花,聊以志将军姓氏;
>
> 从此可通粤海,愿无忘宰相风流。

【赏析】此联来自《楹联丛话·胜迹》,或传梅关一联云:"不必定有梅花,聊以志将军姓氏;从此可通粤海,愿无忘宰相风流。"按:梅关即梅岭,又名庾岭。《史记索隐》谓"相传以梅将军名",而《南康记》又云:"前汉南越不宾,遣监军庾姓者讨之,筑城于此,因之为名。"则两说皆可通。《南康记》又云:"庾岭多梅,亦曰梅岭。高一千三百五十丈。唐张九龄奉诏开凿。"按:张有《开岭路序》,又有诗,故岭巅有曲江祠。此联骡栝大意,面面俱到矣。

清人吴恭亨著的《对联话》亦云,该联"作隐括语特佳"。原来联中隐喻了梅鋗和张九龄两位与梅岭及古驿道有关的人物。梅岭原先称台岭,秦末,越王后裔梅鋗曾戍守台岭,后因助刘邦赢得楚汉之争而功高封侯,后世百姓为怀念他而将台岭改称为梅岭。张九龄,广东韶州曲江(今韶关市)人氏,为唐开元盛世之名相,曾在开元四年(716)奉诏开凿"大庾岭路"(即梅岭古驿道),使其成为赣粤的主要通道。

人们为了铭记张九龄凿山开道的伟大功绩,在岭上还修筑了挂角寺。寺大门两侧的对联,也与张九龄有关:

> 挂角何时,偶为岭上主人,犹想象千秋风度;
>
> 举头欲问,可许山中置我,试管领万树梅花。

此副对联中的"千秋风度",说的就是张九龄。

(二)人生哲理联赏析

1. 哲理联

> 峰碍已千年,事往人来,且低回楼观古今,山川开阔;
>
> 阑干仍百尺,隔邻呼酒,须领略帆樯星斗,车盖风云。

【赏析】这副滕王阁联出自清代书法名家李文田。上联起首,大起大落挥毫。"峰碍已千年",世间万物消长,眼前的峰碍就是千年之证。史载,秦始皇、汉武帝曾东巡碣山,刻石观海。这里的"峰碣"代指和滕王阁遥遥相峙的西山。滕王阁始建之时系一景楼。随着时光流逝,楼阁兴衰,曾几何时,这一胜迹不仅是观景所在,而且是历史的见证。"楼观古今,山川开阖",伴随着多少"事往人来",仿佛都刻印在滕王阁这一丰碑上。阖,关闭之意,"山川开阖"指自然变化。

下联部分,作者怀着自信和旷达的胸襟,重登这百尺高的胜楼,凭栏远眺,自有一番感慨。"隔邻呼酒"即与古人共酌对饮,含彼此纵谈历史之意。临尾句,作者借眼前所见,感慨至深地抒怀,"须领略,帆樯星斗,车盖风云"。自然变化,世纪风云,是随着历史变化规律而发展的,这就是作者品尝之余所领悟的启示。"帆樯"即"帆船",与"车盖"合含历史车轮之意。

这是一副哲理联。作者借滕王阁赏景之暇,鉴史、品史,把自己对世事的观察领悟,夹叙夹议融于联中。联语情感真挚,风格豪放,深为赏联者推崇。

> 若不撇开终是苦,
>
> 各自捺住即成名。
>
> 横批:撇捺人生

【赏析】这一副对联出自今人颜廷利,写尽了人生哲理。"若"字的撇笔,如果不撇出去,就是"苦"字;"各"字的捺笔,只有收得住,才是"名"字。一撇一捺即"人"字。"撇"与"捺"是对立统一的辩证关系,既要放得开,又要收得住;既要学会放弃,又要懂得坚守,这样才能做一个真正意义上的人。只"撇"不"捺",为人就没有原则、分寸;只"捺"不"撇",为人就过于计较、拘谨。"撇""捺"互相弥补、互相支撑、相辅相成,否则就不是一个完整的"人"。对联中奉劝人们"撇"开的是人生的欲望、诱惑、贪念等,建议人们"捺"住的是淡泊、寂寞、坚守等。人的一生,就是要既能"撇"得开,又能"捺"得住,正所谓:舍得,舍得,有舍有得。

> 春风大雅能容物,
>
> 秋水文章不染尘。

【赏析】此联乃清朝邓石如自题于书房的楹联。春风有包容接纳万物的博大情怀;文辞笔墨如秋水一般,不沾染半点世俗尘埃。这是何等气度,何等清高。

> 人生哪能多如意,
>
> 万事只求半称心。

【赏析】这副出处暂无考证的杭州灵隐寺联看似简单通俗,实则写尽了人生真相。楹联的点睛之笔在于那个"半"字。众所周知,中国传统文化里有一种智慧叫作"中庸",这副楹联便体现了中庸之道。中庸的解释有很多,通常认为,中庸指"不偏不倚,无过不及",这与灵隐寺名联的"半"字内涵相似。我们常说的"过犹不及""月满则亏,水满则溢",其实都是强调万事有一个量度,所以人生不会事事称心如意,福祸总是相依。

2.劝勉联

万卷古今消永日,

一窗昏晓送流年。

【赏析】陆游,字务观,号放翁,南宋越州山阴(今浙江绍兴)人。他一生酷爱读书,将自己的书房取名"书巢",晚年仍然"读书有味身忘老"。对联中"昏晓"二字显示了陆放翁起早贪黑读书的情况,"古今"则表明了他读书的范畴。

风声雨声读书声,声声入耳;

家事国事天下事,事事关心。

【赏析】这是现悬于东林书院依庸堂内的一副著名对联。此联为明东林党领袖顾宪成所撰,后来人们用以提倡"读书不忘救国",至今仍有积极意义。上联将读书声和风雨声融为一体,既有诗意,又有深意。下联有齐家治国平天下的雄心壮志。风对雨,家对国,耳对心,极其工整,特别是连用叠字,如闻书声琅琅。

这副对联劝勉读书人要以经国济世为己任,至今仍有启迪、教育意义,也就是要求读书人不仅要读好书,还要关心国家、关心政治、关心天下之事,多用心体会世间百态,学以致用,而不要死读书、读死书。

今日之东,明日之西,青山叠叠,绿水悠悠,走不尽楚峡秦关,填不满心潭欲壑,力分项羽,智分曹操,乌江赤壁空烦恼!忙什么?请君静坐片时,把寸心想后思前,得安闲处且安闲,莫放春秋佳日过。

这条路来,那条路去,风尘仆仆,驿站迢迢,带不去白璧黄金,留不住朱颜皓齿,富若石崇,贵若杨素,绿珠红拂终成梦!恨怎的?劝汝解下数文,沽一壶猜三度四,遇畅饮时须畅饮,最难风雨故人来。

【赏析】这是清朝岭南才子宋湘撰写的一副150字"劝世长联"。宋湘从北京回广东路过南粤雄关梅岭,在岭南驿站旁边一凉亭歇息时,见南来北往的匆匆过客,油然而生万千感慨,撰写了150字长联于驿站墙壁上,尽情刻画了沧桑世态、苦涩人生,劝谕世人"莫放春秋佳日过",感慨"最难风雨故人来"。

这副长联通俗易懂、朗朗上口,不仅情景交融,且充满着人生的哲理,很快便传播开来。联中的典故除霸王乌江自刎、曹操兵败赤壁等故事,还有西晋大臣石崇不肯将宠妾绿珠献给孙秀而遭诛杀被夷三族的典故以及隋朝权臣杨素的乐伎红拂与李靖相约私奔的典故。人的欲望是无止境的,上联以项羽之实力、曹操之智谋,仍逃不过乌江自刎、赤壁惨败的结局,更何况我等一介草民,何必自寻烦恼? 一问"忙什么",看似消极,也是实情。下联先比石崇富可敌国,再比杨素尊贵显赫的身世,后以"绿珠红拂终成梦"作结,反问"恨怎的",可见世事无常。一句话,还是珍惜眼前景、朋友情、踏实生活为上!

古人写作多讲究"无一字无来处"。上联"莫放春秋佳日过"出自陶渊明的诗《移居》:"春秋多佳日,登高赋新诗。"下联"最难风雨故人来"化用自杜甫的散文《秋述》:"常时车马之客,旧雨来,今雨不来。"意即平时一些乘车骑马的客人,原来下雨也来,但今天下雨就不再来了。

杜甫写《秋述》时四十岁,正好是天宝十年(751年)。当时他到长安求仕,恰遇李林甫当政,仕进无门,病卧长安,是人生极其失意之时。从杜甫的这篇文章看,"雨"绝对不是单纯指自然的风雨,更有心灵的风雨、人生的风雨、社会的风雨。有一个成语叫作"旧雨新知",就出于此。"旧雨"代表老朋友,"今雨"代表新朋友。

(三)节令生活联赏析

天气大寒,霜降屋檐成小雪;

日光端午,清明水底见重阳。

【赏析】这副对联用四个节气——大雪、霜降、小雪、清明和两个节日——端午、重阳组成。一寒一暖,形象分明,谈天说地,意境优美。

新月如弓,残月如弓,上弦弓,下弦弓;

春雷似鼓,秋雷似鼓,发声鼓,收声鼓。

【赏析】上联从月的形状介绍了天文知识。下联从声音上介绍了春雷和秋雷的区别,一形一声,构成一副对联,颇具匠心。

北斗七星,水底连天十四点;

南楼孤雁,月中带影一双飞。

【赏析】这是对联,也是诗画,联中勾画出一幅美妙的夜晚醒月图。其中的数字掺进了乘法运算。上联"十四"是"七"的倍数;下联"一双"是"孤"的两倍。

竹雨松风琴韵,

茶烟梧月书声。

【赏析】这是傅山先生为书斋自题的一副对联。傅山(1607—1684),字青竹,改字青主,别号公之它,又号石道人,山西太原人,明清之际思想家。他饱学经史,兼长书画、医学、佛学、武术等,山西人奉之为"医圣""晋魂"。傅山与顾炎武、黄宗羲、王夫之、李颙、颜元一起,被梁启超称为"清初六大师"。

此联有一个显著特点,全联十二字全是名词,无一动词串联转换,无一形容词修饰渲染,纯以六组名词成对。联中"琴韵""书声"反映书斋活动,为上下联的核心,而前四词则分别以周围景物作为烘托,竹雨松风的贞洁更衬出琴韵的高雅,茶烟梧月的朦胧尤显出书声的清朗。

联语炼字精、对偶工、意境深、韵味雅。通过一组在中国文化中内蕴圣贤修养、君子精神的意象,烘托出作者清淡、高雅的人生境界。这些意象,有岁寒三友"松、竹、梅"中的"竹"与"松";有人生三美"春雨夏风秋夜月"中的"风""雨""月";有文人四友"琴棋书画"中的"琴"与"书";有生活四雅"点茶、焚香、插花、挂画"的"茶"。诵记此联,会激发读者对作者清雅自在、超然物外般隐逸生活的向往。

(四)贺联挽联赏析

1. 婚联

红雨花村,交颈鸳鸯成匹配;

翠烟柳驿,和鸣鸾凤并于飞。

【赏析】此联抓住"结婚"二字构思成联。结婚是一对男女开始共同生活,许多柔情蜜意都会表现出来。联中使用了"交颈""和鸣""于飞"等词语,把新婚时刻的男欢女爱做了具体描述。此联用"鸳鸯""鸾凤"比喻夫妇,均为旧时常用之语。上下联的开头一句,尚有一些"野趣","村"当然是乡村,而"驿"指驿站,往往设置在边远地方。婚礼在这样的地方举行,比之于大都市,自然别有一番风味了。文字上的对仗,都合乎常规,但意义上的对仗尚欠允当,上下联一个意思,有"合掌"之嫌。平仄调配,合乎常规。

2.方地山撰贺张大千寿联

八大到今真不死，

半千而后又何人？

【赏析】此联把祝贺寿辰和歌颂业绩两者结合起来，且以"祝贺寿辰"为表，以"歌颂业绩"为里，对张大千在画坛上继往开来的历史地位做了充分的肯定。上联表面上说"八大"，实际上是说张大千。历史上著名画家很多，为什么单提"八大山人"朱耷呢？这只能从绘画内容和风格上去找原因。朱耷作画，喜欢用水墨，多画怪石、花竹、鸟兽等，用笔奇特，苍劲简略，生动有趣；张大千作画，吸收了朱耷的长处，在风格、精神上有相通之处。另外，朱耷志节清高，洁身自好，这对张大千不是没有影响的。"不死"是说朱耷的精神品格和绘画传统在张大千身上得到了继承和发扬。下联是一个问句，紧承上句而来，意思是说现在产生了张大千这样的绘画大师，那么，五百年后又会产生哪一位绘画大师呢？像张大千这样的大师，五百年才能出一个。这就肯定了张大千承前启后、继往开来的历史地位。

3.毛泽东同志挽王尔琢烈士联

一哭尔琢，二哭尔琢，尔琢今已矣！留却重任谁承受？

生为阶级，死为阶级，阶级后如何？得到胜利始方休！

【赏析】在创建井冈山革命根据地的斗争中，红军早期的杰出将领王尔琢同志，在1928年8月25日追赶叛徒的战斗中，不幸牺牲于江西崇义思顺圩，年仅25岁。在追悼大会上，毛泽东同志作此挽联，运用"词语同位"法，上下分别以"尔琢""阶级"在相同位置上分别重复三次，以"一哭""二哭""生为""死为"层层递进，令人读后悲恸之情不禁油然而生，感人肺腑的同志情、革命情永留脑际。

（五）技巧联赏析

对联的欣赏价值，也表现在它的写作技巧上。对联的写作技巧乃对联艺术之所在，包括立意技巧、修辞技巧和险救技巧等。

立意新颖的对联总给人以别有天地的感觉，使那些平淡无奇的作品，相形见绌。如岳阳楼联：

水天一色，

风月无边。

传说,吕洞宾一天来到岳阳楼,看过墙上的许多字画,顺手挂上两只甲鱼(鳖),写上"虫二"两字,便飘然而去。游人不解何意。这时,"谪仙"李白神游至此,沉思道:"虫二,虫二,不是'风(風)月无边'吗?"他心里一亮,立即挥笔写下这样一副对联。

这个故事很优美,但此联本身能够体现出作者与众不同的选择角度、敏锐的洞察力、敢言人之所未言的胆识以及奇巧的思路。上联"水天一色",出自唐代王勃《滕王阁序》:"落霞与孤鹜齐飞,秋水共长天一色。"意为水光与天色融为一体,立意较深,比较难成对。但下联"风月无边",出自宋代朱熹《六先生画像赞·濂溪先生》:"风月无边,庭草交翠。"意为清风与月下的风景佳胜无边,把上联的立意又有所升华。正如名家所言,此联对仗工整,浑然一体,巧夺天工。

再如,宋人吕蒙正对当时严重的贫富不均现象愤愤不平。某年春节,一位穷苦人请他代写一副春联,吕写道:

> 二三四五,
>
> 六七八九。
>
> 横批:南北

春联贴出后引来了无数人围观。众人始觉其"怪",继称其"妙"。这副春联妙就妙在它的"联外之意":上联缺"一",下联少"十",正是"缺衣少食"的谐音;横批"南北"亦即意味着"没有东西"。作者以独特的修辞手法写尽了穷人的窘迫。

修辞技巧可见前文辞格部分。险救技巧,指的是将一些看来极其平淡甚至不成对联句子的上联,通过下联的巧妙搭配,点石成金。

祝枝山给他人写一副寿联。他问来人道:"你是哪一天过生日?"那人回答:"十一月十一日。"只见祝枝山不慌不忙地提起笔来,写了对联的上联:

> 十一月十一日生。

那人觉得非常奇怪,怎么这样写寿联呢?把生日写在上面就完事了?但是他是来求人的,祝枝山又是大名人,因此他不好质疑,只好嗫嗫嚅嚅地说:"这……这上联……"祝枝山看了他一眼,没有理他,从容地提笔写了下联:

> 三千春三千秋寿。

那人见了,拍案叫绝。上下联巧用数字,把生日嵌入对联,实在是构思奇特,妙不可言。

第三节 古今楹联趣谈

一、妙联一副惊皇上

据说,清朝有一位科举考生,从乡试到会试,都是榜首。殿试时,由于皇帝早已了解了这位考生的情况,知道此人很有学问,很有才华,因此并没有向这个考生提出什么经国策论之类的问题,只是问:"你的祖父、祖母,你的父亲、母亲,都是做什么的呀?"考生一听,心里一惊:自己祖父是酿酒的,祖母是弹棉花的,父亲是卖豆腐的,母亲是做豆腐的,这可怎么说呀? 要实话实说,又恐怕被视为出身卑贱,弄不好就被皇上罢黜了。他灵机一动,于是便说:"回禀皇上,草民的祖父和祖母的职业是:'玉甑蒸开天地眼,金锤敲动帝王心。'我父亲和母亲的职业是:'父在外,肩挑日月;母在家,扭转乾坤。'"这位考生用两副对联,极其巧妙地回答了皇帝的问题。

"甑"是古代一种瓦制的蒸器,酿酒的时候用来蒸酒糟;"金锤"是弹棉花时用来敲棉花的一种工具。这位考生的父亲卖豆腐,早出晚归地"肩挑日月";母亲做豆腐,就要用石磨磨豆子,石磨的上下盖被他比喻成乾和坤,恰如其分。皇上一听,龙颜大悦,立刻钦点他为状元。

二、巧对对联显才华

据说,清朝末年湖北有个名士叫李仕彬。他从小聪颖好学,因为写对联写得非常快,被人称为神童。有一年,李仕彬的父亲背着他去给老师拜年。李仕彬的老师从屋里迎出来,一看是自己非常喜欢的孩子正趴在父亲的背上,身上还穿着天蓝色的缎子棉袄。老师一笑,出了一个上句:"三尺天蓝缎。"小仕彬一听,老师这不是在考我吗? 他连忙从父亲的背上爬下来,站好,一边给老师作揖拜年,一边口中答道:"五味地黄丸。"老师没吭声,未置可否,就引李仕彬父子进了书房。

老师指着书案上的一盏烛灯,又出了一个上句:"火烛冲天亮,文光射斗。"小仕彬一听,立刻从怀里掏出他随身携带的一个爆竹说:"惊爆落地响,怒气迎霄。"老师点点头,略加思索,又出了一个上联:"除夕月无光,点数盏灯,为乾坤增色。"这是个长联,难度大。小仕彬一边琢磨,一边四处观望,一下子看到佛龛上面有一面鼓,便跑上前去,抓起鼓槌,"咚"地敲了一下,回答道:"新春雷未动,击一声鼓,替天地扬威。"老师喜极,马上把小仕彬抱在怀里,连连称赞:"神童,真是神童!"

三、切瓜分客

明代有一个叫蒋泰的人,小时候就很有名气,在家乡苏州享有"神童"之美誉。有一次,他父亲的朋友来访,他们围坐在客厅吟诗作对。忽然,乌云密布,接着刮起大风,一会儿就下起雨来,雨点"噼里啪啦"地打在窗户上。客人中有一人看见窗户纸上的雨点印记,触景生情,出一上联求对:"冻雨洒窗,东两点西三点。"

这上联的意思是说,这会儿冰凉的雨点打在窗户上,东边窗户上有雨点,西边窗户上也有雨点。从文字上讲,巧就巧在"冻雨"的"冻"字,是由"东"和两点组成,"洒窗"的"洒"字是由"西"和三点组成。联意既说明了当时雨打窗户的情景,又说明了"冻""洒"两字的组成。这样,下联就不太好对:要求后半句说的事,与前半句说的事既互有关联,还得如前半句一样合理拆分第一、第三字。在座客人苦思冥想,绞尽脑汁,难以应对,客厅内顿时鸦雀无声。

这时,仆人送上西瓜来,蒋泰的父亲连忙切瓜,请客人吃瓜。这时蒋泰刚好进来,看着大家愁眉苦脸的样子,就问发生了什么事。父亲没好气地说:"我们在对对联,你小孩子家凑什么热闹,快出去!"小蒋泰不依,缠着父亲问个不停。父亲无奈,只好把事情给他说了。蒋泰听完后,大声说:"这有何难,我来对下联。切瓜分客,横七刀竖八刀。"

一语既出,满座惊叹。蒋泰所对下联的前半句"切瓜分客",说的是当下吃瓜的事。后半句"横七刀""竖八刀"既是指切瓜,又跟前半句有直接关系。同时"七""刀"合起来是第一个字"切";"八""刀"合起来是第三个字"分",真是妙语双关,兴趣盎然。客人们皆赞叹不已。

四、李调元联战群儒

在清朝,四川罗江县出了一位著名的才子李调元。他从小就聪明过人,七八岁的时候就已闻名乡里,长大后更了不起,写了很多有名的书。

有段时间,他在广东当官。上任不久,当地的文人墨客邀请他去郊游。名义上是郊游,其实是想考考他,给他来个下马威。他们到了一个有山有水的地方,这里悬崖峭壁,有"半边山"三个字。崖下路旁立一石碑,碑上刻字一行:半边山,半段路,半溪流水半溪涧。

同行者解释说:"这是宋朝苏东坡学士、黄山谷和佛印三人同游此地时,佛印出的上联。苏东坡对不上,只好请黄山谷将此上联刻碑于此,以示自抑,兼求下联。"那人说完后,笑着对李调元道:"大人才思敏捷,能否代贵同乡苏学士一洗此羞?"李调元一听就明白,那人欲借此事来侮辱他。于是,他不慌不忙笑着说:"这下联,苏学士早已对好了,何须再对?"众人惶惑不解。他接着说:"其实,苏学士请黄山谷写字刻碑于此,正是为了联对,这叫'意对'。很明显,下联是:一块碑,一行字,一句成联一句虚。"

众人听后,连声赞叹。李调元却说:"这样的意对在我们家乡,即使是小孩子也会对,大家难道不知道吗?"此话让在场有些人羞愧交加。又有个秀才,很不服气,就问他:"大人刚才说,四川孩童也会意对。实不相瞒,我游学蜀中时,曾当面与两人比试,请其联对,不料均呆若木鸡。"李调元笑着问:"与你比试的是什么人?"秀才说:"第一个是个小孩子。"李调元又问:"足下出的是什么对子?"秀才答道:"远观重重宝塔,六角四面八方。"李调元又问:"那个孩子有什么表示?"秀才答:"他伸手摇摇,表示不解,笑着跑了。"李调元说:"他伸手摇摇,就是意对了,他对的是:近看平平玉手,五指两短三长。"秀才一时语塞。

李调元又问:"第二个又是什么人?"秀才说:"是一个农夫。"李调元问:"那你出的又是什么对子呢?"秀才答道:"塔里点灯,层层孔明诸阁(葛)亮。"李调元就问:"那个农夫做了什么动作没有?"秀才答:"他自顾自在池中采藕,一字未答。"李调元说:"农夫已经对了,可惜你未领会。他对的是:池中采藕,节节太白理(李)长根(庚)。"

那秀才听后,深施一礼,道:"名不虚传。"说罢,他就退到角落去了。那些真心仰慕李调元才华的人,拍手叫好。至于那些蓄意戏谑者,则是面露愧色,无地自容。

五、苏轼联趣逸事

苏东坡被贬黄州后,一天傍晚,和好友佛印和尚泛舟长江。苏轼忽然用手往左岸一指,笑而不语。佛印顺苏轼所指望去,只见一条黄狗正在啃骨头。佛印顿有所悟,遂将自己手中题有苏东坡诗句的蒲扇抛入水中。两人面面相觑,不禁大笑起来。

原来,这是一副哑联。苏东坡上联的意思是:狗啃河上(和尚)骨。佛印下联的意思是:水流东坡尸(诗)。

苏小妹到京城去看望做官的哥哥苏轼。苏轼素知小妹才思敏捷,但多年不见,不知有无长进,便出了一联,说:"够你对一晚上了。"

小妹听了出联,暗暗叫好,却一时想不出下联。她见一丫鬟端着酒菜缓缓而来,便灵机一动,说出下联。

苏轼的上联是:水仙子持碧玉簪,风前吹出声声慢;苏小妹对的下联是:虞美人穿红绣鞋,月下引来步步娇。

苏东坡拍案叫绝。因为他所出的上联巧含《水仙子》《碧玉簪》《声声慢》三个词牌名,而苏小妹以《虞美人》《红绣鞋》《步步娇》三个词牌对之,十分工整,且采用了拟人手法,不愧为高手。

苏轼、苏辙、佛印游巫山。佛印和尚出异字同音对,苏轼即对之。苏辙经深思,说:"兄长的下联对得还不甚工,不如改一改。"

佛印的上联是:无山得似巫山好;苏轼对:何叶能如荷叶圆?苏辙改:何水能如河水清?

苏轼及佛印齐说:"以水对山好。"

苏轼与黄庭坚松下饮酒下棋,突然一松子落于棋盘上。苏轼出上联,命黄庭坚对下联,三步棋之内对不出则罚酒。黄庭坚夺杯饮之,并对出下联。

苏轼的上联是:松下围棋,松子每随棋子落;黄庭坚对:柳边垂钓,柳丝常伴钓丝悬。

夕阳西下,返程路上黄庭坚出上联,苏轼大笑,立马对出下联。

黄庭坚的上联是:晚霞映水,渔人争唱《满江红》;苏轼对:朔雪飞空,农夫齐歌《普天乐》。

苏东坡游莫干山,到小观休憩。观中主事老道见来人衣着简朴,便对东坡说:"坐!"接着,他又对道童喊:"茶!"两人落座攀谈,老道发现来人才华横溢,料想来者不凡,就请东坡进厢房叙谈。入室后,老道说"请坐",又叫道童"敬茶"。进而打听,知是大名鼎鼎的苏东坡,老道忙打躬作揖,引苏东坡进客厅,忙不迭地说:"请上坐!"接着,他又吩咐道童:"敬香茶!"

太阳西下,苏东坡辞行。老道请东坡题联留念。苏东坡微笑挥笔:坐,请坐,请上坐! 茶,敬茶,敬香茶! 老道顿时羞愧满面。

六、老地主篡改旧楹联

相传,有这样一位老地主,他粗通文墨而又极喜附庸风雅。一天,他为母亲祝寿,大摆宴席,张灯结彩。他想在门口贴副大红对联,却又舍不得花钱请人撰写,便叫账房先生将常见的"天增日月人增寿,春满乾坤福满门"写出来贴在大门上。账房先生正写时,老地主忽然想起,这是为老母祝寿,应该改得切题才好。于是,让账房先生把上联改为:

天增日月妈增寿。

老地主看了很得意。不过,上联既然改了,下联也该相应改动才算工整。于是,他又叫账房先生把下联改为:

春满乾坤爹满门。

账房先生听了,真有点哭笑不得,惊讶地说:"东家,这么改可不行呀!"老地主一本正经地说:"你懂什么! '爹'对'妈'不是十分工整吗?"

七、拍案叫绝一讽联

民国初年,北京一家中药店有一副对联,看到的人都拍案叫绝。联文是:

起病"六君子",

送命"二陈汤"。

"六君子"和"二陈汤"是中药的两个汤头名。对联作者巧妙地将中药名镶嵌在对联中,用以讽刺窃国军阀袁世凯做皇帝的丑剧。袁世凯篡夺辛亥革命的果实后,野心勃勃,梦想做皇帝。1915 年,杨度联合孙毓筠、严复、刘师培、李燮和、胡瑛组成"筹安会",宣称"以筹一国之治安",为袁世凯称帝鼓吹,人称此六人为"六君子"。上联讽刺袁世凯做皇帝的"病",是由此开始的。

下联的"二陈汤",是指陕西的陈树藩、四川的陈宧,他俩是地方势力的代表,本来都是袁世凯的心腹,捧袁称帝十分卖力。后来,蔡锷在云南起兵讨袁,各地纷纷响应,全国人民坚决反袁。"二陈"见大势已去,马上见风使舵,分别在陕、蜀两地,宣布反袁"独立"。袁世凯见后院起火,众叛亲离,气病交加,一命呜呼。袁世凯仅仅做了 83 天的短命皇帝,从此留下丑名。

这副对联,妙在用中药名入联,寥寥十个字,再现了"袁世凯称帝"这一重大历史事件,而其辛辣的讽刺更是令人叫绝。

八、袁世凯对不住中国人民

窃国大盗袁世凯一命呜呼之后,全国人民奔走相告,手舞足蹈。这时,四川有一位文人,声称要去北京为袁世凯送挽联。乡人听后,惊愕不解,打开他撰写好的对联一看,上面写着:

> 袁世凯千古,
>
> 中国人民万岁!

人们看后,不禁哑然失笑。文人故意问道:"笑什么?"一位心直口快的小伙子说:"上联的'袁世凯'三字,怎么能对得住下联'中国人民'四个字呢?"文人听了,"扑哧"一声笑了起来,说:"这就对了,袁世凯就是对不住中国人民!"

九、一副对联救了一条命

据说,古时候有一个掌握生杀大权的官员押着一队死囚在河边的雪地上行走。官员对这些死囚吟了一个上联:"水上冻冰,冰积雪,雪上加霜。"上联如实描写了眼前的景观,也说出了囚犯们的实际状态,于是官员自己很得意。

但是,他苦吟良久,却怎么也找不出合适的下联。这时,一个死囚拱手道:"大人,我愿冒死相对。"官员说:"好,你要能对上,免你一死。"那人应声答道:"空中腾雾,雾成云,云开见日。"这下联对得更好,先写自然景观,而且此情此景,囚犯身临即将被处死的绝境之中,意外地能够被赦免,岂不是云开见日吗?官员拍手称快,果然免他一死。

十、联讽洪承畴

洪承畴是明朝万历年间进士,崇祯时官至兵部尚书,并被委任为蓟辽总督。崇祯皇帝把朝廷的命运都交到了他身上,他也感崇祯皇帝拔擢之恩,素以忠节自命,并在自家客厅悬挂上自撰的对联一副:

> 君恩深似海,
>
> 臣节重如山。

崇祯十五年(1642年),洪承畴督师与清军死战于松山,兵败被俘。消息传到京师,说洪承畴已经殉国。崇祯皇帝大恸,亲自设灵祭奠洪承畴。殊不知,此时洪承畴被俘后已经降清,并为清廷出谋划策。一时间,京城士人大哗。清兵入关后,洪承畴被任命为"太保兼太子太师"经略湖广、广东、广西、云南、贵州五省,残酷镇压了农民起义及抗清活动。

有一年春节,洪府大门上贴了副新联,上下联均是当年洪承畴旧句,不过后面各添了一个字,两句成了:

> 君恩深似海矣!
>
> 臣节重如山乎?

这里加上两个虚词眼,一叹一问,语气突变,极尽讥讽,堪称妙笔。

十一、文武妙对

明朝文学家杨慎,字用修,号升庵,四川新都(今成都市新都区)人,正德六年(1511年)状元及第,授翰林修撰。嘉靖三年(1524年)召为翰林学士,被卷入"大礼议"事件触犯世宗,下狱,谪戍永昌卫。杨慎少时即以诗文知名,著有《升庵集》《陶情乐府》等。

相传正德年间,杨升庵中状元后,从水路乘船返家,行至一河水较窄之处时,恰巧遇到武状元所乘之船。双方为了抬高自己身价,便互争先后,结果都不能前行。双方发生争执,武状元对杨慎说:"你是文状元,一定擅长对句,我乃一介武夫,就出一个上联。你如果对上来了,我就尾随在你的船后而行;你如果对不上来,就要让我先行。"杨升庵自负文才,一口便答应了对方的提议。于是,武状元先出上联:两舟并行,橹速不及帆快。

此联出乎杨升庵的意料,武状元巧用谐音,既指物又论人。以"橹速"谐音三国时东吴名臣"鲁肃",以"帆快"谐音西汉初期名将"樊哙",意含"文不及武"。杨升庵一时难寻对句,不得不让自己的船尾随武状元而行。

这成了杨升庵的一大憾事,直到他儿子结婚时仍然耿耿于怀。当儿子儿媳拜堂鼓乐齐鸣之时,他也高兴地大喊一声,原来困扰他多年的联语终于对出来了:八音齐奏,笛清难比箫和。

"笛清"谐音北宋名将"狄青","萧和"谐音西汉名臣"萧何",意含"武不及文"。

十二、李东阳智讨风筝

李东阳,明代内阁首辅,八岁时以神童入应天府学,十七岁即高中进士,入内阁十八年,主持文坛数十年之久,为茶陵诗派的核心人物。

李东阳小时候和小伙伴们外出放风筝,玩得正高兴时,风筝断了线,掉进了知府家的花园中。小伙伴们都不敢去要,唯有李东阳不怕。他翻身跃过花园的围墙,跳到园中准备捡回风筝。正巧知府在园中漫步,见一个小孩跳了进来,以为是谁家的淘气鬼故意捣乱，便命令家丁上前驱赶。李东阳没拿到风筝，哪里肯走，便大声嚷道："我的风筝掉到这儿了！"知府向周围扫视了一番，发现小亭子旁边果然有个断了线的风筝，也就消了火气，慢悠悠地说："如果你能对得上我出的对子，风筝自然还你。"李东阳一扬头，自信地说："对就对，你快出吧，我们还等着玩哩！"

知府皱起眉头，正要思索，忽见墙外又冒出几个小脑袋。他触景生情，马上吟出一句上联："童子六七人，毋如尔狡。"意思是，在这六七个孩子中，数你李东阳的心眼最多！李东阳一听，暗想，你说我"狡"，我今天就"狡"给你看看。于是，他不慌不忙地对起下联："知府二千石，唯有公……"他故意留下一字没说。知府以为李东阳没词了，便得意地追问道："唯有公什么？"

李东阳调皮地眨了眨眼睛回答："我已想好两个字，现在由你来挑。如果你把风筝还给我，那就是'唯有公廉'。"知府忙又问道："如果我不还呢？"李东阳说："那我就对'唯有公贪'。"

知府没料到一个小孩子竟如此足智多谋。面对这一"廉"一"贪"的选择，他只有将风筝还给李东阳。

十三、纪晓岚无中生有对妙联

纪晓岚满腹经纶，才高八斗，乾隆皇帝很想出个题为难他一下，以杀杀他的威风。一天，君臣来到关帝庙，乾隆帝忽然灵机一动，想出了个怪题，对纪晓岚说："纪爱卿，关武帝君是个大忠大义之人，歌颂他的联语随处可见，可是从没有见过吟咏他妻子的对联。朕命你吟一联，颂扬关夫人的品德。"

此题的确很难，因为不论史书《三国志》，还是小说《三国演义》，都只字未提这个关夫人。俗话说，"巧妇难为无米之炊"，没有材料，如何"歌功颂德"呢？不过，纪晓岚毕竟是纪晓岚。只见他略一思索，就吟了出来：

> 生何年，殁何月，皆无从考；
>
> 夫尽忠，子尽孝，岂不谓贤？

妙！关夫人的事迹，书无所载，史无从查，自然是生和死"皆无从考"了。然而，既然其夫大忠、其子大孝，那么她理所当然可以称为"贤"了。乾隆皇帝听后龙颜大悦，重赏了纪晓岚。

十四、穷秀才妙对夺魁

相传明朝时，有个穷秀才颇有才学，但因当时科场上徇私舞弊之风盛行，所以屡试不中。又到一年一度的开科考试了,他听说主考官廉洁奉公、任人唯贤,于是打点行装,决心再考一次。可是,由于路途遥远,秀才日夜兼程,历尽千辛万苦,但等他赶到省城时,考试已经结束。秀才好说歹说,终于感动了主考官,准他补考。

主考官出的题目是要求他用一至十这十个数字作一上联。秀才听后,暗想:"我何不把自己一路颠簸和误考的原因说一说,也好求得主考大人的谅解。"于是脱口便说:

一叶孤舟,坐了二三个骚客,启用四桨五帆,经过六滩七湾,历尽八颠九簸,可叹十分来迟。

主考官惊愕,心中称奇:"此生才学,确实不浅!"接着,他又要求考生从十至一作一下联。秀才想,正好借此机会,把这些年读书、应考的苦衷表一表,便朗声说:

十年寒窗,进了九八家书院,抛却七情六欲,苦读五经四书,考了三番二次,今天一定要中。

主考官听罢,连连称妙。又以其他内容为题,出联求对,秀才皆能对答如流。于是,这一年解元的桂冠就非这位联对高手莫属了。

十五、解缙巧对曹尚书

明代翰林学士解缙,字大绅,江西吉水人。据说他六七岁就能吟诗作对,人们皆称之为神童。他家住在曹尚书府的竹园对面,于是便在大门写了一联:

门对千竿竹,

家藏万卷书。

曹尚书见后很不愉快,命家人曹保去问是谁写的。一打听,原来是卖水的贫民解通之子解缙写的。曹心想:我家的竹园景色岂能让他借用? 于是,他命家人把园中竹子砍去一截。解缙见后就在上下联联尾各加一字:

门对千竿竹短,

家藏万卷书长。

曹尚书见了对联更加气愤,遂命家人把园中竹子全部砍光。解缙又在上下联联尾各加一字,变成:

门对千竿竹短无,

家藏万卷书长有。

曹尚书见了啧啧称奇,便命家人请解缙到府上相见。当解缙来到时,曹府中门却不开。解缙当即表示抗议:正门未开,非迎客之礼。曹尚书说:"我出几个上联,你对得上便开中门迎客。"

曹尚书出:

> 小犬无知嫌路窄。

解缙对:

> 大鹏展翅恨天低!

曹尚书又出:

> 天作棋盘星作子,谁人敢下?

解缙对:

> 地当琵琶路当弦,哪个能弹?

曹尚书见解缙对答如流,立即开中门迎接。他见解缙身穿绿衣,个子矮小,走路连蹦带跳,便又挖苦他:

> 出水蛤蟆穿绿袄。

解缙见曹尚书穿红袍,老态龙钟,便答:

> 落汤螃蟹着红袍。

解缙入府后,曹尚书问:解学生,你父母做何生意?

解缙想起父亲沿街卖水,母亲在家纺线织布,答曰:

> 严父肩挑日月,
>
> 慈母手转乾坤。

曹尚书不得不佩服解缙确有奇才。

十六、秀才讽赃官

清朝末年,山东省有个县令贪赃枉法,用贪赃的钱财为自己和儿子买了个进士的头衔,混到京城做了京官,而且恬不知耻地在自己京宅门口的柱子上写了一副对联:

> 父进士,子进士,父子进士;
>
> 婆夫人,媳夫人,婆媳夫人。

此联俗不可耐,无非是小人得志、自鸣得意。一个秀才来到京城,看到贪官门柱上的对联,可笑又可恼,便想治治这贪官。几天后,秀才连夜来到贪官家门口,将门柱上的对联添上几笔,然后悄悄离去。

第二天,贪官门前围满看对联的人,有的捧腹大笑,有的窃窃私语。

贪官开门出来一看,差点气昏过去。原来门柱上的对联已变成:

> 父进土,子进土,父子进土;
>
> 婆失夫,媳失夫,婆媳失夫。

十七、三联讽慈禧

慈禧是清朝咸丰皇帝的妃子,同治、光绪两期的掌权者。她以太后的身份垂帘听政,统治中国 48 年,既骄奢淫逸又十足顽固。

光绪二十年(1894 年),慈禧太后 60 岁。早在几年前,她便着手筹备盛大的寿辰,不惜挪用海军经费,扩建清漪园,并改名为颐和园,在园中大肆庆祝一番。谁料甲午中日战争爆发了,由于清政府腐败无能,惨遭失败,签订了赔款、割地、丧权辱国的《马关条约》,她的寿庆也成了一枕黄粱。当时,北京等地流传着一副这样的对联:

> 万寿无疆,普天同庆;
>
> 三军败绩,割地求和。

这副对联把慈禧太后气得半死。她派人四处追查,结果一无所获。光绪二十三年(1897 年),政治形势稍有缓和,卖国求荣的慈禧太后又在颐和园里大肆庆祝自己 63 岁的生日。当时,仅仅建筑一座戏台,就花去 160 万两银子。同时,她在仁寿殿搭起五颜六色的天棚。这时,北京城又出现了一副对联:

> 台湾省已归日本,
>
> 颐和园又搭天棚。

光绪三十年(1904 年),慈禧太后七十寿辰,她扩大祝寿活动。满朝文武官员献礼、献寿联祝贺。有一个御用文人,献上一副对联:

> 一人有庆,
>
> 万寿无疆。

当时,著名的民主革命家、思想家和国学大师章太炎先生听到此事后,非常气愤,他便用此联玩了个花招,也给慈禧太后写了一副对联:

今日到南苑,明日到北海,何日再到古长安?叹黎民膏血全枯,只奈一人歌庆有。

五十割琉球,六十割台湾,而今又割东三省,痛赤县邦圻益蹙,每逢万寿祝疆无。

这副对联,上联写游览之盛,揭露慈禧太后生活之荒淫;下联述割地之多,控诉慈禧太后政治之腐败。经章太炎先生这么一加工,那位御用文人的祝寿联变成了:

> 一人庆有,
>
> 万寿疆无。

慈禧垂帘听政20余年,丧权辱国,死后却被尊为"慈禧端佑康颐昭豫庄诚寿恭钦献崇熙皇太后"。对此,有人书联嘲之:

> 垂帘廿余年,年年割地;
>
> 尊号十六字,字字欺天。

十八、征联巧讽阎锡山

1929年,阎锡山到南京开会,休会期间,他心血来潮地想到无锡一游。到无锡后,他找了一位向导,先是去看东林书院,后又泛舟五里湖上。阎锡山忽然看到西面有一座突兀的奇山,便问:"那是何山?"向导答道:"那是锡山。"阎锡山听了,沉吟半响,又问:"那是锡山,贵县为何称无锡?"向导解释说:"据说锡山原来是有锡的,正因为有锡,一时间,采锡者蜂拥而至。那时,豪强占地霸产,百姓锡产被夺。于是,械斗者有之,诉讼者有之,老百姓有苦难言。后来,锡采完了,也就相安无事了,百姓才得以安居乐业。因此,县名就定为无锡。我们无锡人有一句俗语,叫作'有锡则民乱,无锡则民安'。所以,无锡反而是件好事。"

阎锡山听到此处,心中一怔,想要发作,转念一想,此乃民间传说,并非向导编造,如果敲明点透,岂不有失大体,于是默不作声。后来,当地名士冯国征依此逸事,撰了上联,又在《大公报》征求下联。冯国征的上联是:

> 阎锡山,过无锡,登锡山,锡山无锡。

此联出得奇巧,确实难对。别的不说,光是人名、地名的变换,就难以找到合适的对句,一时成了绝对,所以一直没有征到下联。

1942年,《大公报》记者范长江到天长县(今天长市)新四军驻地采访,忽然想起那次征联,于是对出了下联:

> 范长江,到天长,望长江,长江天长。

时隔十多年,一副奇特的对联就这样完成了。

十九、祝枝山妙联显风采

祝枝山,本名祝允明,明代著名文人,也是一位杰出的画家、书法家。他为人深沉,不苟言笑,但是才华出众,常常批评世人不留痕迹,有很多这类佳话流传至今。他曾手书一联:"每闻善事心先喜,得见奇书手自抄。"

有一次,一个不学无术的纨绔子弟作了一篇狗屁不通的文章,拿给祝枝山看,看了以后,还要求祝枝山为他题词。祝枝山不好下结论,只好在上面题了一联:"两个黄鹂鸣翠柳,一行白鹭上青天。"

那个纨绔子弟一看,顿时心花怒放,他还以为这是祝枝山在赞扬他呢!"两个黄鹂鸣翠柳",他以为这是赞扬他的文章像黄鹂的叫声一样清脆悦耳;"一行白鹭上青天",他以为这是预言他将像白鹭一样"青云直上"。于是,他见人就把自己的文章和祝枝山的题词拿给人家看。别人看了之后,无不掩口而笑,只有他还蒙在鼓里。

其实,祝枝山引用这两句唐诗作为一联来题赠他,自有妙处。"两个黄鹂鸣翠柳"即"不知所云";"一行白鹭上青天"即"离题(堤)万里"。祝枝山在这里运用了谜语联,不学无术的家伙怎么猜得出来呢?他还沾沾自喜呢!

祝枝山常常给人写对联,但是,并不是所有人都从他手里得到好对联。有一个贪婪吝啬的富翁想从他手里得到一副好春联,就把他请到家里,要他写。祝枝山对这种人历来是嗤之以鼻的,但又不好当面发作,只好挥笔给他写了一副对联:"养猪大如山老鼠头头死;酿酒缸缸好造醋坛坛酸。"横批是:"人多病少财富。"富翁以为,这句话的意思是"养猪大如山,老鼠头头死;酿酒缸缸好,造醋坛坛酸。"横批的意思是:"人多,病少,财富。"其实,祝枝山的意思是:"养猪大如山老鼠,头头死;酿酒缸缸好造醋,坛坛酸。"这里的"山老鼠"指的是鼹鼠,其个头比家鼠还小。横批的意思是:"人多病,少财富。"祝枝山巧妙地运用不同断句的手法,明为吉利话,实际是大大的不吉利。

富翁很满意,于是叫祝枝山再给他写一副对联。祝枝山不由眉头一皱:这家伙又愚蠢又贪婪!于是,他又写了一副对联:"明日逢春好不晦气,终年倒运少有余财。"

富翁想当然地认为对联的意思是:"明日逢春好,不晦气;终年倒运少,有余财。"其实祝枝山的意思是:"明日逢春,好不晦气;终年倒运,少有余财。"他用了与前一联同样的办法。

还有一次,一个财主也请他写一副春联,祝枝山本来想拒绝,但是看到财主盛气凌人的样子,便想收拾他一下,于是提笔写了这样一副春联:"此地安可居住,其人好不悲伤。"

财主把对联拿回家,他的儿子认识几个字,一读就发现不对劲!这不是骂我们吗?他把对联念给他老子听。财主一听,气得暴跳如雷,心想,这个穷书生咒骂我,我要让他吃点苦头!于是,财主带上对联去县衙门告状。问明原委后,县官问祝枝山为什么要咒骂财主。祝枝山坦然回答道:"我没有骂他呀!"只听他开口读这副对联:"此地安,可居住;其人好,不悲伤。"

县官明知这是祝枝山耍了财主,但也无计可施,便骂财主道:"你自己不学无术,倒怪人家骂你,岂有此理。重责四十大板,退堂!"

财主被骂了一顿,又挨了四十大板,却对祝枝山无可奈何。

有一次,祝枝山和唐伯虎等友人一起出去游春。唐伯虎看到一丛竹子下面睡着一只小狗,灵机一动,吟出了上联:

> 笑指深林,一犬低眠竹下。

上联用了拆字法,即将一个"笑"字拆为"竹""犬"两字(注:中国古代很多音韵学书籍认为,"笑"当为"竻",从竹从犬。),且结合当前情景,可谓构思巧妙,出神入化。

祝枝山抬头一看,果然有一只小狗睡在竹子下面,不得不惊叹唐伯虎的机智与才能。他正在苦苦思索下联,突然看见旁边一家人的门中竖立着一根木头,灵机一动,对出了下联:

> 闲看遂户,孤木独立门中。

此联也是用拆字格,把"闲"字拆为"门""木"二字,巧对上联。同行众人不得不称赞二人才思敏捷。

二十、巧对数字联

乾隆五十年(1785 年),历史上最大的千叟宴在乾清宫举行。席间面对寿星之最,乾隆皇帝兴致勃勃地出了上联:"花甲重逢,增加三七岁月。"大学士纪晓岚率先对出下联:"古稀双庆,更多一度春秋。"

在场的人备感奇巧。上下联形式含蓄,并不直接说这位寿星的岁数。究竟皇帝与才子的对联意境是什么呢?细加品味,这竟是一副数字楹联,上下联既是一个谜面,又是一道数学题,原来两人道出这位寿星的年龄是 141 岁。

上联是 60 岁(花甲)×2(重逢)+(增加)3×7(三七岁月)=141 岁。

下联是70岁(古稀)×2(双庆)+1(更多一度春秋)=141岁。

君臣对仗绝妙,纪晓岚不失为当时第一才子。

郁达夫有一年游杭州西湖,在一茶亭进餐。用餐毕,他面对近水远山,心中感慨,偶得一句,不觉高声吟出:

> 三竺六桥九溪十八涧。

但是,一时却未能想出对句。正苦思冥想间,适逢茶亭主人报账:

> 一茶四碟二粉五千文。

郁达夫一听,不禁击节赞叹:"好对,对得工!"茶亭主人一愣,随即解释说:"先生,我是给您报账。您用了一壶茶、四碟点心、二两粉丝,一共五千文钱。"

郁达夫盯着茶亭主人说:"这么说,是巧合?"

"是巧合。"

"那更是妙对了!"两人对视,不禁大笑起来。

上联全为杭州山水,指上天竺、中天竺、下天竺三座寺院,合称"三天竺",简称"三竺";六桥,指苏堤上有六座桥,即映波桥、锁澜桥、望山桥、压堤桥、东浦桥和跨虹桥;九溪,在烟霞岭西南;十八涧,在龙井之西。下联全为食单账目。两联数字对得尤其工整,很难得。而这巧合,正是此联的情趣所在。

二十一、"绝"对偶得之

江苏南通,俗称南通州,纪晓岚随乾隆皇帝下江南到此地时,想到北京附近也有个通州(今通州区),俗称北通州,心血来潮,题了这样一联:

> 南通州,北通州,南北通州通南北。

可他在题了此联之后,再也想不出对句来。他遍问其他随行者,也没有得到答案。后来,他(一说是他的一个侍从)到街上游玩,见街上当铺很多,顿时受到启发,于是对出了下联:

> 东当铺,西当铺,东西当铺当东西。

这个对句,后一个"东西"用了借对,与出联就对得可谓天衣无缝了。

"绝"对是否只能有一个对句呢?一般来说是这样的。清朝末年,四川文人刘师亮少年时,想拜一个姓王的先生为师。王先生的条件是要刘在三日内对上一副对子。王先生以自己在街两边开的一个穿心茶馆为题,出上联道:

> 两头是路穿心店。

就这么七个字,乍看起来不怎么样,其实很绝。它要求对句前四字也得说明后三字所指事物的特点;而后三字所指的事物,同"穿心店"一样,必须是富有特色的事物;第二、第六个字还要用表示人体部位的字。以才思敏捷著称的刘师亮,想了三天两夜,都没有对上来。第三天晚上,他猛然想到自己的卧室,窗外是滚滚的岷江,房子又是在悬崖峭壁上打桩撑起来的,心里一亮,才对出了下联:

三面临江吊脚楼。

这个对句,所有的要求都达到了。王先生的出联要对得这么工稳、贴切,这么"绝",除了刘师亮这个对句,恐怕再难找出第二个了。

再如,相传从前有个秀才为人恃才傲物。一天,他在田垄边遇一挑泥农夫,秀才不肯为农夫让路,农夫也不肯为秀才让路。两人对峙许久,农夫笑道:"你不是秀才吗? 我有一联,你若能对上,我愿下田让路;你若对不上,你下田为我让路。"秀才根本不把农夫放在眼里,满口答应。农夫随即说出上联:

一担重泥拦子路。

秀才一惊,暗想:这上联看似说眼前之事,实则谐音,寓"一旦仲尼拦子路"。仲尼是孔子,子路是孔子的学生,先生拦学生的路,理应学生让开呀! 看来实在是不能小瞧这农夫的文才! 他苦思冥想半天,还是对不上来,只得满脸羞愧地下田让路。

从此,秀才一改他的高傲,发奋读书。几年后,秀才考取了进士,出任地方官。一天傍晚时,他巡视浚河引水工程,河岸有几名纤夫刚刚拉过一条船,笑嘻嘻地往回走。这突然激发了他的灵感,这才续上前联:

两堤夫子笑颜回。

这下联说的也是眼前事,仍为谐音:"夫子"是孔子的称呼,颜回也是孔子的学生,可谓是绝对了。

不过,由于人们碰到的事物和环境不同,受到启发的角度不同,有时候也可能得到两个乃至两个以上的对句。但是这些对句也常常有高下之分。清末某地建了座武侯祠,请来两位秀才撰写庙联。甲秀才题曰:

收二州,排八阵,七擒六出,五丈原中点四十九盏星灯,一心只望酬三顾。

这个出联用了一至十的数字,把诸葛亮一生的主要事迹做了相当全面的概括。对句要以诸葛亮的事迹为内容,还要用上相同的技巧,的确是很难。可是,乙秀才仍然对出来了。他写道：

　　取西蜀，定南蛮，东和北拒，中军帐里变金木土革爻卦，水面偏能用火攻。

　　这个对句仍是讲诸葛亮的故事，又用五方（东西南北中）和五行（金木水火土）来对数字，可谓独具匠心。

　　某地的丙秀才也得了一个对句，只不过人物换成了赵云：

　　抱孤子，出重围，匹马单枪，长坂桥边随数百千员上将，独我犹能得两全。

　　这个对句中表示数字的字也有十个，分别是孤、重、匹、单、数、百、千、独、两、全，而且这些字与出联所用的数字无一重复，从这一点看，也是对得很不错的，但所云非诸葛亮之事，难度已减，用数有的也不在相应位置，比起乙秀才的对句还是略逊一筹。

　　正所谓"魔高方能显出道高"。对句的"绝"，总是以出联的"绝"为先决条件。出联"绝"，对句才有可能"绝"；出联不"绝"，对句就很难"绝"，整副对联就谈不上"绝"了。

第六章 楹联教学的原则、策略及方法

文化是一个国家、一个民族的灵魂。高等学校负有传承中国优秀传统文化的神圣使命，这是大学在原有人才培养、科学研究、社会服务之外的"第四功能"。"第四功能"实现得如何，是高等教育质量与水平的重要标志，也决定着其对国家和民族的贡献程度，理应成为高校发展建设的关键内涵。例如楹联等，作为中华传统文化的精髓，其中所蕴含的丰厚的人文意蕴与中华传统人文精神一脉相承，其在人才培养中作用巨大且显著。中国优秀传统文化应该成为我们对学生进行人文素质教育的优秀教材。这既是全面提高学生素质的需要，也是现实的需要，更是在新形势下文化传承的需要。

楹联艺术形式充分表现了汉语语音的声韵特色、词语的结构变化和语句的形态构成，以及汉语修辞的语用功效。因此，对课是旧时私塾常见的乃至必开的课程之一，也是我国传统语文教学的一种重要手段。传统的语文知识教育的启蒙教材是《三字经》《百家姓》《千字文》《声律启蒙》《古文观止》之类，能够从声律、文字、修辞等角度对学生进行潜移默化的训练，这正是古人语文基础很扎实的原因所在。

鲁迅先生在《从百草园到三味书屋》一文中，就有如下叙述：

我就只读书，正午习字，晚上对课。先生最初这几天，对我很严厉，后来却好起来了，不过给我读的书渐渐加多，对课也渐渐加上字去，从三言到五言，终于到七言。

对于盛行一千余年的对课教学，我们应该扬其精华，弃其糟粕。

第一节　教 学 原 则

历史长河中,楹联作品浩如烟海,甚至有些良莠不齐。依据什么样的原则把楹联引入课堂,真正实现楹联优秀传统文化的育人功能,就成了一个重要而紧迫的问题。笔者认为,楹联在教学课堂上的选取原则要结合教学目标、文化特征、教学对象的实际状况等三方面来衡量。

1. 经典性

楹联内涵广博精深,既有反映古代人民生活状况和审美情趣的内容,也有不少体现新中国成立后人民精神风貌、反映时代潮流的现代佳作。因此,在选取楹联教学内容时,要挑选那些具有深厚文化内涵并广泛流传的经典之作,方能倍增教育、引导、践行之效果。

如自勉联:

> 有志者,事竟成,破釜沉舟,百二秦关终属楚;
>
> 苦心人,天不负,卧薪尝胆,三千越甲可吞吴。

这是一副自勉联,一说是蒲松龄自撰,一说是明代万历年间举人胡寄垣所作。上联用的是项羽破釜沉舟大破秦兵的典故,说明做事要有项羽那种拼搏到底、义无反顾的决心。下联用的是越王勾践卧薪尝胆灭吴雪耻的典故,表示要学越王勾践刻苦自励、发愤图强的毅力。这副联作语句直白,对仗工整,用典立意,境界深远,就是告诉人们,做事一定要有恒心、毅力,想成功,就要做一个有志者、一个苦心人。

2. 实用性

对于大学生来说,他们学习楹联的最终目的是把所学汉语知识灵活地应用到日常交际中,最终提高他们的汉语应用能力。因此,选取的楹联教学内容应立足于传授学生易学易懂的汉语语言知识和文化知识,引导学生学以致用。

比如,贴春联。对联有上联和下联之分,贴对联时就要分清上下。先说说门的上下,古文都是竖排版,自右而左。这样一来,我们面向门站立时,右手边自然就是上,左手边是下。

再就是给对联分上下,对联是讲究平仄的,遵循着仄起平入规则。结尾仄声(三声、四声)的是上联,结尾平声(一声、二声)的是下联,横批的书写是自右而左。

3.渐进性

刘珣先生曾说,语言教学不论是结构、功能还是文化,都应体现由易到难、由近及远、由具体到抽象、先简后繁、先一般后特殊、循序渐进的原则,便于学生学习。

楹联的教学实践可以归纳为三个层次。首先,初学遵守基本规则,所有对联知识从打基础开始,学会对对子,称为"常境";其次,知晓古今,能独立创作出对仗工整、声辨律清的佳联,称为"妙境";再次,则为"化境",即能够纯熟地运用传统修辞属对格式及修辞技巧,并拥有丰富的语藏,能得心应手地掌握属文缀偶的词法、句法、对仗种类,乃至节律的调控,进入汇古通今的境界。因此,渐进性体现为一种"先从法入,后从法出"的过程。

第二节　教　学　策　略

楹联作为涵盖诗词格律、文学鉴赏、语法修辞和文化典故等多方面知识的独特的文学体裁,其内涵表明,楹联学习是个注重积累、不断探索的过程,需要持之以恒、锲而不舍的学习精神,在这一长期过程中实现自身楹联知识水平由量变到质变的提升目标。王国维先生在《人间词话》中巧妙地以古人词句做比喻,提出:"古今之成大事业、大学问者,必经过三种之境界。'昨夜西风凋碧树,独上高楼,望尽天涯路',此第一境也。'衣带渐宽终不悔,为伊消得人憔悴',此第二境也。'众里寻他千百度,蓦然回首,那人却在,灯火阑珊处',此第三境也。"此理同样适用于楹联的学习与追求。楹联学习,首先,起点要高,确立目标,夯实基础;然后,在追求中要有坚持和执着;最后,经过努力追寻必定最终有所发现、有所收获,正所谓"苦心人,天不负"。

一、学习与思考

1.勤于学习知识

楹联的学习首先要从掌握楹联的基本格式开始,包括对仗、平仄等核心要素,引导学生去厘清概念、分门别类、夯实基础知识。比如,对仗的基本格式和特殊格式,平仄的"一三五不论,二四六分明"等。

如:

> 黄莺鸣翠柳,
>
> 紫燕剪春风。

这副对联不仅内涵丰富,更重要的是它严谨地遵循基本的仄起平收原则,上下两联对仗工整、平仄交替。"黄莺"与"紫燕"颜色相对,词语结构相同,且二者又同为春天形象的代表;"鸣"与"剪"一平一仄,平仄交替,玄妙至极。再看"翠柳"与"春风",平仄无须多说,其意境便给人一种娉娉婷婷的美:没有春风,翠柳的姿态之美难以显现;没有翠柳,春风又该在哪儿停歇呢? 黄莺紫燕、翠柳春风多么和谐美丽! 简简单单的事物用文字记录下来却显得诗情画意。

2. 勤于夯实储备

平时要注意留心对相关知识的积累。所谓"处处留心皆学问",所谓"书到用时方恨少"。例如对于学习一副名胜楹联,有必要知道的包括:是写风景的,还是写人物的? 是写历史的,还是写传说的? 是褒扬,是贬斥,是歌颂,还是批评? 是叙述,是描写,是议论,还是抒情? 其中寄寓了作者的感慨,还是表达了作者的某种情感? 如果欣赏历史名人纪念地(如武侯祠、关帝庙、岳飞庙、韩愈祠等)的楹联,就要对这位历史人物有所了解,如他的出身、经历、主要业绩、功勋、古今人们对他的评价等;如果是风景名胜,则要对该名胜有个大致的了解,如名胜所处的位置、开发的年代、名称的缘起、有何著名景点、历史上有哪些名人到过、现在还有哪些遗迹,等等。一句话,凡是与此名胜有关的一切东西,都有了解的必要,不然就会直接影响到对名胜楹联的鉴赏。如长沙岳麓书院联:

> 惟楚有材,
>
> 于斯为盛。

该联在许多书籍中均署名袁名曜,其实还有一位作者张中阶,所以此联应是两人合撰之作,袁撰上联,张撰下联。因进士出身的袁名曜名头大得多,且是岳麓书院山长(院长),故张名为袁名所掩。

袁名曜任岳麓书院山长期间,门人请其撰题大门联,袁以"惟楚有材"嘱诸生应对。众人正沉思未就,明经(贡生的尊称)张中阶至。众人语之,张应声对曰:"于斯为盛。"这副名联就此撰成。

上联"惟楚有材",典出《左传》。原句是:"虽楚有材,晋实用之。"下联"于斯为盛"出自《论语·泰伯》:"唐虞之际,于斯为盛。"全联的意思或可理解为:楚国真是出人才的地方啊,岳麓书院更是英才齐聚之所。

3.勤于思考领悟

《论语》中有"学而不思则罔,思而不学则殆"这句至理名言。同学们在学习过程中也要懂得去思考,弄清规律、原因、结果、脉络,甚至技巧,才能不断提升自身的知识水平。

例如,四川眉山(古眉州)题三苏祠联:

> 诸葛相祠垂万代,
>
> 三苏文苑溯千秋。

"万代""千秋"两个近义词相对,为什么不算"合掌"?上联"万代",泛指长久、永久,颂扬武侯祠的盛名伴随着诸葛亮的高风亮节世世代代流传下去。下联的"千秋",则是实指,词义与"万代"有实质区别,指北宋苏洵、苏轼、苏辙父子的生平、著述让我们追溯到一千年前的宋代。"文苑",既指三苏祠,也指三苏丰富的著述荟萃。联文中一"垂"一"溯",为反向推演;"万代"与"千秋"一虚一实,不仅不"合掌",反而贴切中肯,对仗工整。所以,我们需要引导学生去思考、领悟,在楹联创作、评审中一定要把握好判断"合掌"的尺度。①

二、收集与赏析

1.引导学生收集楹联

可以从以下几个方面来引导学生收集整理楹联。一是课堂学习。在课堂学习中注意记笔记,把老师、同学所讲的经典楹联默默记录。二是交流学习。可以引导同学们组成楹联学习小组,无论是在网络媒体群里,还是在小组现场讨论过程中,记录经典楹联案例。三是现场采风学习。带领学生实地参观和赏析当地利用山川胜迹、人文景观等文化资源所创作的楹联,现场感强烈,记忆也深刻。

> 读三苏、诵三曹、研三袁、探三玄,志求三乐;
>
> 温四史、展四库、惜四孟、度四美,心美四君。

此联为著名教师章闻撰写。联语一气呵成,读来朗朗上口,而且妙在涵盖了文学、历史、古代汉语等十个知识点。虽然并不深奥难懂,但必须知道这十个

---

① 叶子彤.专家解读《联律通则》[J].对联·民间对联故事(下半月),2010(3).

知识点,才能更好地理解其意蕴。

三苏,指北宋文学家苏洵(亦称"老苏")与其子苏轼(亦称"大苏")、苏辙(亦称"小苏")三人。其中苏轼的成就最高,在诗、词、文各领域都有重要地位,苏洵、苏辙长于策论散文,三人皆入"唐宋八大家"之列。

三曹,指汉魏间曹操与其子曹丕、曹植。他们因政治上的地位和文学上的成就,在当时的文坛上很有影响,所以后人合称为"三曹"。

三袁,指明代袁宗道、袁宏道、袁中道三兄弟。他们都是"公安派"代表作家。《明史·袁宏道传》:"袁宏道,字中郎,公安人。与兄宗道、弟中道,并有才名,世称三袁。"

三玄,指《老子》《庄子》《周易》的合称。《颜氏家训·勉学》说:"《庄》《老》《周易》,总为三玄。"魏晋玄学以老、庄糅合儒家经义,把此三书作为玄学的经典。

三乐:三种乐事。《孟子·尽心上》:"父母俱存,兄弟无故,一乐也;仰不愧于天,俯不怍于人,二乐也;得天下英才而教育之,三乐也。"

四史:《史记》《汉书》《后汉书》《三国志》四部史书的合称。这四部书列在"二十四史"的前四部,也称"前四史"。

四库:《四库全书》的简称。此书由清乾隆年间大学士纪昀等人主持编修,共收书三千四百六十一种、七万九千三百零九卷,分为经、史、子、集四部,共称为"四库"。

四孟:夏历四季第一个月的总称,即孟春正月、孟夏四月、孟秋七月、孟冬十月。例如:《汉书·刘向传》:"日月薄蚀,山陵沦亡,辰星出于四孟。"

四美:四种美好的事物,此处指良辰、美景、赏心、乐事。王勃《滕王阁序》:"四美具,二难并。"

四君:指战国时齐国的孟尝君、赵国的平原君、楚国的春申君、魏国的信陵君四人,也称"战国四公子"。[①]

2. 引导学生赏析楹联

收集楹联的目的是赏与析。赏析也是一种效果良好的楹联教学方法。教师在对经典楹联赏与析的教学过程中,带领同学们就楹联的格律、内容、形式、

---

① 张国学. 记一副对联 学十点知识[J]. 对联,2004(11):16.

意义、意境等不断推敲、不断揣摩、不断碰撞、不断思悟,师生互动,润物无声,学生的楹联文化水平就能慢慢得以提升。

下面赏析以比喻法创作的一副对联:

湘雨滂沱,水为帝子眼中泪;

巫山十二,云是襄王梦里人。

比喻是用另一个形象特征来补充某个形象特征的一种表现手法。这一艺术技巧,往往着眼于作品之总体构思,即通过具体的形象特征,充分而鲜明、新奇而准确地揭示某种抽象的、非具体的概念之本质特征,从而在体现美感特征的同时,深化作品的主题。无疑,类比联想则是这一艺术技巧的表现基础。

此联构思新颖,遣词含蓄。作者把"水"喻为"眼中泪",把"云"喻为"梦里人",多么美妙而富于情思的比喻!上联赞美潇湘烟雨苍茫的旖旎风光,却别出心裁地以"泪"喻"水",引出帝子泪洒君山岛的美丽传说,生动而传神。读之,北宋巴陵(岳阳)郡守滕子京集部分著名诗句之《临江仙·巴陵》:"湖水连天天连水,秋来分外澄清。君山自是小蓬瀛,气蒸云梦泽,波撼岳阳城。帝子有灵能鼓瑟,凄然依旧伤情。微闻兰芷动芳馨,曲终人不见,江上数峰青",久久萦绕耳际,挥之不去。下联洋溢着作者对屏列大江南北的巫山十二峰之赞颂之情。唐代元稹"曾经沧海难为水,除却巫山不是云"之千古绝唱,便是对巫山那历久不衰的神韵和魅力的概括。然作者以"人"喻"云",巧妙地借"巫山云雨"之典故,仿佛昔时楚襄王与宋玉游览云梦之台所仰望之高唐景致,又一一呈现在人们的眼前,令人叹为观止。比喻,在此联中充满了夸张的色彩,充满了讴歌祖国大好河山的激情,成为表达作者思想情趣的最完美、最具艺术魅力的技巧。笔者以为,楹联创作的本质,就在于赋予不具形的思想以生动的、感性的形象,寓抽象于具体,化景物为情思,以形象化的语言使抽象的思想情感获得感性外观,从而鲜明、生动、准确地表达作品的主题,产生强烈的艺术感染力与说服力。这正是比喻这一艺术技巧的另一个特点。

我们还可以再看那些具有华美意境的楹联作品,读者可以从字里行间领悟作品主旨,体会作者用心,从而在思想上产生共鸣,在情感上达到融合,在精神上获得愉悦和美的享受。简单来说,意境就是"客观景物与主观情趣的统一",是自然的物境、联家的心境、文字的语境、联作的诗境和谐完美的统一。

所谓"境",是自然中的人、事和景,是环境、物境、事境的统一,是作者对客观事物的感觉、印象和初步认知。所谓"意",是在一定情感作用下,作者对原境满怀激情的提纯和美化,是对原境中人、事和景引发的情感向深的开掘、向真的探求、向善的追寻、向美的飞跃。举一例以析之:

> 缥缈云山归帝影,
>
> 巍峨祠宇荡仙声。

此联所咏为黄帝祠宇。黄帝祠宇,被称为"天下第一祠",是仙都山最主要的人文景观,位于仙都山主峰和步虚山之间的苍龙峡口。传说轩辕黄帝曾乘龙车登临此峰,置鼎炉炼丹。丹成,鸾鹤起舞,万众欢呼。作者摹眼前风景,联想当年黄帝乘龙升天而去,仙乐缥缈,衣袂飘飘,烟霞缭绕,渐行渐远之形态,一幅灵动画面呼之欲出。翘角飞檐、金碧辉煌的黄帝祠宇历经沧海桑田之巨变,依然巍峨矗立在青山碧水间。大殿前香火弥漫,古乐不绝于耳,香客络绎不绝,下联"巍峨祠宇荡仙声",既是现实场景的真实写照,又是普通百姓情感的真切表达。

上联以"缥缈云山"精绘远景,以"归帝影"三字将全景切换成特写;下联中的"祠宇"和上联中"帝影"共同扣住征联之主题,而"荡仙声"这一词语将全联升华。短短七言联由影及声,由远及近,由实及虚,情景交融。文辞简练明快,风格大气磅礴。[1]

除了赏析楹联作品意境,我们还应该赏析一些楹联精妙的辞格技巧,有助于提升个人遣词造句水平。

相传旧时有一书生,衣食无着,一日饿极,伏于泉畔饮水充饥。一老秀才路过,见面问之曰:

> 欠食饮泉,白水何能度日?

书生答道:

> 才门闭卡,上下无处逃生。

联语用析字双关法。"欠"与"食"组成"饮"字,"白"与"水"组成"泉"字,"才"与"门"组成"闭"字,"上"与"下"组成"卡"字。

抗战时期,国民政府层层克扣教育经费,加上通货膨胀,教职员工苦不堪言。某大学教师愤题如下一联:

> 欠食饮泉,白水何堪足饱;

---

[1] 国元令.意境传心境[J].对联,2019(11).

无才抚墨,黑土岂能充饥?

此联显然是上一联句之脱化和仿作,一样精彩。

三、创作与竞赛

关于楹联的创作,就一般情况而言,一是要注意楹联的思想性,即要求观点正确、内容健康;二是要有针对性,即撰写、张贴楹联时,要切合时令、环境、人物、事件、气氛、行业特点等,要做到因时制宜、因地制宜、因人制宜、因事制宜;三是要有文学性,即要注意炼字度句,"言之无文,则行之不远",楹联无文采,则索然无味,影响艺术效果;四是要和横批有机地结合起来,横批是楹联的有机组成部分,它能画龙点睛地突出楹联的中心思想,对楹联的内容起着补充和烘托作用。

"纸上得来终觉浅,绝知此事要躬行。"多学、多悟、多练,是楹联学习的必由之路,也是楹联教师的教学理念。笔者认为,楹联教师应以创作和竞赛为主线,引领学生主动去学习楹联、创作楹联,实现课堂—校园—社会的教学空间不断扩大、能力不断提升的教学目的。

1. 注重课堂创作

楹联课程并非就楹联讲楹联,而应以楹联为载体,进一步讲授汉语的词语特征、词性标志、词性相对、词性变化、词语组合、词语活用,语音的平仄相间、对称或非对称的音韵效果等语言基本理论,往往涉及文学、历史等学科知识;然后学习如何欣赏楹联,并强调人人实践创作楹联,让同学们在上课、欣赏、评论与创作的学习氛围中充分享受学习楹联知识和理论的快乐。

学习楹联课程必须动脑(思考)、动嘴(表述自己对于一些楹联文化现象的认识)、动手(不论是规定内容或自选内容,人人创作楹联),形成相互竞争的自主学习氛围:课堂上老师布置分析对联的作业;同学们你出上联我对下联;相互之间评析创作的对联;等等。

2. 开展校园征联

如果楹联教学仅仅停留在课堂教学,只能说明老师完成了教学大纲规定的一门课程的教学任务、学生完成了一门课程的学习经历。高等学校教育主要任务之一是教书育人,学校要把学生培养为有健全人格、有工作能力和继续学习能力的走上社会受欢迎的劳动者。因此,校园文化建设中,教师可以组织学生开展并参与全校性的主题征联活动。征联活动可以采用自撰联、现场应征等竞赛形式,与网络、学报、海报联动,着眼于培养学生的综合素质,尤其是动手能力。

3.参加社会竞赛

楹联课程老师鼓励和组织学生积极参与社会的各类楹联文化活动,包括不同层级的楹联竞赛,比如"高校楹联杯·学子情·颂党恩"全国大学生原创楹联大赛等,以赛代练,以赛促学,形成良性循环,产生显著效果。

第三节　教 学 方 法

楹联是汉语中最短的文学样式之一,它是包含汉语用字手法、组词技巧和修辞手法最集中、最多样的一种文学样式,所以它有最完整、最简洁地使学生认识、应用、熟练掌握汉语的基础知识,从而形成能力,这是别的文学样式无法替代的。①

从整体角度看,楹联的教学应该坚持"横向与纵向"结合的互教互学方式,其中:纵向指"课堂实践教学—社会实践教学—反馈检测实践教学"三位一体的教学方法;横向指鼓励学生采用讨论式、互评式、创作式、研究式等多维学习方法。互教互学方式突出学生的学习主体地位,并且形成相互竞争的自主学习氛围。

从具体角度看,可以采用以下五种教学方法:

一、以经典案例为依托的案例教学法

好的楹联作品,蕴含较高的文学价值和审美价值。为学生分析每一副经典楹联,对他们来说,既是欣赏享受过程,也是提升贯通的过程。案例教学或实地教学可以激发同学们的学习热情,改变部分同学被动接受教育、勉强应付考试的不良学习习惯,形成相互竞争的自主学习氛围。

二、以实践活动为途径的体验教学法

利用教学资源,将情景教学、问题教学等教学方式运用于课程教学之中,实现课堂教学与实践教学的有机结合,增强教学的生动性和学生的历史场景感受,有效地激发学生的学习兴趣。

---

① 吴岚.高中语文基础型课程中对联艺术教学的探索[J].上海师范大学学报(基础教育版),2009(2):111.

三、以媒体交流为平台的互动教学法

以校报《楹联园地》为平台,创作主题楹联,举办开放性学生实践活动,并组织学生积极参与社会各种征联竞赛活动,以培养学生思维创新能力为目的,使学生拥有较强语言文字运用及创新能力,从而拥有过硬的竞争力。

四、以课题研究为支撑的研究教学法

引导学生深入楹联理论研究,教学相长,培养学生研究性学习能力。

五、以人文素质为目标的素质教学法

在教学实践过程中增强学生人文意识、提升学生人文素养、培养学生人文情怀,从而实现传承民族文化和提升学生综合素质相结合之目的。

第四节 教 学 范 例

一、园林联

我们来讲解一下园林对联的写作技法。

柳如是题拂水山庄联:

<blockquote>
浅深流水琴中听,
远近青山画里看。
</blockquote>

【简注】拂水山庄:在江苏常熟。柳如是(1618—1664),女,本姓杨,名爱,改姓柳,名隐,字如是,号河东君,明末清初江苏吴江人,一说浙江嘉兴人,钱谦益侧室,有《柳如是诗》行世。联语从感受中写山庄,动静相衬托,突现了拂水山庄优美的环境,宜居亦宜耕读。

此联是题署联,题一个山庄。大概是钱柳当年的居处,叫拂水,很有意思,山庄名大约取自柳丝轻拂水面。巧的是柳如是也姓柳。也许就是根据柳如是的姓命名的。

那么在女诗人的眼里,这是一个怎样的山庄呢? 女性诗人大多笔触婉约,注重写景,用笔下的风景来抒发自己的喜怒哀乐。

对联运用了两个感官效果:听和看,一视觉,一听觉;选取了两种物象:水和山,一流动,一宁静;运用了很形象的比喻:把水声比作琴声,把山色比作画图。尤其是句尾的听、看两个字的运用,一下子就使得风景活泛起来,如在耳边,如

在眼前。笔法轻松自如,举重若轻。

王士禛题卜园联:

梅花岭畔三山月,

宵市楼头一草堂。

【简注】卜园:在江苏扬州城北的小金山后面,为康熙年间扬州八大花园之一,所谓"八座名园如画卷"。今已不存。王士禛(1634—1711),字贻上,号阮亭,自号渔洋山人,清山东新城(今桓台县)人。顺治进士,官至刑部尚书。著有《池北偶谈》《带经堂集》等。梅花岭:又名梅岭、长春岭,在扬州瘦西湖边,因岭多梅花,故名。三山:镇江市长江之滨和江中的金山、焦山、北固山三山夹江相峙,世称"京口三山"。宵市:夜市。草堂:用茅草盖的房子。旧时文人常称自己的住屋为"草堂"。联语未写卜园诱人的景致,而落笔于草堂、月夜,用闹市反衬园内清幽的环境,表现了园主人的淡泊情趣。

上联仅用寥寥数字,就把园子的地理位置介绍得清清楚楚,同时又用梅、月这种带有感情色彩的文字,捎带展示了自己的情操境界。梅花岭是扬州很有名的风景区,史可法的墓就在梅花岭。万树梅花,一轮明月,安静祥和的感觉油然而生,这就是造境之法。

至于"宵市楼头一草堂",这就没什么好说的了,用陶渊明的"结庐在人境"就能概括。当然,也有"而无车马喧"的味道,引而不发,含而不露,恰到好处。上联梅花明月的宁静,转入下联宵市楼头的喧嚣,再转入草堂中或有或无的书声。十四个字的对联,就在这种静与动之间自由转换,由此而产生了活力。

周升桓题李仙园联:

一带林塘诗境界,

四时花果隐生涯。

【简注】李仙园:一作板栗园,在桂林。此联乃大门联。周升桓(1733—1801),字稚圭,号山茨,清浙江嘉善人。乾隆进士,官至广西巡抚。有《皖游诗存》。联语淡雅清新,上联写如诗如画的景观,下联写四时花香果熟的风情,如此园林堪可隐居,表现了园主的淡泊情操。

在古人看来,清净淡泊、归隐田园是一个永恒的主题,相关诗词歌赋也很多,里面到底有几个陶渊明,有几个山中宰相,就不得而知了。

对联本身是对这个园子的景色进行描写,并在结尾处生发出了归隐的想法。而且,这种由景物描写转到归隐情结的笔法很随意,轻描淡写之间就达到目的,是值得学习的。不像有的同学,费尽九牛二虎之力,才勉勉强强把文字转移到自己需要的方向上去。

上联描写了眼前景,是实写;下联是通过眼前景,转而联想到四季景物的变化,是虚写。上下联进行了一个由空间到时间的转换。如果在不考虑平仄的前提下,我们可否把起句的四个字互换呢?

> 四时花果诗境界,
>
> 一带林塘隐生涯。

显然是行不通的。上联还好,诗的境界嘛,花果也好,林塘也罢,无所谓了。下联呢,一带林塘,只是一时一地的景象,对于隐居生涯而言,显然不如四时变化更富有想象的空间。

二、赠联

赠联是用来赠送给他人的对联,是朋友、同学之间互相馈赠的礼物。我们主要来讲写赠联如何构思。写赠联一定要切合被赠者,就是在哪里和被赠者相联系? 如何下笔? 如何延伸? 如何收尾? 要把思路打开,做到眼前不拘束,文字自然清新,吐露深厚的感情,才能不落俗套。

一是要从与朋友相交的情谊写起,从两人渊源来写赠联。首先要言情,非情深义重而不能赠,非真情实感而不能赠。如江峰青赠浙江旧同寅周叔谦联:

> 同是宦游人,孤麓梅花泥雪印;
>
> 应知故乡事,野亭芳草夕阳桥。

上下联第一分句都是出自诗中。起以两人同是在他乡做官,从回忆往事的点滴着笔。"孤麓梅花"切合两人当年同在浙江做官的地点——杭州孤山脚下。后分句"孤麓梅花泥雪印"写景罗列的方法类似马致远的"枯藤老树昏鸦,小桥流水人家",虽然都是普通的景物,但因为两人共同的经历,所以笔下亦有情。下联以分别时候怀念故乡的感情写起,相见又相别,古人写"亭"多用来寓意送别,野外荒亭,芳草青青,夕阳西下,一切景语,皆是情语,其中尽显依依不舍之意,真挚感人。

二是要用具体事例或者典故来写赠联,一定要切合,将典故中人的生平事迹、爱好、志趣,与被赠者联系起来,找到共同之处。如袁枚赠金陵太守谢锽联:

> 太守风清,江左依然迎谢傅;
>
> 先生来晚,山中久已卧袁安。

此联起赞太守为官清正廉明,更以谢安来比喻被赠者,把有名望的人物拿来做陪衬,既是对新太守的夸赞,又是对新太守的欢迎和期望。下联则说的是袁枚自己归隐金陵的事。袁安,一个和袁枚同姓的历史名人,他和袁枚又有什么共通之处呢? 袁安曾任楚郡太守,政号严明,断狱公平。他在京畿为官十余年,京师肃然,名重朝廷。袁枚同样在乾隆年间为官十年后归隐,也是为官勤政,颇有名声。袁枚以袁安自比,同时把写联人和被赠者身份拔高,虽然有夸赞,但没有摧眉折腰事权贵的嫌疑。

三、联边联

联边,指字的半边相同。刘勰《文心雕龙·练字》:"联边者,半字同文者也。"联边联,就是指相同偏旁、部首的字组成的对联,有上下联同边与上下联异边之分。

什么是上下联同边呢? 有一家车马店,门口贴着这样一副对联:

迎送远近通达道,

进退迟速遊(游)逍遥。

上下联紧紧扣住行业特点,全用"辶"的字写成,颇有广告的宣传效果。

另相传明熹宗时,宰相叶向高有一次微服出访,要借宿在新科状元翁正春的府第。翁正春感到万分荣幸,特设酒宴欢迎叶向高。席间,翁正春客气地说:"宠宰宿寒家,穷窗寂寞。"叶向高一听,知道这明明是一副对子的上联,便也客气地对曰:"客官寓宦室,富宇宽容。"主人一听,连连点头,两人都会心地笑了。这也是一副联边联,上下联所有的字的部首都是"宀"。

接下来我们看看什么是上下联异边。过去,在船上曾有船家贴着这样一副对联:

江河湖海清波浪,

通达逍遥远近遊(游)。

全联所用的字,部首选得很好,上联全用"氵"部,下联全用"辶"部,先有水,然后才走,紧紧扣住了船的特点来写,形象鲜明。上联写出了船所处的环境,下联写出了船活动的范围和船家的心情。整副对联,物、主突出,情景交融。①

---

① 邓锡禄."联边联"与"联边诗"[J].老年教育(老年大学),2007(3):46.

再如一则楹联笑谈。

某客店中,一浪子见一妇人独居客店,遂以一上联相戏:

> 寄寓客家,寂寞寒窗空守寡。

妇人即以下联相斥:

> 漂游浪汉,流落江湖没浅深。

浪子大惭,溜之大吉。上联的字,部首都是"宀";下联的字,部首都是"氵",确实巧妙。

北宋诗人、书法家黄庭坚曾经写了一首名为《戏题》的联边诗:

> 逍遥近道边,憩息慰惫懑。晴晖时晦明,谑语谐谠论。
>
> 草菜荒蒙茏,室屋壅尘坌。僮仆侍逼侧,泾渭清浊混。

这首五律,八个句子分别用了八种不同部首的字写成,描写了诗人在郊野漫步休息时所见的情景,其中四联都是上下联异边的联边联。

联边联、联边诗与一般对联和诗歌的不同之处,主要是它们在艺术表现的形式上能给人一种字形较为整齐的美感,也表现了作者在字形掌握和运用上的老练娴熟。但运用这种艺术形式进行创作,难度较大,因为它们要求太严,容易束缚人的思想。当然,如果文字知识积累较丰,又有精巧构思,偶尔为之,也无不可。但如果一味为了达到"联边"的目的而出现因文害义的情况,那就不可取了。①

四、用典联

用典,引用古籍中的故事或词句,可以丰富而含蓄地表达有关的内容和思想。用典联有以下四种类型。

1. 节缩

节缩又分文字节缩和数字概缩。前者指把原来的典故压缩成很少的文字描述,这种情况一般用在特定的场合,一是求简练,二是满足对仗的需求,使人们一看到自然会想起与此意境相关的典故来,再用一两个字标典,即可起到略点便知的作用。后者指用数字或名词来概括典故的内容。

例如,成都武侯祠联:

> 两表酬三顾,

---

① 邓锡禄."联边联"与"联边诗"[J].老年教育(老年大学),2007(3):46.

一对足千秋。

该联点出了诸葛亮一生的两件大事。"两表"指诸葛亮所作的前后《出师表》。"一对"指当年茅庐承顾时预言天下三分的《隆中对》。"两表"是诸葛亮在出祁山攻打魏国前写的,酬答了刘备三顾茅庐的情谊。"两表"中提出了用人唯贤、赏罚分明的治国方针,体现了诸葛亮竭智尽忠、兴复汉室的愿望以及鞠躬尽瘁、死而后已的精神。此联虽寥寥十字,却概括了诸葛亮的儒雅智绝,对他的才华、品格和谋略做出了高度的评价。

2. 缀合

所谓缀合,又叫"诸典混用",即将本来相互无关的几个典故自然而然地缀合在一起,为同一个作品主题服务。

例如,梁启超赠徐志摩联:

> 临流可奈清癯,第四桥边,呼棹过环碧;
>
> 此意平生飞动,海棠花下,吹笛到天明。

上联首句出自陆垄《高阳台》,次句出自姜夔《点绛唇》,末句出自陈允平《秋霁·平湖秋月》,全句记述了1924年印度诗人泰戈尔访华,徐志摩陪游杭州之事。下联首句出自李祁《西江月（云观三山清露）》,次句出自王之道《青玉案·送无为守张文伯还朝》,末句出自陈与义《临江仙·夜登小阁忆洛中旧游》,全句记述了徐志摩在海棠花下通宵达旦作诗之事。此联剪裁精妙,语如己出,刻画宛然,甚合徐志摩的性情。

3. 借用

所谓借用,就是将典故中典型性的词语和句式结构融化到自己作品的意境或形象中,来表示另一种与典故本身无关的事物。

例如,林则徐赠黄冕联:

> 西塞论心亲旧雨,
>
> 东山转眼起停云。

黄冕,湖南长沙人,道员,鸦片战争中与林则徐同在浙东抗英,后被贬伊犁。道光二十五年（1845年）正月初四,林则徐赴戍至呼图壁,黄赶来会晤,得悉黄获赦召归,林赠此联以为贺。"旧雨",出自杜甫《秋述》:"常时车马之客,旧雨来,今雨不来",用以借指老友。"东山",出自《晋书·谢安传》,此为再度任职的意思。东晋时,谢安曾辞官居会稽东山,后又出山做官。后称失势后复起为

"东山再起"。"停云",出自陶渊明《停云诗序》:"停云,思亲友也。"该联一方面写与老友相聚谈心的情谊和表达老友被召回的欣喜,也借以含蓄地表明自己渴望再度被起用的心情。

4.化用

化用又叫"脱化""点化",就是根据需要将典故略加改造翻出新意,或对所引用的典故加以改写,有时甚至将典故拆散并且融化在字里行间,化用圆融,如同己出,从而达到点铁成金、化腐朽为神奇的境界。化用重在原典故的基础上引申出新的意义,有推陈出新的作用。

例如,李大钊题赠联:

铁肩担道义,

妙手著文章。

此系李大钊1916年创办《晨钟报》时所撰的题赠联。明代杨继盛任兵部员外郎时,曾三次上书弹劾权相严嵩,后惨遭杀害。杨继盛曾为济南大明湖铁公祠题有一联:"铁肩担道义,辣手著文章。"此联原是赞美铁公(铁铉)的忠烈,亦可作为杨继盛本人自诉心声的自题联。李大钊把"辣"字改为"妙"字,别开生面,使联语变作自己述志、与友共勉的留言,显示了他的为人之胆和著文之才。在李大钊的笔下,"道义""文章"也翻出了新意,有了时代的气息。

五、嵌字联

所谓嵌字,是将选定的字词,或人名、地名,或事物名,按一定的要求和规律,专门嵌在联中合适的位置上,使对联意中有意,言外有言,能给人一种新的艺术享受。一般来说,嵌字联分为分嵌和整嵌。最为多见的是分嵌,即将关键字嵌于上下联对应位置。

1.整嵌

整嵌,就是把所嵌的名称整个嵌入联中。如《孤山再梦》中钱雨林对宵娘联:

邹孟子、吴孟子、寺人孟子,一男一女,一不男不女;

周宣王、齐宣王、司马宣王,一君一臣,一非君非臣。

上联的"邹孟子",指战国时的孟轲,"吴孟子"指明代姑苏的孟淑卿,"寺人孟子"指西周时的一个巷伯(宦官)。

下联的"周宣王""齐宣王"分别是西周的君主和战国时齐国的国君。因齐宣王时期,周王室尚存,故齐宣王需要对周王室行臣子礼。"司马宣王"则指司马懿,魏时谥宣王,后晋代魏,尊谥其为宣帝,故"非君非臣"。

2. 分嵌

分嵌,就是将所嵌的名称拆开,分别嵌入适当的位置。平定太平天国后,虽同朝为官,左宗棠和曾国藩在政见上却有分歧。在一次宴会上,两人谈得很不投机,曾国藩首先向左宗棠发难:

> 季子敢言高,与余意见大相左。

左宗棠,字季高,曾国藩把左宗棠的姓和字嵌入联句,好不巧妙。左宗棠也不甘示弱,他连喝了两杯酒,心生一句:

> 藩臣徒误国,问尔经济有何曾?

对句将"曾国藩"三字嵌入相应的位置,不失为一妙对。

3. 单嵌

不管是整嵌或分嵌,只嵌于上联或下联的称单嵌。在潍坊市"三河杯"征联赛中,要求把"三河"二字嵌入。山西杨振生的获奖联是:

> 一线连天,春风送我蒸蒸起;
>
> 三河作带,锦绣堆云款款收。

此联将"三河"作为一个词组嵌在下联中,是为整嵌。

湖北胡松琼的获奖联是:

> 蝶舞莺翔,一缕金丝牵远梦;
>
> 河清水碧,三条玉带绕名城。

此联将"三"和"河"分开,遥相呼应,是为分嵌。

4. 对嵌

不管是整嵌还是分嵌,分别嵌于上下联的叫对嵌。如"三河杯"征联赛上,广西钟日生为"音乐喷泉"撰联:

> 音乐奏阳春,常传金曲歌三水;
>
> 喷泉吟白雪,直送银河上九天。

此联,上联嵌"音乐",下联嵌"喷泉",这是整嵌的对嵌。同时又分嵌"三河",可见作者用意之深。

5. 首尾皆嵌

广东潮州的韩江酒楼,旧有一绝妙对联,为人传诵:

> 韩愈送穷,刘伶醉酒;
>
> 江淹作赋,王粲登楼。

首尾四个字连起来恰好是"韩江酒楼"。

6. 连嵌

有的对联,在一联中嵌入多个专有名词。如清代宋湘贺嘉庆皇帝的寿联:

> 顺穆康贤,雍和乾乐嘉千古;
>
> 治平熙世,正直隆恩庆万年。

对联嵌入清朝五位皇帝的年号:顺治、康熙、雍正、乾隆、嘉庆。颂扬、拍马的手段不可谓不高明。

7. 复嵌

嵌字有时可以反复嵌入,形成重言。

袁少枚有一园,名"半闲",自题一联云:

> 半市半乡,半读半耕,半士半医,世界本少全才,故名曰半;
>
> 闲吟闲咏,闲弹闲唱,闲斟闲酌,人间尽多忙客,而我独闲。

联中七嵌"半闲",前为铺垫,最后结句总结巧妙。

再如同乐戏院联:

> 同声相应,同气相求,邀同人小住为佳,贤者亦有此乐;
>
> 乐以忘忧,乐而忘倦,问乐事今日何在,答云是之谓同。

联中四嵌"同乐",由于平仄关系,最后将同乐反过来,乐总结前面同、同总结前面乐,更加让人回味无穷。

8. 套嵌

有一种写法,将一些套词分别嵌入,比如用"东西南北"对"春夏秋冬",这种成套的嵌入,拟定为"套嵌"。

比如:

> 东岳庙,演《西厢》,南腔北调;
>
> 春和坊,卖夏布,秋收冬藏。

更有五行对五方、数字对方位、时令对颜色等,囿于篇幅,不一一列举。

此外,尚有顺嵌、逆嵌、插嵌、省嵌、明嵌、暗嵌等概念,不再赘述。

一副对联到底按哪种方式嵌名,嵌在什么地方好,应根据内容的需要来决定,不能单纯搞文字游戏。而且,字光嵌入还不够,要化入。也就是要同前后文水乳交融,浑然一体。为嵌而嵌,只嵌不化,就会显得生硬。在运用这种艺术技巧时,这一点应当十分注意。

刘振威先生在《对联中的"镶嵌格"》一文中,根据诗中嵌名的规矩,列举了十三种"镶嵌格"的名称。这些名称是:

将所需要镶嵌的字,列在上下联的第一字者,叫鹤顶格。

将所需要镶嵌的字,列在上下联的第二字者,叫燕颔格。

将所需要镶嵌的字,列在上下联的第三字者,叫鸢肩格。

将所需要镶嵌的字,列在上下联的当中一字者,叫蜂腰格。

将所需要镶嵌的字,列在上下联的第五字者,叫鹤膝格。

将所需要镶嵌的字,列在上下联的第六字者,叫凫胫格。

将所需要镶嵌的字,列在上下联的最后一字者,叫雁足格。

将所需要镶嵌的字,列在上联第一字、下联最后一字者,叫魁斗格。

将所需要镶嵌的字,列在上联最后一字、下联开头一字者,叫蝉联格。

将所需要镶嵌的字,列在上联第二字、下联第六字者,叫云泥格。

若所镶的人名或地名是三个字,镶嵌时上联首尾各嵌一个,下联中间嵌一个;或者相反,下联首尾各嵌一个,上联中间嵌一个字者,叫鼎峙格。

将所嵌的人名或地名分散嵌于联中而不拘一定位置者,叫碎锦格。

将所嵌的字在上联暗示,下联明嵌;或者在下联暗示,上联明嵌者,叫晦明格。

上面十三种镶嵌格,都是以七言句为基础来谈的。但从前文已举的例子来看,对联的嵌名,比这还要自由得多。为此,能用这些传统名称,当然好;若不用,也没有关系,只要懂得嵌名是怎么回事、怎么嵌就行了。①

---

① 余德泉.对联通[M].长沙:湖南大学出版社,1998.

第七章 楹联传承(上)

第一节 高校楹联文化教育的现代性价值内涵

楹联,中国传统文化中的一株语言规范和文学意象精巧结合的奇葩,民族独有,内涵深厚,源远流长。楹联正因其充分展示了汉语的对称美、变化美和韵律美,具有突出的文学价值、审美价值和实用价值,在我国历史文化长河中一直绽放出独特的光彩。

一、楹联教育是传统语文教育的重要组成部分

楹联的基本要求就是一字一音、一字一词,词类相对,结构相对,对仗工整,平仄协调,言简意深。楹联其实涵盖了传统所说的"小学"的基础知识,即文字、音韵、训诂、修辞、文章等方面的传统语文学知识。正如张志公先生在《传统语文教育教材论》中所讲:"属对是一种实际的语音、语汇的训练和语法训练,同时包含修辞训练和逻辑训练的因素。可以说,是一种综合的语文基础训练。"国学大师陈寅恪同样在《与刘叔雅论国文试题书》中指出,对联不仅能够体现汉语文的特性,而且具有四条检测功能:对子可以测验应试者能否分别虚实字及其应用;可以测验应试者能否分别平仄声;可以测验读书之多少及语藏之贫富;可以测验思想条理。

实际上,楹联还是文辞之精练与精神之深邃最佳结合的文学体裁。周汝昌先生对此有过恰如其分的论述:"对联乃是我们这个伟大民族的美学观和语文特点的综合产物,是几千年文化史上的高级创造积累的特殊成就。……对联是一种'精粹',一种'提炼',一种'结晶',或一种'升华'。它有极大的概括能力,能以最简练的形式唤起人们最浓郁的美感,给人以最丰富的启迪,或使人深思,熟味,受到很大的教益。"

可见,楹联既包括了显性上的语言训练和思维训练,又包括了隐性上的人文素养熏陶,这充分地体现了语文学科兼具人文性和工具性的特点。正如陈寅恪先生所言,对联最能表现中国语文特性。故,楹联这种最富中国特色的语文教学素材,一直是汉语母语教学中有效开发和积极利用的教育教学资源。楹联教育是我国传统语文教育的重要组成部分。

二、楹联教育的现代性内涵

现代性是现代化过程的本质特征,是一个静态的概念,是用来衡量现代化程度的价值体系。楹联教育现代性是传统楹联教育向现代楹联教育转变的过程中所获得的新的时代精神和特征,是与新的时代精神相一致的正向的价值体系,是楹联教育在新的时代条件下的创新发展,从而更好地发挥楹联教育工具性和人文性兼佳的优势。

在规模扩张带来的生源素质下降、教学理念上实用性甚至是功利性思维占主导地位等因素的影响下,高校在发展过程中,人文课程教学模式化特色不鲜明、大学生对优秀传统文化艺术兴味索然、大学生传统文化素养普遍不高、大学生语言文字运用及创新能力不强等问题越来越明显。这种现状确实应该引起重视与反思。高校语文教育方式亟须有针对性、有效的探索与创新。楹联教育的现代性在当前高校语文教育中有其特殊意义。

1.楹联教育是传统语文教学精华和现今高校人文教学改革结合的有效创新。

楹联教学是我国传统语文教学的一种重要手段,是传统语文教学的精华。对课是旧时私塾必开的课程之一。传统的语文知识教育的启蒙教材是《古文观止》,最常用的训练方式就是对对子(对联)。文史学家周勋先生曾说过,在中国文学各种有韵之文的体裁中,如骈文、诗词、赋铭,都要以对联为基础。所以过去的读书人,无不以对对子为基本功。旧式教育盛行属对之风,上至尊荣显贵的王公贵胄,下至耕猎渔樵的凡夫俗子,无不视属对为体现个人才华素质的有效手段。

当代语文教育家张志公先生专门论述过属对教学,并提出我们要重视借鉴和利用这传统语文教学手段。针对当前高校学生传统文化知识和语言文字基础及语言运用能力偏弱等问题,现今高校人文教学改革任重道远,我们更是要重视借鉴发扬传统语文教育的精华。我们可以选择涵盖诗词格律、文学鉴赏、语法修辞和文化典故等多方面知识的楹联为高校语文教育延伸性平台,结合时代因素创新楹联教育,积极进行传统语文教学精华和现今高校人文教学改革有效结合的实践与研究。

2.楹联教育是传承民族传统文化和提升学生综合素质相结合的有效平台。

高等学校教育主要任务之一是教书育人,学校要把学生培养为有健全人格、有工作能力和继续学习能力的受社会欢迎的劳动者。高校学生作为国家重点培养的应用复合型人才,人文素养的提高是十分有必要的。因此,高校加强人文教育,重视人文课程,培养学生的综合素质尤其是人文素质显得尤为重要。楹联作为中华民族文化的活化石,民族特色鲜明,甚至可以说是民族精神的化身。楹联教育过程就是一种对民族文化的尊重、熟悉、了解及传承的过程。开展楹联教育是加强当代大学生的人文素质和艺术素质的培养,加强文科思维方法和艺术气质的熏陶的有效方法,有助于提升学生的文化素养,为未来的发展夯实文化基础。

同时,作为包含汉语用字手法、组词技巧和修辞手法最集中、最多样的一种文学样式,楹联创作注重语言文字的运用和创新方面。所以,在楹联知识学习过程中,学生必须转变研究性的学习方法,坚持"三动"原则,即动脑、动嘴、动手,从而培养自身创造性思维能力。楹联教育既是纽带,又是龙头,最终目的还是培养学生思维创新和实践创新能力,提升学生综合素质。楹联教育成为传承民族传统文化和提升学生综合素质相结合的有效平台,是完全可行的。

3.楹联教育是丰富校园文化生活和提升整体育人环境的有效载体。

校园文化是以学生为主体,以校园为主要空间,以精神文化、环境文化、行为文化和制度文化建设等为主要内容,以校园精神文明为主要特征的一种群体文化。校园文化作为学校精神、传统、作风的综合体现,客观地创造了一种育人的环境和氛围。高校是学术的殿堂、人才富集的宝库,而楹联形式精致、内涵丰富、教育功能强大,因此楹联教育十分适合作为高校校园文化建设的载体。

具有传统文化教育功能的对联,集文学、知识、趣味、实用于一体,融入政治、经济、军事、民族、思想、文化等内容,可寓教于乐、针砭时事、陶冶情操、明心述志。在一个积极向上的校园环境中,人们会自然地接受各种有益的感染和熏陶。以楹联为载体,充分发挥其德育、美育等教育功能,将会让校园文化建设获得深入与拓展,形成积极向上的文化氛围,提升整体育人环境。

总之,涵盖诗词格律、文学鉴赏、语法修辞和文化典故等多方面知识的楹联教育,是拓宽学生优秀传统文化视野、提升学生人文素质的有效途径,构建了当前大学育人一种新的模式、新的平台，为高校人文教学改革与发展注入了新鲜的血液，对高校文科专业人才培养具有重要的借鉴意义。

第二节 高校大学生楹联文化教育的价值及策略

任何一个国家或民族，其文化的传承与发展、变革与创新其实都是建立在既有优秀文化传统基础之上的。中国传统文化源远流长、内涵深厚，作为中华民族传统文化精髓的楹联同样在历史文化长河中一直绽放出独特的光彩。近几年，越来越多的高校重视继承和发展楹联文化教育活动。探索如何将楹联文化活动融入大学生人文素质教育，应成为高校文化育人工作的一个重要课题。

一、楹联文化活动在大学生人文素质教育中的价值内涵

大学生作为高层次的专业人才，应具有高尚的思想道德和人文修养。楹联文化活动可以成为实现这些目标要求的有效平台。国学大师陈寅恪曾说过：对联不仅体现语文特性，而且可以很好地检测学生"能否知分虚实字及其运用"、能否"分别平仄声"，同时还能检测学生"读书之多少及语藏之贫富"和"思想条理"。[①]

1. 楹联文化活动有利于提升大学生思想道德素质

高校大学生大多年龄在18—22岁，正是形成良好的思想道德品质，树立良好世界观、人生观、价值观的关键时期。楹联能以最简练的形式给人以最丰富的启迪，或使人深思、体味，其德育教化功能非常显著。如东林书院院联"风声雨声读书声，声声入耳；家事国事天下事，事事关心"，此联直抒胸臆，明确指出青年大学生有责任担负起国家、社会发展的历史使命。再如蒲松龄自勉联"有志者，事竟成，破釜沉舟，百二秦关终属楚；苦心人，天不负，卧薪尝胆，三千越甲可吞吴"，巧妙地运用了破釜沉舟、卧薪尝胆两个典故，蕴含只有立志前行、辛苦付出才能成功的哲理。一联一理，能悟为真。楹联文化教育对于大学生良好思想道德素质的养成起着潜移默化的作用。正是在不断学习与揣摩楹联过程中，大学生内在的思想境界得以升华。

---

① 陈寅恪. 与刘叔雅论国文试题书［M］.∥赵志伟. 旧文重读：大家谈语文教育，上海：华东师范大学出版社，2007.

2. 楹联文化活动有利于提升大学生传统文化素质

楹联作为中华民族文化的活化石，民族特色鲜明。如"新年纳余庆，嘉节号长春"的起源之作；"青山有幸埋忠骨，白铁无辜铸佞臣"的精神蕴含；"水光潋滟晴方好，山色空蒙雨亦奇"的人文风光；"海纳百川，有容乃大；壁立千仞，无欲则刚"的人格寓意……无一不体现了中华民族文化的博大精深。可以说，楹联文化教育活动过程本身就是一种对民族文化的尊重、熟悉、了解及传承的过程，有助于提升学生的文化素养，为未来的发展夯实深厚的文化基础。

3. 楹联文化活动有利于提升大学生创造性思维能力

楹联艺术形式充分表现了汉语语音的声韵特色、词语的结构变化和语句的形态构成，以及汉语修辞的语用功效。传统语文教学非常重视属对训练，旧时文人语文基本功非常扎实正得益于此。楹联文化教育活动过程中非常注重语言文字的运用和创新，坚持"三动"原则，即动脑、动嘴、动手，有助于培养学生创造性思维能力。如陈寅恪先生当年所出的对子，上联是"孙行者"，要求考生对出下联。问题有趣，学生积极主动参与应对，甚至有"祖冲之""王引之"之类的佳对出现。

4. 楹联文化活动有利于丰富校园文化建设

楹联因其形式精致、内涵丰富、教育功能强大，十分适合作为高校校园文化建设的载体。如笔者所在的江西科技师范大学，一年一度的全校主题征联竞赛活动已经成为校园文化特色品牌。从2001年到2014年，学校连续14年分别以"党旗颂""歌颂党、歌颂祖国、歌颂社会主义""廉正、廉明""青年、科技、文化"等正能量内容为主题，每年举办一次面向全校师生的主题征联竞赛活动，全校各学历层次均有同学投稿参赛，每期参赛稿件超过300篇。以楹联为载体，充分发挥其德育、美育等教育功能，将会让校园文化建设获得深入与拓展，形成积极向上的文化氛围，提升整体育人环境。

二、大学生楹联文化活动发展的制约性因素分析

近年来，在优秀传统文化逐渐回归发展正轨的大背景下，中国传统文化教育越来越受到大多数高校的重视，其中高校举办楹联文化教育活动非常踊跃，楹联教育示范基地、楹联研究协会也层出不穷。尤其值得一提的是，余德泉教授在中南大学成立了我国高等院校第一个楹联学术研究所，将楹联研究提升到学科建设的高度。

　　然而,就目前高校楹联文化活动的开展情况来看,还存在不少制约性因素,简述如下:

　　首先,高校楹联文化理论研究不够。虽然楹联文化历史悠久,但在当前经济社会,楹联创作少、佳作少、读者少已成为一个不争的事实。在当前文学离我们越来越远的现实中,对联正日益沦为小众"雅好"。高校从事楹联文化活动的人员更多关注的是对联本身的写作和赏析,真正深入研究的不多,楹联研究还处于个体状态。这一形势必然会影响到高校楹联文化教育活动的长远发展。

　　其次,高校楹联课程师资队伍及学生骨干队伍力量明显不足。可以说,真正把楹联知识和理论纳入教学计划的高校不多,在课堂上系统教授对联知识课程的专业老师更是凤毛麟角。高校学生的楹联基础知识相对薄弱,对楹联创作在语音、词汇、语法、修辞等方面的规则了解不多,所以,诸如赏联、征联、撰联等内容的楹联交流活动,无法调动学生参与的积极性。

　　再次,很多大学生传统文化素养普遍不高。据调查,大多数高校学生对传统文化的认识存在误区,认为其没有实际意义,这种认识正是当前实用主义教育观过度膨胀的表现。另外,很多大学生在分析理解文章方面存在局限,其文学鉴赏方面的能力、语言文字运用及创新的能力等偏弱,会造成对楹联创作的畏难情绪。

三、楹联文化活动融入大学生人文素质教育的策略

　　高等人文素质教育有其基本特征,如主体性、思想性、实践性等。对于如何将楹联文化融入大学生人文素质教育,结合人文素质教育的特征来谈,笔者认为主要应从教育教学和学生活动两方面推进。

(一)抓主体,普及楹联知识

　　在校园楹联文化活动中,大学生理应成为楹联文化活动的主体,扮演着楹联文化活动的受益者和推动者的双重角色。虽然学校有文化建设需求,校园有文化活动环境,但学生也必须有楹联基础知识,楹联文化活动才能顺利开展。目前,大学生对楹联有不同程度的了解,但还缺少对楹联知识的正确掌握。因此,在大学生中普及楹联知识很有必要。

　　1.开拓楹联知识普及的多元化渠道

　　有师资条件的学校可以开设楹联必修课或公选课程,进行楹联知识的系统

教学,并制定楹联教学大纲,对楹联教学的目的、要求、方法、课时、内容做详细安排,并严格执行。条件不够的学校可以在公共课程《大学语文》教学大纲中规定一定课时的楹联基本知识的讲授。另外,还可以聘请知名专家进校园开展楹联知识专题讲座,着眼于学生楹联知识的普及。学生只有系统了解楹联理论,才能为参与楹联活动打好基础。

2.引导成立楹联爱好者社团或协会,打造学生骨干队伍

从自主学习楹联的角度着眼,引导学生成立一个校级楹联爱好者社团或协会,也是较为可行的做法。借助这个舞台,可以将那些对楹联和古典诗词兴趣浓郁且具有一定水准的学生吸收进来,相互交流,共同营造良好的楹联学习和创作氛围。假以时日,又能渐渐形成楹联文化活动学生骨干队伍。

(二)抓主题,实现教化功能

楹联文化教育活动的出发点和归宿,理应是学生自身。作为大学生人文素质教育的平台之一,校园楹联文化活动目的性应该非常明确,就是实现学生良好思想道德素质的内化和提升。

1.举办思想道德教育主题楹联竞赛

以自撰联、现场应征等竞赛形式,与网络、学报等媒体联动,在校内的社团活动中开展全校性的思想道德教育主题楹联竞赛是校园楹联文化活动的重要内容,如"庆祝建党九十周年""党的群众路线教育实践活动"等爱国、爱党、爱社会主义之类的主题,方向明确,效果明显。如江西科技师范大学2014年的"庆祝党的十八届四中全会顺利召开"主题楹联竞赛,其中一等奖作品如"天朗气清天地美,国强民富国家兴""群英荟萃,激扬文字写天下;诸俊咸集,指点江山绘壮图"等,让人感受到当代学子青春飞扬、勇于担当的精神风貌。思想道德教育主题楹联竞赛既让学生拥有更多展示楹联才艺的机会和载体,充分激发学生在学习实践过程中的主体性和能动性,又达到推动校园文化建设、加强大学生人文素质教育工作之目的。

2.适时组织学生进行现场采风活动

好的楹联作品,蕴含较高的文学价值和审美价值。为学生分析每一副经典楹联,对他们来说,既是欣赏享受的过程,也是提升贯通的过程。学校可以利用山川胜迹、人文景观等历史文化资源,适时让教师带领学生实地参观和赏析当

地名胜楹联,并要求学生从对联的艺术性质、文化背景、相关历史和地域特征等方面完成调研报告。如,《滕王阁序》中名联"落霞与孤鹜齐飞,秋水共长天一色",写尽了赣江无限风光;诸葛亮草堂上的对联"淡泊以明志,宁静而致远",可见其人情趣高雅、淡泊名利。采风活动可以增强学生的历史场景感受,激发同学们的民族自豪感,抑或从优秀的文化遗产中汲取营养,鞭策言行。

3. 利用新媒体创新育人新模式

新媒体环境下,信息传播途径呈现多元化。根据大学生容易也乐于接受新事物的特点,学校可以利用手机短信、QQ 空间、QQ 群、新浪微博等媒介,创办学生思想道德教育主题楹联刊物、专栏、论坛等交流平台,实现现代媒体与传统文化的有效结合,创新育人模式。如以"宝剑锋从磨砺出,梅花香自苦寒来""苟利国家生死以,岂因祸福避趋之"等蕴含正确人生观、价值观的楹联为例,进行楹联理论知识的探讨。另外,新媒体上还可以刊登名家名联赏鉴、学生习作精选等相关内容,使之成为学习平台、交流平台、创作平台、思想素质提升平台。

四、结语

高等学校教育主要任务之一是教书育人,学校要把学生培养为不仅有工作能力,更具有健全人格和高尚道德情操的人才。积极探索楹联文化活动融入大学生人文素质教育的途径,推进楹联思想教育功能在新的时代条件下创新发展,对高校人才培养具有重要的现实意义。

第三节　高校优秀传统文化铸魂育人协同机制探析
——以楹联教育为例

文化是一个国家、一个民族的灵魂。高等学校负有传承中国优秀传统文化的神圣使命,这是大学在原有人才培养、科学研究、社会服务之外的"第四功能"。"第四功能"实现得如何,是高等教育质量与水平的重要标志,也决定着其对国家和民族的贡献程度,理应成为高校发展建设的关键内涵。习近平总书记曾指出:"中国人民的理想和奋斗,中国人民的价值观和精神世界,是始终深深植根于中国优秀传统文化沃土之中的,同时又是随着历史和时代前进而不断与日俱新、与时俱进的。"①例如楹联等,作为中华传统文化的精髓,其中所蕴含的丰厚的人文意蕴与中华传统人文精神一脉相承,其在人才培养中作用巨大且显著。中国优秀传统文化应该成为我们对学生进行人文素质教育的优秀教材。这既是全面提高学生素质的需要,也是现实的需要,更是在新形势下文化传承的需要。

一、高校优秀传统文化铸魂育人的必要性

1. 理论意义角度

第一,创新高校思想政治教育理论研究。新常态下高校思想政治教育必须植根历史悠久的中国传统文化,从中汲取有益成分。唯有如此,高校思想政治教育理论研究才能不断发展与创新。

第二,拓展中国传统文化传承与创新理论研究。传统文化适应中国和时代发展进步要求,主动融入高校的思想政治教育沃土,有助于拓展传统文化传承和创新研究。

第三,丰富大学生人文素质教育理论研究。大学生作为高层次的专业人才,同时也应具有高尚的思想道德和人文修养。积极探寻传统文化的当代教育价值,有利于充实大学生素质教育理论研究。

2. 实践意义角度

第一,有助于健全大学生道德人格,提升大学生人文素质。中国优秀传统文化作为大学生人文素质教育的优秀教材,对于塑造大学生君子人格、固本铸魂、坚定理想信念将发挥重要作用,同时又可令大学生初步具备传统文化"学习、鉴赏、应用、教学、科研"的人文素质。

第二,有助于提升高校优秀传统文化教育的实效性。通过构建高校层次分明、合理有序的优秀传统文化教育体系,注重以文化人,着力实现文化育人和文化知识传承相结合,在一定程度上实现中国优秀传统文化教育实践和理论的双重革新。

第三,有助于优秀传统文化的传承与发展。青年学生在课堂上获得文化知识,在实践中提高自身素质,在思想上坚定文化自信,实际上都是对民族文化的尊重、熟悉、了解及传承的过程,浸润式推动中国传统文化发扬光大。

---

① 习近平. 从延续民族文化血脉中开拓前进　推进各种文明交流交融互学互鉴[EB/OL]. 新华网,(2014 – 09 – 24)[2022 – 10 – 08]. http://jhsjk. people. cn/article/25726801.

二、高校优秀传统文化铸魂育人的现状

虽然近年来传统文化教育的重要性得到了越来越多的肯定，但教育现状仍不容乐观，以诗词楹联教学为例，主要表现如下几个方面：

1. 教育理念落后导致教学方法缺乏突破。许多教师教育理念严重滞后，导致在讲授经典诗词时就如同教授文言文一样，单纯介绍作家作品、解释词语、疏通文义、背诵默写等，缺乏意境的创设以及情感熏陶，而且是以教师讲解为主，缺乏课堂互动。

2. 内外环境的影响导致学生对传统文化缺乏兴趣。由于受社会浮躁文化的影响，学生对快餐文化更显出兴趣，而对看似枯燥的经典诗词、楹联敬而远之。再加上学生的传统文化知识积淀少、理解比较吃力，这内外因素合在一起导致了学生对诗词、楹联等传统文化兴趣的缺失。

3. 对于中国传统人文精神的内涵解释不够充分。诗词、楹联等传统文化有别于现代诗歌。由于时代的原因，它所体现出来的人文精神带有明显的中国传统文化特色。而大多数的研究只停留在人文知识的层面，没有进一步深入中国传统人文精神的层面。

三、高校优秀传统文化传承与育人的协同机制

对于如何将楹联文化融入大学生思想政治教育，实现高校文化传承和文化育人有效协同的目，笔者认为主要应从教育和实践两个角度协同推进。

1. 树立核心教育理念。教育目标、理念关系到整个中国优秀传统文化传承的导向，是教育内容选择、组织、实施和评价的重要依据。高校应树立"文化铸魂育人"为核心的教育理念，发挥优秀传统文化的思想道德教育功能，实现文化传承和铸魂育人协同并行。"文化铸魂育人"理念的本质内涵在于突破了文化传承仅停留在知识传授层面的局限性，进一步挖掘了传统文化中所蕴藏的情、雅、趣、美、理等文化特征，侧重于加强中国传统人文精神的教育，铸魂育人，培养有健全的人格品质、高尚的道德情操和深厚的文化底蕴的优秀人才，实现文化传承与文化育人相结合。

2. 构建合理教育体系。高校可以从内容、空间、对象、队伍等角度构建优秀传统文化教育全方位、多层次的教育体系。包括：

创新教育内容，即增设国学经典研读、古典文学沙龙、传统服饰的美学研究、中华戏曲欣赏、非物质文化遗产保护等选修课程，增强学生对中国优秀传统

文化的认识和兴趣。

延伸教育空间，即走出小课堂，融入大社会，即以鉴赏、创作、科研为主要形式，教学空间从教室延伸到校园，再进一步延伸到社会，形成常规教学机制。

扩展教育对象，即从专业学生扩展到非专业学生，即以交流、调研、竞赛等形式组织教学活动；由名师、学者不定期面向全校师生开设文化讲座；坚持教育主线，即坚持认可——认知——践行的教育主线，引导学生由情感认可到知识认知，再到主动践行、研究和创作。

建设教师队伍。中国优秀传统文化的教育质量与教师的水平密切相关。高校教师不仅要传授知识，还要育人。高校应逐渐培养一批熟悉中国优秀传统文化知识与教学方法、具有传统文化情怀的教师。

3. 生成有效实践路径。高校传统文化教育活动的出发点和归宿，理应是学生良好思想道德素质和文化素养的内化和提升。因此，高校还应着眼于营造优秀传统文化育人环境，创建品牌化的传统文化育人平台，引领学生将优秀传统文化内化于心、外化于行。

实践平台是载体，也是纽带，最终目的是提升学生传统文化素养，培育学生人文精神。坚持文化学习与思想引领培养模式的紧密性配合互补，例如开展文化交流、文化传承、社会服务、科学研究等社会实践，使学生将优秀传统文化内化于心、外化于行。以楹联为例，可以从不同的维度展开实践。如：

①社团平台。在校园文化活动中，大学生理应成为活动的主体，扮演着优秀传统文化传承的受益者和推动者的双重角色。因此，有必要引导学生成立楹联兴趣小组或社团，相互交流，以文会友，逐渐具备文化的积淀。

②媒体平台。新媒体环境下，信息传播途径呈现多元化。根据大学生容易也乐于接受新事物的特点，学校可以利用微信、QQ、微博等媒介，创办电子刊物、专栏、论坛等交流平台，实现现代媒体与传统文化的有效结合。另外，新媒体上还可以刊登名家名联鉴赏、学生习作精选等相关内容，使之成为学习平台、交流平台、创作平台、思想素质提升平台。

③竞赛平台。文化实践教学应牢牢抓住创作和竞赛这一主线，其中创作是引领，竞赛是考核。可以创建一年一度的面向全校师生的主题楹联竞赛，检验学习效果，激发学习兴趣。

④基地平台。好的楹联作品，蕴含较高的文学价值和审美价值。现场赏析

一副经典楹联,对学生来说,既是欣赏享受的过程,也是自我提升的过程。可以山川胜迹、人文景观为教学基地,要求学生从作品的艺术性质、文化背景、相关历史和地域特征等方面完成调研报告,可增强学生的历史场景感受,激发文化传承使命,抑或从优秀的文化遗产中汲取营养,鞭策言行。

总而言之,楹联等作为中华传统文化的精髓,其中所蕴含的丰厚的人文意蕴与中华传统人文精神一脉相承。推动优秀高校优秀传统文化传承和铸魂育人的有效协同,既是全面提高学生素质的需要,也是现实的需要,更是在新形势下文化传承的需要。

第四节　高校楹联文化教育之实证研究
——以江西科技师范大学为例

对联,雅称"楹联",俗称"对子",被誉为"诗中之诗"。对联始于五代,盛于明清,已有1000多年的历史。它具有知识性、趣味性、文学性、思想性,使用范围广,日常生活经常涉及。了解、学习对联的有关知识,逐步掌握创作对联,对于提高学生的语文能力、培养学生的语文素质、铸就学生的优秀品质具有很重要的作用。

虽然对联创作历史悠久,但在理论研究方面相对落后。尤其是当前,对联正日益沦为小众"雅好"。正是针对楹联教育这一实际,学校在教学、课程设置、示范基地建设、活动开展等方面做了系列探索,并取得了显著成绩。概言之,即:搭台子、抓尖子。

搭台子——台子既要搭得大,又要搭得牢

全国首开楹联文化课。作为南昌市楹联学会团体会员单位,南昌高等专科学校中文系(今江西科技师范大学文学院)于1999年底与南昌市楹联学会合作,在1999级文秘专业班开设了楹联文化知识课程,由南昌市楹联学会副会长、秘书长等楹联专家轮流授课。当年底,南昌市楹联学会秘书长余子衡先生应邀为学生进行了首堂授课,从而使学校成为全国第一个开设楹联文化课程的高校。

经过一段时间的学习,学生们获得了一定的楹联文化基础知识,于是便有了创作对联的欲望。楹联学会决定在校报上开辟专栏《楹联园地》，从此，学生们有了小试身手的"责任田"。如今，校报常年开设了《楹联擂台赛》专栏，并开通了楹联爱好者 QQ 交流群和新浪微博。校内校外不同媒体交相辉映、相得益彰。

2001 年 9 月，楹联文化作为一门必修课正式纳入文秘专业的教学计划之中，楹联文化教育日臻规范。2005 年 9 月，文学院在面向全校各学院开设的"大学语文"公共课中，把楹联文化作为教学内容之一，写进了教学大纲，将楹联这一传统文化由只在文学院讲授进而推向全校所有专业，凸显了楹联文化的群众性基础之本来面目。

为保证楹联教学的科学性，文学院不断在实践中总结完善。从 2001 年始，文学院制订了专门的楹联课程教学计划，明确了相关专业和年级的课时，并严格执行。与此同时，文学院还制定了楹联教学大纲，对楹联教学的目的、要求、方法、课时、内容做了详细安排。

加强课堂教学的同时，学校还十分重视楹联教育研究，撰写并发表了《论对联平仄要求》《楹联课程教学现状调查分析》《建设楹联教育示范基地实践之研究》等论文。同时，《建设楹联教育示范基地之研究》于 2006 年 12 月获省级教改课题立项。2010 年，学校楹联教学获得省教学成果二等奖。2015 年，校级教改课题《以创作和竞赛为引领的教学育人模式的探索与研究——以楹联教育为例》结项。2015 年，组织申报的《楹联教育》获批教育部 2014 年度"全国高校'礼敬中华优秀传统文化'进校园"特色展示项目。

全国唯一的楹联教育示范基地。在加强楹联教学的同时，学校十分注重打造品牌：建设形成了以江西省语言学会副秘书长、南昌市楹联家协会副会长黎传绪，江西省语言学会理事杨霞林等为骨干的师资队伍，有计划地开展课堂教学和研究，并取得了一系列成果；在校报开设了《楹联园地》和《楹联擂台赛》等栏目；每年开展相关活动，并承办了 2001 年南昌市楹联学会年会；成立了学生楹联学会，组织学生参加各类大赛，获得了《中国楹联报》2005 年度"十佳攻擂高手"、2005 年"梦里水乡杯"新春征联大赛一等奖、2006 年沧州风物·纪念纪晓岚逝世 200 周年海内外诗词大赛优秀奖等。由于成绩突出，2005 年 4 月，南昌市楹联学会授予文学院"楹联教育示范基地"匾额，这也使得我校成为全国高校唯一一个楹联教育示范基地。

抓尖子——尖子既要抓得住，又要抓得好

抓尖子，主要抓两方面：一抓课堂，二抓活动。

大学教育的根本目的在于培养学生的人文精神、科学素养和艺术品性，使他们成为具有跨学科知识和多方面能力，会学习、会做人、会做事、会处世、受社会欢迎的全面发展的人才，为未来的发展累积最根本和最重要的文化底蕴。具有传统文化教育功能的对联，集文学、知识、趣味、实用于一体，政治、经济、军事、思想、文化等皆可入联，语文、数学、历史、地理、化学等学科中都有它的踪影。在内容上，对联吸取多方面的知识和养料；在思想上，对联同诗歌一样，通过深邃的意境与感情深浅显隐，不同程度地表达某种哲理。因此，楹联教学是加强当代大学生人文素质和艺术素质培养、加强文科思维方法和艺术气质熏陶的有效方法。

课堂上，教师通过教学设计激发学生的好奇心和兴趣，通过提问、讨论等发现好苗子，着重关注和培养，依靠尖子生影响和带动身边的学生，让他们在楹联课上充分感知中华民族悠久的历史、壮美的山河，充分感受楹联的雅、趣、文、美。2015年，学校组织调研并撰写《关于以井冈山红色楹联为代表的红色文化在大学生思想政治教育工作中价值研究》研究报告。

课堂教学的同时，楹联学会每年都举办征联大赛。2001年，学校与南昌市楹联学会联合举办了"党旗颂"主题有奖征联活动。活动收到全省各地的应征作品200余副。而后，文学院联合学校党委宣传部和教务处每年都举办一次如"庆祝建党九十周年""中国梦""廉洁、好学"之类的主题征联大赛。大赛现在已发展为学校校报上的品牌栏目《楹联擂台赛》。"擂台赛"每期都吸引了大量读者和作者，成为一个由老师指导、以学生为主体的楹联创作和欣赏平台，并且产生了校际影响，收到了其他学校师生的来稿。

除了征联大赛外，楹联学会还不定期举办楹联现场创作大赛。大赛现场抽上联，限时创作下联。每次的现场创作大赛都吸引了大量师生参加，气氛十分活跃。

在征联大赛中，涌现出一批基本功扎实、兴趣浓厚、创作认真负责的优秀学生。学会依托这些学生成立了学生楹联学会，让他们在自我管理、自我服务中不断进步和提高。例如学会第一任会长、现北京影视公司编剧、2009级汉语言文学专业学生沈建中（笔名摩石），出版了50多万字的长篇小说《浮世风流》，其

中每个回目的对联结构形式成为该书的一大亮点。

　　学生楹联学会的成立,培养带动了一大批学生,他们在这块沃土上尽情耕耘、快乐成长。这些学生中,有曾获得 2004 年中国(南昌)首届楹联文化艺术节"大学生楹联知识电视竞赛"一等奖的肖红为,有出版诗集《如花明灭》的汉语言文学 2010 级学生陈武,有江西省第七届大学生写作大赛一等奖得主、历史文化学院 2010 级学生余宇杰,有井冈山市楹联学会会员、国土杯楹联大赛三等奖得主、2012 级汉语言文学专业学生陈佩佩等。

　　总之,学校楹联文化教育工作开展得有声有色,成就斐然,可谓是:启蒙解惑《声声慢》,授业传薪《步步高》。联林有新叶,江流待后波。这已成趋势,亦为必然。

第八章　楹联传承(下)

第一节　师生楹联作品评与析

楹联教学团队在学校校报开设楹联擂台,师生交互出句,广征下联,以生创作、师评析的方式,推动楹联文化教育与传承,实践效果良好。现汇集 107 期,希冀有兴趣的学生再做练习。

1. 第一期

出句:春风化雨,丹心白发为桃李。(文学院 2009 级　沈建中)

获奖下联:

火炬映云,热血壮怀做栋梁。(职业技术学院 2010 级　申屠庄华　一等奖)

蜡炬成灰,赤胆青丝育栋梁。(建筑工程学院 2009 级　吴延年　二等奖)

铁剑铸魂,金甲青衿开太平。(文学院 2009 级　徐艳兰　三等奖)

原作者下联:蜡梅破雪,霞质冰魄赠柏松。

老师评析:此期上联是一个很优秀的作品,作者不着一字,而把对老师的赞美写尽。作者用"春风化雨""桃李"为我们描绘了一幅生动的画面。"丹心""白发"用指代的修辞和鲜明的色调写老师的付出,而要对好的难点就在于"丹""白"这两个色彩词语。申屠庄华和吴延年同学的作品都通过蜡烛来比喻老师,只是"赤胆"和"丹心"、"白发"和"青丝"意义太近。徐艳兰同学的作品很有气魄,适合在国庆节期间赞美开国功勋。沈建中自己的下联则写出了学生的努力和成功,用"霞质冰魄"写出了梅花凌霜傲雪的品质,大有《红楼梦》咏梅花诗之风骨,并用"柏松"表达对老师的感恩。之前的楹联比赛,沈建中作过"闻鸡起舞,何日鲲鹏展翅? 跃马请缨,他朝桃李争春"的对联,可以放在一起欣赏。

2. 第二期

出句:八月桂馨,又兼三五中秋月,欲邀娥影共一醉。(历史文化学院 2009

---

149 /

级　邱丽维)

获奖下联:

九天汉邈,更添万古辽阔天,愿请君樽就此吟。(文学院2009级　沈建中　一等奖)

季日菊香,难得双九重阳日,肯携仙袂赋万篇。(职业技术学院2009级　胡循友　二等奖)

千里鸟归,悉属数百鄱阳水,且随赣天齐纷飞。(文学院2009级　吴浪　三等奖)

老师评析:上联十分精彩,内容富有诗意,几个数词(八、三、五、一)、两个重字(月),使上联更具艺术性和写作技巧,是描述中秋的难得佳作。沈建中的下联可以和上联合璧,意义吻合,平仄工整,更有气魄,可谓尺幅之中,有千里之势。吴浪下联未注意"重字",此为"硬伤"。七月为孟秋,八月为仲秋,九月为季秋。胡循友的"季日"为意对。但是"难得双九重阳日,肯携仙袂赋万篇"确是对得极好,并用暗笔写出了重阳登高的习俗。

3.第三期

出句:博五湖珍宝,焕异览奇,喜故郡宏图再展。(主题:南昌中博会)

获奖下联:

会四海宾朋,纳旧迎新,看今朝捷讯频传。(历史文化学院2010级　余宇杰　一等奖)

览中华新貌,觅丽博采,感神州百业俱兴。(建筑工程学院2009级　肖睿墉　二等奖)

纳四海精华,欣绝赏秀,贺新府辉煌迭出。(建筑工程学院2009级　吴延年　三等奖)

老师评析:冠军联对得十分切题、十分工整,特别是"看今朝捷讯频传"更是精彩之笔。如果把"纳"字改成"迓"字,会更好。亚军联与季军联稍显逊色。亚军联的"览""博"交叉与上联相对,是允许的,但是不宜经常运用。撰联时务必注意千万不要生造词汇和生硬组词,如"欣绝""觅丽"都不好。楹联对于"数词"相对的要求非常严格,撰联时应该特别注重,尽量不要违背。所以"中华"对"五湖"、"百业"对"宏图"都是不好的。"宏图"是偏正结构,而"辉煌"是并列结构,因此相对不工。

4. 第四期

出句：祥云再降，看羊城继往开来，木棉竞放迎盛会。（主题：亚运会；沈建中　邱丽维）

获奖下联：

紫气犹在，感神州翻天覆地，赤子争奋谱华章。（历史文化学院 2010 级　余宇杰　一等奖）

雄风又起，赞珠江扬帆破浪，寰宇同来观赛程。（文学院 2010 级　孟洁　二等奖）

圣火续燃，贺穗都烁今震古，粤水奔流候健儿。（文学院 2009 级　吴浪　三等奖）

老师评析：上联写得非常精彩，一语天然，含蓄隽永，意境优美，非俗手能为。"祥云"运用双关的修辞，既指广州亚运会承接北京奥运会，也含"羊城"五仙驾祥云赠穗的美丽传说。冠军联气势飞扬，内容比上联更胜一筹。仅从词义来看，"紫气"对"祥云"对得很工。但是上联的"祥云"具有特定的含义，所以冠军联的"紫气"就不如亚军和季军联的"雄风""圣火"。亚军联前两个分句比冠军联更胜一筹，"珠江"是通过"珠"谐音"猪"达到和"羊"借音相对，技巧很高。可惜最后一句"寰宇同来观赛程"寡淡无味，并且"来"与上联犯了重字。季军联也是在最后一句稍逊一筹，并且"穗都"本为"穗城"，过于牵强，又与"羊城"合掌。以上三联，对于平仄格律都有失误，例如用"神州""珠江""穗都"对"羊城"都显不妥。

5. 第五期

出句：览胜西江，情寄鄱湖，钟灵毓秀展新貌。（主题：鄱阳湖国际生态文化节；文学院 2009 级　徐艳兰）

获奖下联：

筑梦南昌，神驰赣地，荟锦萃英换旧天。（文学院 2009 级　沈建中　一等奖）

观光北斗，梦系彭蠡，翔凤集莺换旧颜。（历史文化学院 2010 级　余宇杰　二等奖）

观奇南山，兴投洪府，踞虎盘龙换旧颜。（文学院 2010 级　陈武　三等奖）

老师评析："筑梦南昌"，从意义和词性来说，是"览胜西江"的佳对，可惜

"昌"和"江"同属平声。相比之下,"神驰赣地""梦系彭蠡"对得更好、更准。和"钟灵毓秀展新貌"相对,冠军联和季军联都对得很好。一是用典,季军联的"踞虎盘龙"出自毛泽东诗句"虎踞龙盘今胜昔,天翻地覆慨而慷";二是表现江西改革开放取得的辉煌成就,从上下联的内容来看,更加完整统一。来稿中有用"物华天宝""人杰地灵"来对"钟灵毓秀"的,都是没注意上下联结构相对。

6. 第六期

出句:

(1)望云念远,登高每恨家书短。

(2)春去秋来,难舍寸草之心。(文学院 2009 级 沈建中;两上联可任选一联对)

获奖下联:

对月思乡,举盏总悲客旅长。(文学院 2010 级 陈武 一等奖)

听雨思亲,泛舟总恼路途遥。(理工学院 2009 级 吴军 二等奖)

寄月思亲,举头方知故乡明。(通信与电子学院 2009 级 肖静茹 三等奖)

老师评析:两上联都很精彩,看似文字平淡却寓意深刻,正是"删繁就简三秋树,领异标新二月花",给人含英咀华之感。第一联"望云念远"用的是狄仁杰的典故。"登高每恨家书短",意长书"短",炼字奇巧,诗意盎然。按意思是先"登高"再"望云念远",这种倒装造句使文意曲折,蕴藉委婉。而且由"望云"(鸿雁传书)到"念远"(思乡)到家书,意思连贯,一气呵成。获奖联都深刻领会了上联的意义和构思技巧,联内意思浑然一体。和"望云"相对,"对月""听雨"都好,"寄月"略逊。表示"思乡""思亲"之意,"举盏"远高于"泛舟""举头",用意切合,符合格律。游子"思乡"或"思亲"是一种难言的愁绪、一种难以排遣的惆怅,"抽刀断水水更流,举杯消愁愁更愁","举盏"基本上成为古往今来文人宣泄愁绪的最常见的方式。没有获奖的下联如"卧枕心忧,临睡常思国事艰",立意不好;"临水梳妆,对镜徒悲白发长",意思不明了。

"春去秋来,难舍寸草之心"运用典故"谁言寸草心,报得三春晖",语义含蓄。而且"春去秋来"既指客居异乡时间变换,也和春去秋来草木枯黄有关,与后面"寸草"的典故浑然一体。这给征集下联带来了一定的难度。有些作者也想在典故上做文章,但是效果都不好,很难在意义上和上联吻合。如"朝丝暮雪,报得双亲之情。""星移斗转,不易地坛之景。""日升月坠,勿忘尺壁中意。"因此,虽然入围作品不少,却没有获奖作品。

以往的上联只要一个个字对上了就成了,但是这两联的文意前后连贯,所以来稿很多作品对上了"望云念远""春去秋来",却和后面的关系不紧密,意思割裂,此其难度所在。

7.第七期

出句:扁舟如蚁,织就赣江锦绣。（民间流传一联）

获奖下联:

细浪似弦,谱成鄱水乐章。（文学院2009级　段琴琴　一等奖）

红叶似蝶,装点梅岭景图。（文学院2009级　廖锐　二等奖）

青松似笔,绘成庐山碧海。（文学院2009级　闵艳霞　三等奖）

老师评析:下联的创作必须建立在认真分析、深刻理解上联的基础上,其优劣与否,取决于和上联的吻合。原上联构思巧妙,从高处俯视,把"扁舟"比作"蚁",其在赣江上穿梭而行,乃有"织就赣江锦绣"。冠军联以"鄱水"对"赣江",均以"水"为核心,把"细浪"比作"琴弦",绝妙之极。"细浪"轻摇,所以"奏"（"谱"改为"奏"更为准确）出"鄱水乐章"。冠军联最为精彩之处在于:上联是"视觉",是画;下联是"听觉",是乐。冠军联完全符合平仄格律,也是高于其他下联之处。亚军联和季军联,也是上乘之作,但是细细分析之后,还是有些不足。

8.第八期

出句:雄鸡一唱,古城春晓,六十二载翻天覆地,化境宏开,熠熠光辉昭北斗。（黎传绪教授）

获奖下联:

乳燕初啼,赣鄱景明,卅又三年吐故纳新,宏图大展,融融暖日耀洪都。（文学院2010级　陈武　一等奖）

旭日初升,新府雨霁,一百零年继往开来,善区隆明,闪闪朝阳耀东方。（历史文化学院2010级　余宇杰　二等奖）

彩鹜齐飞,赣地秋明,万八千方吐雾吞云,凯歌新奏,巍巍河岳撼神州。（文学院2009级　徐艳兰　三等奖）

原作者下联:彩笔千描,新画貌妍,九百万里缀锦镶霞,凤鹏正举,煌煌气象蔚南昌。

老师评析:学生获奖三联虽然各有不足,比如冠军联的"赣鄱"、亚军联的"朝阳"、季军联的"撼",但仍然各有亮点、难能可贵,细较起来难分高下。一般来说,上联写到了"载",下联就不宜再用"年"来对,以免意义相似有"合掌"之嫌。上联是为庆贺南昌解放六十二周年,"雄鸡一唱"典出毛泽东诗句"雄鸡一唱天下白","古城春晓"指千年古城得到解放迎来了新生,后面是赞颂新中国成立以来南昌所取得的不菲成绩。三获奖联虽然都细心构思,但对于意义的连贯性和整体的把握还是有所欠缺。例如:"旭日初升"对得很好,"乳燕初啼""彩鸳齐飞"就逊色多了。

9.第九期

出句:寓笔墨,抒胸怀,墨少笔缺书传万世。(主题:游八大山人纪念馆;文学院2009级 沈建中,艺术设计学院2010级 杨波)

获奖下联:

寄鱼鸟,言志向,鸟孤鱼傲画载千秋。(通信与电子学院2010级研究生谢青 一等奖)

参乐忧,关社稷,忧先乐后文撼九州。(文学院2010级 孟洁 二等奖)

裁诗笺,撰秉性,笺黄诗瘦气贯千秋。(文学院2009级 徐艳兰 三等奖)

寄山水,意田园,水长山高名留千载。(国际经济与贸易专业2009级 习艳 三等奖)

老师评析:出句绝对是上乘之作,八大山人(朱耷)乃明皇室后裔,经历家族变故,身处清王朝的文化高压下,对世界另有一番体悟,于是借助笔墨宣泄其痛苦和反叛(寓笔墨,抒胸怀)。而"墨少笔缺"对其画作特征的描述相当准确,用八大山人自己的话说,就是"墨点没有泪点多"。了解了上联的意义,对于评判下联的优劣就迎刃而解了。冠军联描写的"鱼"和"鸟"确实是八大山人主要的画作对象,鱼无目(墨少),鸟只脚(笔缺),暗示和清朝不共戴天,与上联浑然一体,珠联璧合。其余三句下联,从对联技巧而言难分高下,但从意义的一致和吻合考虑,就与出句相去甚远了。

10.第十期

出句:独峙江边,无心领略乱云飞渡千帆过。(主题:庐山;黎传绪教授、沈建中)

获奖下联：

驻足峰顶，放眼眺望大地回春万物新。（历史文化学院 2010 级　饶君鑫　一等奖）

绝眦山巅，恣意指点大江东去群鸥集。（文学院 2010 级　孟洁　二等奖）

失误对联：

闲坐林中，肆意遣怀清茶自酌半杯湮。

静临烟渚，有意寻思残叶飘零万壑秋。

作者下联：

俯瞰人世，有幸眼观玉瀑奔流万木春。

老师评析：显而易见，上联是借拟人手法描写庐山，因此下联最好也要这般修辞才妙。上联既有了"无心"，那下联就须用"有意""有幸"等相对，以使上下联浑然一体、意义贯通。就此评判，原作者下联使上下联浑然一体、一气呵成，胜过应征联许多。下联最好要和庐山有联系，冠、亚军联堪称佳作。"大地回春"结构错误，"群鸥集"没有注意"数词"相对，"集"改"飞"便好得多。刊登"失误对联"是个创举，有利于读者学习借鉴，此两联本身都充满诗意，但若与上联结合在一起，就不免使人有"风马牛不相及"之感。

11. 第十一期

出句：荒唐敷衍，辛苦十年，笑红尘滚滚，多少痴心痴意谁人见？（文学院 2009 级　沈建中）

获奖下联：

仔细斟酌，增删五载，叹往事悠悠，如此苦肝苦肺书内藏。（文学院 2009 级　徐艳兰　一等奖）

任意潇洒，醉梦一生，叹宇宙寥寥，无数衷情衷肠何处怜？（历史文化学院 2009 级　邱丽维　二等奖）

浪荡苦浅，癫狂四载，视前途渺渺，几多求知学且为钱。（理工学院 2010 级　邹慧　三等奖）

老师评析：冠军联相对于其他获奖两联在平仄对仗上更为工整，且同以曹雪芹入对，以成书之苦对遭遇之悲，凸显主旨，"增删五载"采于现成名句，可以为对。亚军联让人想到宝黛爱情，衷情虽诉无处怜，进而体现了封建礼教对美好爱情的戕害，同样出彩。季军联用紧贴自身的大学生涯为对，足见作者新意，只是末句甚为不妥,"几多"对"多少"犯了重字之忌,"且为钱"跟"谁人见"也属词性不对,若改为"把利图"或可取之。

12. 第十二期

出句:笑谈人世,无非钓雨耕烟,挥霍一二字,糊涂人方逃得过。(文学院2009级 沈建中)

获奖下联:

指点江山,只是拍沙击浪,蹉跎万千载,聪明者竟陷其中。(文学院2011级 陈斐 一等奖)

坐叹红尘,不过望云观雾,淡洒四五行,酒醉者才悟觉出。(法学院2011级 王炎 二等奖)

俯瞰山河,不过攻城逐鹿,蹉跎千百世,豁达者才可看透。(文学院2010级 钟君平 三等奖)

老师评析:三联都很优秀,契合主题,富有文采,而尤以冠军联为最。此联前段引苏东坡《念奴娇(大江东去)》词,大气磅礴,后以"只是"对"无非","聪明"对"糊涂",一正一反,效果非凡,非亚军、季军联所能及。后二联稍显生涩,然对仗工整,平仄相符,亦属好联。此三联不足之处在于,末句都未对好,可见此处难对,还需细细琢磨。

13. 第十三期

出句:百年辛亥,几辈风云赴共和,而今我为民主。(历史文化学院2010级 余宇杰)

获奖下联:

千秋华夏,数代英卓届世袭,当下国终开明。(文学院2011级 陈斐 一等奖)

千载复兴,数代华英描蓝图,来日同迎曙光。(法学院2011级 王炎 二等奖)

千岁中华,百载心血求独立,只为通向复兴。(职业技术学院2011级 阚勇 三等奖)

原作者下联:

万里长城,数代英豪驱虎豹,当下已成古迹。

老师评析:上联有两个关键之处,要对好下联必须注意,否则无所适从。第一处是"我"字。"我"是人称代词,最好是也用人称代词与之相对,但是,千万注意,不必勉强。有几句下联以"余""吾"相对,属于"合掌",乃对联之大忌。第二处,上联的意义、气魄很大,按照写对联的一般规律,下联的意义、气魄应该更大。所以,从上联到下联,应该是递进的关系。因此,征稿中有些下联写"十年寒窗""七届城运""八载抗战""十载人世",就显然不合适了。

14.第十四期

出句:花笺难道莼鲈念,妙笔怎书故里情。归心如箭快。(艺术设计学院2010级 杨波)

获奖下联

浊酒能浇终日思,羽觞总伴清宵梦。坠露似珠明。(通信与电子学院2011级 徐茜 一等奖)

鸡鸣堪催起舞心,囊萤读得圣人诲。壮志比天高。(药学院2010级 曾宇都 二等奖)

老师评析:从上联来看,以思乡为主题,由"莼鲈之思"切入,鸿雁难寄,进而"归心似箭",表达对远方桑梓的怀念之情。上联语义不深,结构分明,难度不是很大。亚军联运用"闻鸡起舞""囊萤夜读"的典故,劝人向上,只要磨砺砥石,将军剑、圣人言,皆可以作为奋发图强的武器。冠军联相当出色,单看以"酒、觞"分别对照上联"笺、笔"这样两位一体的事物,工整天成,可谓难能可贵;其次,"坠露"与"归心",用夜露一个瞬间的"坠"字,对应上联内心迫不及待的一种潜在趋势,散发出一丝人生如梦的清愁,却并不消极,形式、内容俱工,堪称上品。

15.第十五期

出句:把酒邀月,笑谈人生,清风为伴诗作友,问君快否?(历史文化学院2010级 余宇杰)

获奖下联:

举杯对影,倚听风雨,露珠作饮蜜为餐,岂不乐哉?(文学院2011级 郭艳芳 一等奖)

采菊携云,高歌尘世,细雨当邻曲成音,语子乐乎?(历史文化学院2010级 饶君鑫 二等奖)

吟诗赏秋,畅聊古今,繁星为邻天当被,询友意下?(生命科学学院2011级

蔡文杰 三等奖)

老师评析:上联很有诗意,下联对起来也应该很有诗意。从应对的下联来看,每个下联确实都对得很精彩。"举杯对影"一联对得最佳,因为融入了李白的名句"举杯邀明月,对影成三人"。"人生"是偏正词组,"瑶琴""尘世"对得准确,其他如"风雨""天地""岁月""古今"都是并列词组。在写对联时,既要考虑词的意义,更要考虑词的语法结构。在对"清风为伴诗作友"时,"露珠作饮蜜为餐""彩云作衣霜为食"其中"为""作"的应对方式最好不用。上联的难度在"问君快否","问"是动词,"君快否"是宾语。下联"询友意下""语子乐乎"对得还好。

16. 第十六期

出句:教单于折指,六军辟易,奋英雄怒。(金庸《天龙八部》第五十章回目主题人物 萧峰)

获奖下联:

迫秦主击缶,四座服膺,尽臣者忠。(文学院 2011 级 郭艳芳 一等奖)

为太子解忧,风水萧寒,扬壮士情。(文学院 2011 级 万欣 二等奖)

令诸侯割地,百姓安居,消天子忧。(建筑工程学院 2011 级 贾教旭 三等奖)

老师评析:上联出得很精彩,概括描写金庸《天龙八部》中的萧峰,表现其为国为民的英雄气概。下联选择"蔺相如""荆轲"相对,都是好的。季军联表现的人物不太明确,这是欠缺。相对而言,"迫秦王击缶,四座服膺,尽臣者忠"最佳。需要注意的是,"六军辟易"为主谓结构,"辟易"是动词。另外,还有些同学以孙悟空为对:"护唐僧取经,三打白骨,蒙师傅冤。"其中,"三打白骨"是动宾结构,而非主谓结构。亚军联中,"萧寒"是形容词,这也是一个欠缺。

17. 第十七期

出句:柳絮因风起。(文学院 2009 级 沈建中)

获奖下联:

枫叶随霜红。(文学院 2011 级 万欣 一等奖)

花鸟为春鸣。(文学院 2011 级 郭艳芳 二等奖)

松子随雨落。(历史文化学院 2010 级 饶君鑫 三等奖)

老师评析:曾经说过多次,希望上联的难度不要太大,以使更多的同学有兴趣、有能力来参加楹联擂台赛。本期的上联出得很好，难度不大，意境不错，又与春天季节一致。"花鸟为春鸣"，意义很好，都是描写春天。可惜"花鸟"有些不妥。"枫叶随霜红"，描写秋天的景色，和春天的景色相对，选择的景物都很有代表性，可惜平仄不合。其他几句下联都"对上了"，但是没有"对好"。譬如，"落红为花残""落花随水流"和"盎然"的春意相对，可惜消极了许多，悲凉了许多。

18. 第十八期

出句：百代风存，至今民尽效。（主题：雷锋精神）

获奖下联：

永世魂在，此时人尤怀。（经济管理学院 2010 级　杨志　一等奖）

往事云卷，此日人皆追。（文学院 2011 级　万欣　二等奖）

青书名列，既往人无悔。（文学院 2010 级　冷小龙　三等奖）

老师评析：虽然标明主题是"雷锋精神"，但因为上联的内容相对较空泛，没有非常特别的指示性，所以，下联也就很难对出鲜明的个性特色。从入围的下联来看，艺术水平都相差不大。以最主要的要求为依据，下联的句尾应该是平声，因此以"悔""惕"为句尾的下联就要靠后排了。"此日人皆追"，意义很好，有世人奋起直追、见贤思齐的意思，但是，"往事云卷"，似乎又有些大，给人以雷锋精神和其他先哲一样永远烟消云散的感觉。"永世魂在"很好，可是，人们只是"怀"应该还不够，还必须"从我做起，从头做起"。

19. 第十九期

出句：染一新绿，我为春光，春光为我。（历史文化学院 2010 级　余宇杰）

获奖下联：

忆几旧梦，月寄相思，相思寄月。（文学院 2011 级　陈斐　一等奖）

尽一陈翠，荷迎仲夏，仲夏迎荷。（文学院 2011 级　郭艳芳　二等奖）

拆几旧封，谁寄相思，相思寄谁。（药学院 2010 级　曾宇都　三等奖）

老师评析：投来的下联对得都很优秀，尤以冠军联为最。此联对得非常工整，文学底蕴很强，对字、词的把握很好。亚军联也不错，只是"一"字和上联重复了，此为对联大忌，可一旦换了"一"字，便又很难找到其他字代替，这便为此中难处。季军联"旧封"稍有不通，有牵强之意，可也算佳对。

20. 第二十期

出句:水跃鳞中鳞跃水。(文学院2012级　陈佩佩)

获奖下联:云行月畔月行云。(文学院2012级　孙佳丽)

老师评析:这次上联出得比较巧妙,难度适中。也许很多同学会认为,"鳞跃水"好解,"水跃鳞"不知何解。其实,这里用到了古代汉语中常用的"音同义通","鳞"可以理解为波光粼粼的"粼"。从另一个角度分析,水面上跃动着鱼鳞似的波光,鱼儿跃出水面,这也是一种美的享受。本期获奖下联原是"月行云里云行月"上联是仄声"水",下联是仄声"月",这样对,平仄就出现了问题。把顺序调整下,将"月行云"改为"云行月",就是"云行月里月行云",平仄方面就照顾到了。但"云行月里"还是有点说不通,若将"里"字改为"畔",就精彩多了!

21. 第二十一期

出句:伐乔木搭桥。

获奖下联:

引正言论证。(文学院2012级　肖丽萍　一等奖)

登山丘看岳。(文学院2012级　汤曾涛　二等奖)

敲犬口引吠。(文学院2012级　江婷　三等奖)

老师评析:本期出的上联看似简单,实则巧妙。"搭"是入声字,从整体看来,平平仄仄平,考虑到了平仄交错。但是从征集的下联来看,似乎大家都把"搭"字视为平声,这样理解可不可以呢? 我认为也行。在节奏的划分上,我们说过,一般是两个字为一个节奏单位。但是联律囊括了诗律和词律,因此在特殊情况下也有以一个字和三个字作为一个节奏单位的。如毛泽东《十六字令三首》其一中"山,快马加鞭未下鞍,惊回首,离天三尺三","三"就是把一个字看成节奏单位,"惊回首"就是把三个字看成一个节奏单位。又如裴愬题晴川阁的"隔岸眺仙踪,问楼头黄鹤,天际白云,可被大江留住? 绕栏寻胜迹,看树外烟波,湖边芳草,都凭杰阁收来"。这里的"问"和"看"都是以一个字为节奏单位,视为一字逗。特别说明下,一字逗和领字一般都是仄声。

22. 第二十二期

出句:笔提羞字忘。

获奖下联:

墨落喜篇成。（文学院 2012 级 肖丽萍 一等奖）

诗咏傲才生。（文学院 2012 级 汤曾涛 二等奖）

墨洒豪情来。（文学院 2012 级 汤曾涛 三等奖）

老师评析：这一次的出句是以文学院主办的汉字听写大会为背景，作者的本意是好的，化用"提笔忘字"四字。但"提笔"换成"笔提"，"忘字"换成"字忘"，似乎有生造之嫌，因此给投稿者带来一定的挑战。欣喜的是，大家的对句都很精彩，这也表现出大家对国学文化的热爱。

23. 第二十三期

出句：垂帘半卷墨书妆。

获奖上联：

倒影微调寒水色。（文学院 2012 级 汤曾涛 一等奖）

悬带略遮云画影。（文学院 2012 级 冯亚超 二等奖）

锦瑟轻弹云画影。（文学院 2012 级 江婷 三等奖）

老师评析：这一期的出句为下联部分，用意精深，读来也颇费心思。了解对联的人都知道对联分三个层次，即"对上""对好""对绝"。所以下面让我们一同来分析这次出句的语法结构。"垂帘半卷"是主谓结构，即帘卷。而"墨书妆"则值得推敲，我认为可以有两种理解，一是"墨""书"二字并列，二是"墨"用作动词，表示用墨水写。因此对句若能照应出句的语法结构，同时注意到意境的调和，那就是"对绝"了。在此次同学们给出的对句中，一句"倒影微调寒水色"无疑让我们眼前一亮。"倒影"二字用得极为巧妙，与"垂帘"巧妙相对，同时与"寒水色"意境贴切，出句与对句都体现出作者的高雅审美感受，言有尽而意无穷。

25. 第二十四期

主题：春联擂台赛

获奖征联：

一马当先春独步，九龙圆梦国中兴。（井冈山 黄武 一等奖）

十年笔力三分墨，一段梅香满目春。（井冈山 叶落寒江 二等奖）

稻花香里说丰岁，爆竹声中颂瑞年。（文学院 2012 级 冯亚超 三等奖）

心中有梦喜云聚，马上无愁乐雨飘。（商学院 2012 级 欧阳秀 三等奖）

老师评析：这次征联收获颇丰，无论是校内校外都有不少佳作。就拿井冈山黄武先生的联来说,"一马当先"有独步天下的气势,"九龙圆梦"更是表达出了全国一心实现中国梦的豪情,结合时代主题,弘扬了主旋律。"叶落寒江"的这副春联,上联将"入木三分"一词化用为"三分墨",下联赞扬受联者气节修养好,前途无量"满目春"。冯亚超的这一联化用了"稻花香里说丰年""爆竹声中辞旧岁"两句,等于站在巨人的肩膀上。欧阳秀的这一联一"喜"一"愁","马"为点睛之笔。总体来看,大家都已掌握不少楹联基本知识,但是俗话说,"师傅领进门,修行靠个人",希望大家持之以恒,笔耕不辍。

25. 第二十五期

出句:花样女生,肆意青春无极限。

获奖下联:

风流才子,纵情歌赋难穷期。(文学院 2013 级 田丽 一等奖)

年华豆蔻,纵情书海有穷时。(江西现代职业技术学院 2012 级 张浩根 二等奖)

老师评析:出句"花样女生,肆意青春无极限"中"极"为入声字,所以这一联势必需要同学们考虑到今音和古音的区别。就拿"风流才子"这一句来说,从当初的"难穷绝""难穷竭"修改为"难穷期",就是考虑到了"绝""竭"二字为入声字。那么入声字怎么辨别呢?因为南昌方言保留了大量的入声字,所以同学们可以用南昌话念一下,急而短促的大概就是古入声字了。不会南昌话的同学也不用着急,咱们可以在相关国学网站进行平仄查询。

26. 第二十六期

出句:祭祖奉宗,睹物思亲长入梦。

获奖下联:

朝天躬地,播荬念友每来心。(江西现代职业技术学院 2012 级 张浩根 一等奖)

清明雨上,抚琴念旧盼归堂。(文学院 2012 级 梁凤 二等奖)

建功立业,乘风破浪欲摘辰。(文学院 2013 级 田丽 三等奖)

老师评析:出句"祭祖奉宗,睹物思亲长入梦"是围绕"清明"一词展开,先人墓年年祭扫,长者风处处犹存。张浩根同学的对句是以重阳节为背景,"朝天躬地"对"祭祖奉宗","每来心"对"长入梦",词性和结构都一致,是为上品。梁凤同学这一联古意甚浓,颇具匠心。

27.第二十七期

出句:春日风光无限好。

获奖下联:

夏时雨色有余晴。(商学院 2012 级 欧阳秀 一等奖)

农家桃李适时新。(井冈山 黄武 二等奖)

艳阳山色每更新。(江西现代职业技术学院 2012 级 张浩根 三等奖)

老师评析:出句"春日风光无限好"饱含着对春日的喜爱。欧阳秀同学的"夏时雨色有余晴"一句,"夏"对"春","时"对"日","有"对"无","雨色"对"风光",对得非常工整。"农家桃李适时新"一句,上下联结构相应,主谓结构对主谓结构,偏正结构对偏正结构,清新简洁,朴素自然。

28.第二十八期

出句:清明连谷雨。

获奖下联:

白露晓秋分。(文学院 2013 级 田前 一等奖)

惊蛰过春风。("江西科技师范大学贴吧"官方新浪微博 二等奖)

元旦引除夕。(江西现代职业技术学院 2012 级 张浩根 三等奖)

老师评析:出句"清明连谷雨"将"清明"和"谷雨"这两个一前一后的节气相连,春雨绵绵,不绝如缕。常言道:"白露白迷迷,秋分稻秀齐",意思是说白露前后若有露,那么秋分时的晚稻将有好收成。田丽同学的"白露晓秋分"一句也是将一前一后的节气相连,一个"晓"字匠心独具。在这个学期,我们首次运用了新浪微博这一平台广泛征联,其中"江西科技师范大学贴吧"官方微博对的"惊蛰过春风"一句,"蛰"为入声字,体现出同学们对入声字的熟练掌握。张浩根同学的"元旦引除夕"一句是我们收集到的第一联,从信手拈来的随意可以看出他对楹联知识的熟练运用。

29.第二十九期

出句:腹载五车忧社稷。

获奖下联:

心随万马醉乾坤。(外国语学院 2012 级 杨凯 一等奖)

胸藏八斗系国家。(江西现代职业技术学院 2012 级 张浩根 二等奖)

胸怀八斗系民生。(文学院 2010 级 金官 三等奖)

老师评析:出句"腹载五车忧社稷"中的"腹载五车"是主谓式,比喻读书甚多、知识渊博。"社稷"一词中的"社"指土地神;"稷"指五谷之神,"社稷"旧时亦是国家的代称,用"国家"来对甚好,但是我认为"乾坤"一词对得更妙!"乾"代表天,"坤"代表地,"乾坤"一词既指国家又代表中国古代哲人对世界的一种理解。

30. 第三十期

出句:春风不语花千朵。

获奖下联:

秋雨无眠泪几行。(旅游学院 2012 级　蒙丽名　一等奖)

夏雨无声叶满枝。(旅游学院 2012 级　吴丽琼　二等奖)

秋雨无痕酒数杯。(旅游学院 2012 级　王晶　三等奖)

老师评析:出句"春风不语花千朵"很有意境,构思精巧,体现了出联者的高超水平。课间拿这个上联给同学们来对,大家频出佳句,让人欣慰!

31. 第三十一期

出句:活水煮茶,坐饮西湖上。

获奖下联:

红梅绽雪,静观东苑间。(文学院 2013 级　汪静　一等奖)

佳琴奏曲,行吟东海边。(旅游学院 2012 级　吴丽琼　二等奖)

烤炉烧芋,行尝丽水边。(新浪微博名"学英语 Girl"　三等奖)

老师评析:"活水煮茶"是主谓结构,"坐饮西湖上"即"于西湖上坐饮"。在征联中,"坐饮"与"静观"一动一静,"西"与"东"都是方位名词,视为上品。

32. 第三十二期

出句:一唱雄鸡天下白。

获奖下联:万城星火九州红。

老师评析:"一唱雄鸡天下白",出自毛泽东《浣溪沙·和柳亚子先生》"一唱雄鸡天下白,万方乐奏有于阗"。"一唱雄鸡天下白"形容东方破晓、长夜结束,又指真相大白。作为擂台互动,我们还是鼓励同学们用自己掌握的楹联基本知识来对,期待对苑普结硕果,联坛喜见新人!

33. 第三十三期

主题:军训

获奖征联：

苦炼成钢，修文敦武酿出真智慧；

勤习亮剑，涵德乐学成就大英才。

老师评析：本期出的题目是以"军训"为题材自撰联，遗憾的是虽然应征的不少，但很多是在网上不加分析照搬的，如"沙场点兵，听军歌嘹亮，唱出真我风采；校园习武，看书生意气，挥洒骄子热情""摸爬滚打，总把操场当战场，一展旗舰风采；立正稍息，且投纸笔换戎装，再现赤子本色"等。获奖征联是经过作者思考，选择性地借鉴的。其原句为"苦炼成钢，修文敦武酿出大智慧；涵德乐学成就真栋梁"，其中"德"为入声字，将"栋梁"改成"英才"是考虑到了平仄相间，把"大智慧"改成"真智慧"是避免"三仄尾"现象。

34. 第三十四期

出句：九天揽月，华夏英豪驰宇宙。

获奖下联：五海乘龙，炎黄威武镇边疆。（江西现代职业技术学院2012级张浩根）

老师评析：出句"九天揽月，华夏英豪驰宇宙"是2004年北京大学自主招生和特长生选拔考试的一道对联题，该句对仗工整、平仄协调，极具时事性。对句"五海乘龙，炎黄威武镇边疆"中的"乘龙"，辽宁号也，中国海军的第一艘航空母舰。

35. 第三十五期

出句：三杯月影添春梦。

获奖下联：一缕寒风卷暗香。（商学院2012级　周华鹏）

老师评析：出句"三杯月影添春梦"迷离梦幻，对句"一缕寒风卷暗香"余味悠长。一"添"一"卷"中，诗意无穷。

36. 第三十六期

出句：虎嗅蔷薇醉。

获奖下联：仙闻竹叶香。（江西现代职业技术学院2012级　张浩根）

老师评析："虎嗅蔷薇醉"，大有"心有猛虎，细嗅蔷薇"之感。纵观同学们的对句，不乏佳作，仍以张浩根同学的为佳。"竹叶"一词意为竹叶青酒，另"鹰含柳絮痴""龙闻茉莉痴"等亦可。

37.第三十七期

主题:法制

获奖征联:

官民贵贱共从法,此为大治;

长幼尊卑皆浴则,这是小康。(浙江宁波　张浩根)

老师评析:本期是自撰联,以"法制"为话题,难度颇大。张浩根同学的原句是"官民尊卑共从法,此为大治;长幼贵贱皆浴则,这是小康",但平仄不准确,因此改为"官民贵贱共从法,此为大治;长幼尊卑皆浴则,这是小康"。

38.第三十八期

出句:十里蒹葭,回首江中帆迹杳。

获奖下联:

盈湖菡萏,幻舟伊岸稚声亲。(乐平　黄星传)

一蓑烟雨,驱牛郊外草痕新。(彭泽　刘枫)

九重迷雾,出门脚下路途茫。(弋阳　陈远藩)

老师评析:出句"十里蒹葭,回首江中帆迹杳",其中乐平黄星传先生的对句"盈湖菡萏,幻舟伊岸稚声亲"大有"蒹葭苍苍,白露为霜。所谓伊人,在水一方"之感!

39.第三十九期

出句:节俭心中起。

获奖下联:富余指下行。

老师评析:出句"节俭心中起",对句"富余指下行"大有实践之意。有好的想法,再加上及时行动,手指虽小,却能节约财富。

40.第四十期

出句:十面埋伏,弦弦震撼声悲壮。

获奖下联:二泉映月,曲曲哀愁歌叹息。(文学院 2011 级　李亚春)

老师评析:出句为"十面埋伏,弦弦震撼声悲壮",李亚春同学的原句是"二泉映月,曲曲哀愁调凄凉",不合律,后改之。因"伏"为仄声,故整副联都是采用今音。《二泉映月》中的"二泉"指世称"天下第二泉"的惠山泉,阿炳之前常去惠山泉,其月冷,其泉清,甚是凄美。后阿炳双目失明,生活极为坎坷凄凉,故作此曲以泄心中悲愤之情。《二泉映月》于凄婉中见悲愤,于优美中见风骨,堪称中国传统音乐之佳作。其乐器二胡,音色接近人声,声声叹息,意境深远。

41.第四十一期

主题:抗战胜利70周年

获奖征联:

万里长城不倒,乃血肉筑成,精魂铸就;

七旬大梦臻圆,待扬其浩气,奏我强音。(广东高州　车飞雄)

题广东人民抗日游击队

抗战中流砥柱,纵辔东江,独创游击主力;

救亡后备武装,横刀南路,争当解放先锋。(广东惠州　余仁杨)

老师评析:本期以"抗战胜利70周年"为主题,无奈我校响应者甚寡。悉闻广东省文联、广东楹联学会于2015年4月中旬着手举办"中国人民抗日战争暨世界反法西斯战争胜利70周年"征联活动,特将此次活动的两副一等奖作品与诸君共勉,望诸君从此"发奋识遍天下字,立志读尽人间书"!

42.第四十二期

主题:和平

获奖征联:

忆往昔,烽火漫长空,饿殍哀号遍地;

闻今日,赞歌传旷野,孩童笑语连天。(江西财经大学　程明　一等奖)

烽火卢沟,万千屠戮狼烟起;

白鸽希腊,世代维和橄榄摇。(旅游学院2013级　钟小康　二等奖)

马放南山千军止,

剑争西岳万户鸣。(文学院2012级　肖辉　三等奖)

老师评析:自撰联,以"和平"为主题。程明同学的自撰联不仅形式上对仗工整,内容上也极具画面感。联中采用对比手法,"今日"和平之景,在"往昔"烽火岁月的衬托之下,显得尤为珍贵。

43.第四十三期

出句:国泰民安歌盛世。

获奖下联:

河清海晏谱华章。(财务管理专业2013级　黄斌　一等奖)

风调雨顺话丰年。(文学院2012级　肖辉　二等奖)

家和人睦享和平。（文学院2013级　彭以雄　三等奖）

老师评析：上联出句为"国泰民安歌盛世"，比较简单，所以下联很容易对。对联的评判有三个等级：一、对上了，只要词性、结构、平仄对上就行；二、对得好，不仅对上了，而且内容非常好；三、对绝了，即不可能有再好的下联，唯此最佳。本期的下联都对得一般，不够精彩。一般来说，下联的范围、气魄等都应该大于、高于上联，至少能相提并论。上联既然是"国"是"民"，那么下联用"家""人"显然就不妥了。此外需要注意的是："盛世"是偏正关系；"歌盛世"是动宾关系。

44．第四十四期

出句：科学治世出新路。

获奖下联：

民主立国除旧疴。（文学院2013级　程日　一等奖）

党政安民沐惠风。（广播电视学专业2013级　龚小韵　二等奖）

教育兴邦惠万家。（文学院2015级　陈静静　三等奖）

老师评析：出句"科学治世出新路"，应注意其中的"学"字。"学"字在古代是入声字，在普通话中是平声字。根据对联的合律原则，结合整句上联，可判断"学"字在该处为平声。

45．第四十五期

出句：

（1）楹联比赛比才智。

（2）创业创新，创出新天地。

（3）写楹联，讴歌民族复兴中国梦。

获奖下联：

（1）口语论辩论思维。（历史文化学院　黄玲妹）

（2）除乱除旧，除去顽疾。（广告学专业2015级　鄢霞）

（3）赏花灯，庆贺万家欢乐团圆情。（文学院2015级　刘雨）

老师评析：出句分别为"楹联比赛比才智""创业创新，创出新天地""写楹联，讴歌民族复兴中国梦"。第一联中应注意出句中的"比赛"一词，"比赛"在此处用作动词，对句中应用动词性的词语相对。第三联中，应注意在"讴歌"后断句。

46.第四十六期

出句:万木又逢新岁月。

获奖下联:

亿民共享好时光。（文学院 2012 级　肖辉　一等奖）

九州再现好时期。（会计学专业 2015 级　胡金月　二等奖）

千帆再遇好河山。（文学院 2015 级　涂艳秋　三等奖）

老师评析:出句为"万木又逢新岁月"。上联出得很好,难度不大,又充满新春的气息,描绘我们的祖国又迎来了欣欣向荣、生机勃勃的时代,应对时关键要注意"岁月"是并列结构。下面指出一些错误,例如有同学对"亿家再温旧时乐",上联的"(新)岁月"和下联的"(旧时)乐",语法结构不对;另外下联的内容不好,为了和"新"字相对,强行使用了"旧"字,使人认为"今不如昔",只注意了形式,却损害了内容的健康。

47.第四十七期

出句:助人为乐传佳话。

获奖下联:

乐善好施留美名。（文学院 2015 级　叶聪聪　一等奖）

爱国敬业留美名。（文学院 2015 级　陈静静　二等奖）

廉洁奉公立新风。（研究生部 2014 级　朱丹丹　三等奖）

老师评析:出句为"助人为乐传佳话"。第一步,把"助人为乐"看作主语,"传"是谓语,"佳话"是宾语。符合这个语法结构,就可以算是"对上"了。第二步,"助人为乐"从意义上看,是"把助人当作快乐",但在形式上是两个"动宾"结构。因此,下联最好也要对成两个"动宾"结构。

48.第四十八期

出句:陌上花开歌缓缓。

获奖下联:

墙头柳绿色青青。（文学院 2014 级　姚坤婷　一等奖）

阶前草绿舞翩翩。（文学院 2012 级　肖辉　二等奖）

堂前燕过羽翩翩。（文学院 2014 级　欧阳文静　三等奖）

老师评析:本期应征之联大部分对得还行,我们如何辨别优劣、判断高下?主要依据上下联意境的协调、融合。上联描写的是春天田野上百花盛开的景象,但是有些下联对"阵前号响马疾疾""江间船行浪匆匆",上下联之间的意境就相差甚远了。有些作者为了追求"反对为上",结果下联也不协调,比如"湖边柳绿去匆匆""阶前叶落意清清""云端月落叹匆匆"。

49.第四十九期

下联:草长莺飞四月天。

获奖上联:

桃开寺隐三春季。(文学院2011级　李亚春　一等奖)

燕翔鱼跃春风意。(文学院2015级　冯芳婷　二等奖)

风轻云淡春芳苑。(文学院2015级　叶聪聪　三等奖)

老师评析:首先,从公布的下联"草长莺飞四月天"(古人原句是"草长莺飞二月天")来看,整副对联应该是描写"春季"或"初夏"的风景。因此,好的上联必须和下联吻合、协调、融洽。其次,注意下联的"草"和"莺",虽然都是名词,但是各属一类。"桃""寺"很好、"燕""鱼"很好,"风""云"就有些逊色了。李亚春同学把"桃""寺"在一起,再加个"隐"字,既写出了桃花之盛,又写出寺庙的若隐若现,平添一份禅意。"桃开寺隐三春季",如果把"季"改成"景",可能更好。

50.第五十期

主题:"五四"

获奖征联:

百载星火传承,有志青年一腔热血救国家;

今朝光芒普照,多才学子满腹情怀歌盛世。(文学院2011级　李亚春)

老师评析:一般而言,对联应上扬下收,下联以平声收尾。本联反其道而行之,但上下联平仄声律工整,句意上在今昔对比中加以递进,亦是一法。总体而言,此联措辞得当,气势昂扬,紧扣主题。

51.第五十一期

出句:学子思乡同望月。

获奖下联:

侨民念国共传情。(文学院2015级　冯芳婷　一等奖)

书生励志共登高。(江西财经大学　程明　二等奖)

子孙爱国共庆生。(汉语国际教育专业2015级　欧阳玮　三等奖)

老师评析:"学子思乡同望月"这一上联很有意义,古人云:"每逢佳节倍思亲",大学生远离家乡求学,在中秋之夜,遥望明月,思念家乡,思念亲人。

上联的语法关系比较简单,但是必须注意"学子思乡同望月"有两个"动宾"词组:"思乡""望月"。"同"是"望"的状语。有些应征者没有注意到这一点,所以写出了不合格的下联,如:"男儿立志看吴钩""先烈流血换新生""普天同乐聚一堂"。

"学子"是偏正结构的词,"侨民""书生"也是偏正结构的词,因此可以相对。"子孙"是以两个词"子"和"孙"组成的并列词组,所以不能和"学子"相对。

52. 第五十二期

出句:秋高气爽,一片丰收景象。

获奖下联:

春和景明,满眼绚烂风光。(文学院 2016 级　谢婉云　一等奖)

花好月圆,万家美满时光。(研究生部 2016 级　李亚春　二等奖)

春暖花香,万般秀美风光。(汉语国际教育专业 2016 级　夏应慧　三等奖)

老师评析:对于"秋高气爽,一片丰收景象"的征联,可以从两方面去应对:一是以"秋"为根据去应对;二是以上联描写的内涵去应对。

以"秋"为根据去应对,可以从"春""夏""冬"去应对,当然以"春"更为恰当。和"秋高气爽"相对,"春和景明"比"春暖花香"对得更加工整。有人对"春满人间",结构不对。有人对"地冻天寒,三冬雪盖冰封",从词汇、结构来说,都非常准确,但是和上联的内涵是完全相反的,有些煞风景。上联是丰收的景象、喜悦的心情,下联却是"冰冷刺骨"的状态。有人甚至对出"岁暮天寒,四周破败风光",就更不好了。

以上联描写的内涵去应对,不必考虑"秋"字,不从季节入手,只根据上联描写的景象、所表达的意义,去应对,去丰富,使上下联浑然一体。因此"花好月圆,万家美满时光"就是佳作,况且,"月圆"又暗指了"中秋时节"。"国泰民安,共传盛世福音"也是佳作。

53. 第五十三期

出句:秋风萧瑟,洪波涌起。

获奖下联:

朝雾朦胧,笛曲回旋。(研究生部2016级　李亚春　一等奖)

春雨朦胧,新燕低飞。(汉语国际教育专业2015级　倪萍　二等奖)

春雨莹润,碧草争发。(文学院2016级　奚日城　三等奖)

老师评析:首先必须和上联呼应、相对。出句上联"秋风萧瑟,洪波涌起"并不难,关键要注意两点:一、"萧瑟"是联绵词,最好也用联绵词应对;二、上联所描写的景以及抒发的情都是"悲壮",因此下联也应该围绕"悲壮"来写,或者反其道描写和抒发"高昂、欢乐"之意。"朝雾朦胧,笛曲回旋"确实有些"羌笛何须怨杨柳,春风不度玉门关"的"悲凉"。"大漠苍茫,明月静悬"如果改成"大漠苍茫,落日孤悬"就更加"悲壮"。"春雨莹润,碧草争发"和"春雨莹润,碧叶争发"非常相似,仅一字之差。但是"草"比"叶"好,因为看到"草",容易使人想起草原,例如"芳草碧连天";看到"叶",容易使人想到"一叶知秋",只有一棵树、一片叶。"吞星噬月,挥斥方遒",很有气势,可惜语法结构相差太远。"瑞雪纷飞,彩霞生辉",两个分句逻辑不通,"瑞雪"和"彩霞"一般不可能同时出现。

54.第五十四期

出句:潇潇一晌残梅雨。

获奖下联:

瑟瑟满庭冷朔风。(研究生部2016级　李亚春　一等奖)

漫漫百年旧晚风。(汉语国际教育专业2015级　任美花　二等奖)

淡淡晓晨疏柳风。(文学院2016级　奚日城　三等奖)

老师评析:上联是"潇潇一晌残梅雨",其中"残"是形容词,是对"梅雨"的修饰(大概表示梅雨下的时间不长,仅仅"一晌"而已,或许是"梅雨"时节的尾声)。可是,应征者没有注意到这一点,用动词来对,结果形成了动宾结构。例如:皑皑三冬积雪尘、漠漠黄昏蔽日沙、冷冷几曲断相思。

下联"半城人家浸烟波"的作者很有想法,希望另辟蹊径,以"潇潇一晌残梅雨"之后,"半城人家"沉浸在朦胧浩渺的"烟波"之中,这样一幅美丽的风景来对,很有诗意,非常浪漫。作为诗句来说,真是绝妙之句。但是作为对联就不好了,违背了对联的基本规则。

下联"飒飒两行快哉风",看起来似乎很豪放,但是认真推敲,发现并不妥帖,"风"会有"两行"吗?"哉"是附着在"快"字后面的语气词,怎么和名词"梅"相对?

55.第五十五期

出句：陌上花开书香醉。

获奖下联：

堂前燕绕春色新。（研究生部2016级　李亚春　一等奖）

庭前叶落琴韵浓。（汉语国际教育专业2015级　倪萍　二等奖）

阁中笔落墨韵成。（文学院2014级　熊玲　三等奖）

老师评析：上联是"陌上花开书香醉"。第一名获奖下联"堂前燕绕春色新"，精彩在于用典，源于唐代刘禹锡的《乌衣巷》："朱雀桥边野草花，乌衣巷口夕阳斜。旧时王谢堂前燕，飞入寻常百姓家。"用典自然，没有生硬之感，而且上下联意义吻合，相得益彰。

"屋前雨落地踽凉"，运用了对联中的"反对"，对得很工整。可是和上联所表达的"春天来了，百花盛开，同学们都踊跃地参加读书活动，沉醉在书香之中"的意义反差太大，大煞风景。

"园中草盛门第兴"，作者只注意了"草"和"花"的相对，而忽视了整句所表达的意义。一般来说，"园中""杂草繁茂""杂草丛生"所表达的意思是家庭的衰败。

"竹林向晚翰墨痴"，这句问题比较多：一、"上"是方位名词，"林"是名词；二、"花开"是主谓结构，"向晚"是介宾结构；三、"书香"是偏正结构，"翰墨"是并列结构。

56.第五十六期

出句：鲲鹏展翅，腾飞九万里。

获奖下联：

华夏昂头，屹立五千年。（研究生部2016级　李亚春　一等奖）

骐骥奋蹄，凌跃百重山。（汉语国际教育专业2016级　马自轩　二等奖）

蛟龙甩尾，神游五千年。（文学院2015级　周游　三等奖）

老师评析：本期应征的有些参赛者忽略了细节，因此出现了一些错误，影响了应征联的艺术水平。"鲲鹏"的构词方式是并列结构，可是有些参赛者以偏正结构来对，例如"游龙""才子""青龙"，只注意和"鲲鹏展翅"相对，而忽略了意义的选择。

57.第五十七期

出句：夕阳斜照层林染。

牧笛横吹岸柳飘。（文学院2016级　刘婷　一等奖）

晓雾将歇猿鸟鸣。（陈星　二等奖）

暮雨漫涂霜叶红。（研究生部2016级　李亚春　三等奖）

老师评析：获第一名的下联"牧笛横吹岸柳飘"，看起来不如第二名、第三名对得工整。和"夕阳"相对，确实"晓雾""暮雨"比"牧笛"更工，但是，从整副对联来看，第二名、第三名的下联和上联没有意境上的吻合，只是形式上的相对；而"牧笛横吹岸柳飘"和上联的意境则非常统一，描绘了一幅优美的图画，展现了夕阳之下的田园风光，表达了寄情山水的意境。

另外，上联句尾"染"字是动词，结果不少的作者用形容词去对，这是失误。例如："冬雪漫飘翠柏白""皓月崇明幽涧深"。

下联"明月正对浮水摇"，看起来对得很精准，但是经不起推敲。"层林"是一层一层的树林，那么"浮水"是什么水呢？如果改成"湖水"就可以了。

下联"落霞齐飞秋水长"，作者本意是用典"落霞与孤鹜齐飞"，但是，"孤鹜"没有了，"落霞"和谁"齐飞"呢？

58.第五十八期

出句：金风乍起，白露未霜秋气爽。

获奖下联：

绿叶渐稠，清明又雨春光新。（研究生部2016级　李亚春　一等奖）

碧水静流，红花已绽春韵浓。（汉语国际教育专业2016级　马自轩　二等奖）

老师评析：上联为"金风乍起，白露未霜秋气爽"。要应对好这一联，难度还是较大的。金风乍起的时候，正是深秋，二十四节气中的白露前后，是时北方"秋老虎"即将退走，是秋高气爽的好时节。上联中嵌了颜色、节气、季节，且相互呼应。

从下联来看，第一、二名都是从春的角度来应对，"清明"与"白露"相对，且"清"与"青"谐音。第二名将"白露"当成物来对，对仗也较工。

下联"玉露初逢，秋分将至暑声消"对仗不错，有"金风玉露一相逢"的典故，但"露"字上下联重复。其他下联，像"寒江暮落，放棹归来水云闲""落日西斜,渔歌轻唱晚霞长"等,意境很不错,但是在对仗上还需多考究。

59.第五十九期

出句:年年高考鲤鱼跃。

获奖下联:

岁岁登科蟾桂折。（研究生部2016级　李亚春　一等奖）

岁岁今朝鹏鸟飞。（汉语国际教育专业2016级　周文德　二等奖）

岁岁春风桃李结。（文学院2016级　邓越明　三等奖）

老师评析:上联"年年高考鲤鱼跃",主题非常明确,就是写每年的高考,写数以百万计的考生像鲤鱼跃龙门一样参加高考。由于主题的狭小、"年年"重叠词的限制,因此征集到的下联就不太容易丰富多彩了。

获第一名的下联"岁岁登科蟾桂折"写得最为精彩。作者准确地运用了成语"蟾宫折桂",天衣无缝,恰到好处。有神话传说,月宫里有一只三条腿的蟾蜍,所以人们也把月宫叫作蟾宫。月宫中有桂花树,古时候把参加科举考试而高中比喻成攀折月宫桂花。

获第三名的下联"岁岁春风桃李结"也非常优秀。表面上看,下联中的"春风""桃李"似乎和高考风马牛不相及,其实还是非常吻合的。作者巧妙地运用了"今天是桃李芬芳,明天是国家的栋梁"的比喻,把学生比作桃李,既有"春华"就一定会有"秋实"。

60.第六十期

出句:箬叶飘香,一粽传承千古事。

获奖下联:

龙舟竞勇,对桨摇动万人心。（文学院2016级　奚日城　一等奖）

龙舟逐浪,千帆荷载万年情。（汉语国际教育专业2016级　马自轩　二等奖）

鼓锣飞响,千舟竞载万年情。（文学院2015级　周游　三等奖）

老师评析:上联"箬叶飘香,一粽传承千古事"出得很妙,因此,下联要对好有一定的难度。难度主要有三点:一是两个数字"一"和"千";二是"箬叶""粽"两个词之间的关联;三是上联表示了一个独特的民俗风情浓郁的节日——端午。

前三名获奖联的作者都紧紧地抓住了以上三点,所以对得都非常精彩,都描写了端午节最重要的民俗活动——龙舟竞赛。"对桨摇动万人心"中的"对"字,用得精妙,虽然不是"数字",但是具有数字的概念,相当于"二";而且展现了龙舟竞赛的场面:一排一排的选手,一对一对的桨,桨在飞速摇动,牵动着两岸万千观众的心。由此看来,第一名当之无愧。

下联"桂花沁气,两饼凭寄寻常情",作者想以"中秋"来和"端午"相对,思路不错,可是出了两处"硬伤":"沁气"和"两饼"有些不明所以。

下联"长江逝水,三国演绎百年争",内容很好,对仗工整,可惜与上联的主题风马牛不相及。另一则下联"彩蝶逐味,九州弥漫百花香"也是如此。

61. 第六十一期

出句:绿蓑青笠,斜风细雨耕苗亩。

获奖下联:

竹杖芒鞋,烈火骄阳刈麦田。(汉语国际教育专业2016级 马自轩 一等奖)

红袖翠衫,远水轻舟采藕荷。(文学院2015级 周游 二等奖)

短棹轻舟,薄雾疏烟钓锦鳞。(思想政治专业2015级 朱美容 三等奖)

老师评析:上联"绿蓑青笠,斜风细雨耕苗亩"是一幅《春耕图》。春天来了,农夫穿着蓑衣戴着斗笠,在斜风细雨中扶犁耕田。因此,对于下联的创作,首先应该注意主题的一致和吻合。

参赛作品中,"竹杖芒鞋,烈火骄阳刈麦田"和上联的主题最吻合,描写了一幅《秋收图》。可惜"竹杖""烈火"不妥,一、割麦时不需用"杖";二、可以说"骄阳似火",但是"烈火"不能和"骄阳"并列。如果改成"草帽芒鞋,赤日蓝天刈麦田"应该会更好一些。

"红袖翠衫,远水轻舟采藕荷"是一幅《采莲图》,"短棹轻舟,薄雾疏烟钓锦鳞"是一幅《垂钓图》,哪个更好?采莲的是"村姑""农妇",垂钓的是"隐者""雅士"(渔夫一般是撒网),所以,《采莲图》更好。至于"金甲铁衣,剑影刀光戍玉关""红胆赤心,弹海枪林灭恶敌""红叶黄花,过雁归鸿寄锦笺""晓漏昏灯,叠石流泉出远山"等和《春耕图》的主题就越来越远了。

62. 第六十二期

出句:雪压青松松挺直。

获奖下联:

霜降红叶叶艳深。（研究生部 2016 级 李亚春 一等奖）

泥染荷花花静清。（研究生部 2016 级 牛敏 二等奖）

风弄翠柳柳娇羞。（文学院 2016 级 奚日城 三等奖）

老师评析：上联是"雪压青松松挺直"。应对上联不难，但是要对得准确，必须注意上联所表达的内涵。"雪压青松松挺直"，表面上看来仅仅是景物的描写，大雪压着青松，青松依然坚挺直立。其实这里还有内涵，是对革命者的赞颂，赞颂革命者不畏艰难险阻、不畏压力，依然不屈不挠地挺立于天地间。原句来源于陈毅的诗句"大雪压青松，青松挺且直"，因此，下联也必须具有一定的含义，也应该表现出革命者的品格和风貌。"霜降红叶叶艳深""泥染荷花花静清"都具有这样的含义，所以是上乘之作。"霜欺翠柏柏常青""冰封玉竹竹欲坚"也有如此含义，可惜"常青""欲坚"和"挺直"结构不对，"挺直"是并列结构。

"风弄翠柳柳娇羞""风吹柳絮絮飘摇""月映红花花羞娇"从形式上都对得很工整，但是从内涵上来说，都没有表现出革命者的品格和风貌。所以和第一名、第二名相比，确实逊色了不少。

63.第六十三期

出句：笑谈往事，难忘峥嵘岁月。

获奖下联：

漫话今朝，重拾诗意人生。（文学院 2015 级 冯芳婷 一等奖）

闲论前程，莫负水木年华。（文学院 2016 级 奚日城 二等奖）

乐看时局，倍惜安定生活。（研究生部 2016 级 李亚春 三等奖）

老师评析：出句是"笑谈往事，难忘峥嵘岁月"。应对时首先要注意"笑谈""难忘"这两个关键的谓语动词，两个动词都属于偏正结构，所以下联相对应的动词也应该是偏正结构。词性对上了，词义也应对得准确，"漫话"对"笑谈"就比较好。其次，平仄也需考虑到，有同学对"叹说"，"说"是平声，"谈"也是平声，所以不合格律要求。最后，要考虑整联意思的衔接问题，上联中有"往事"这一带有时间概念的词语，上联和下联的意思应该连贯，下联中"今朝""前程"紧接上联，两联读上去更为自然、流畅。

64.第六十四期

出句：春入江南，风弄桃枝轻颤。

获奖下联：

冬别塞北,雪融河面初开。(研究生部2016级 李亚春 一等奖)

福临大地,雨拨柳叶细发。(汉语国际教育专业2016级 马自轩 二等奖)

秋归塞北,霜披枫叶悠旋。(文学院2016级 奚日城 三等奖)

老师评析:出句为"春入江南,风弄桃枝轻颤",从收到的几份应征稿件来看,都对得可称佳作。如何评定优劣,只能从细节来看。从整体上说,这些下联都属于"工对"。何谓"工对"?即:不仅仅是名词对名词、词性一致,而且名词的"小类"也要相对。一副对联中,只要有几个(甚至是一个)名词的小类相对就可以称之为"工对"。例如:"牢骚太盛防肠断,风物长宜放眼量",其中"眼"对"肠"就别出心裁。应征联中的"秋""冬"对"春"、"北"对"南"、"雨""霜"对"风"、"枫""柳"对"桃"、"叶"对"枝",等等,对得极好。

但是,我们在对对联的时候必须注意,不仅要力争形式上的"工对",更要追求上下联意义上的连贯统一("反对"另当别论)。例如:第三名作品从形式上看,比第二名作品更"工",可是从上下联的意义来看,第二名作品就比第三名作品更胜一筹。古人常说"迎春接福""春满乾坤福满门",所以,"福"对"春"也是极好的。"雨拨柳叶细发"和"风开桃枝轻颤"一样,同样展示了春天的景象。上下联浑然一体,相得益彰。

65.第六十五期

出句:春雨蒙蒙,春风又绿江南岸。

获奖下联:

柳絮纷纷,柳条长留故人心。(文学院2016级 曾华杰 一等奖)

冬阳黯黯,冬雪再白塞北疆。(研究生部2016级 李亚春 二等奖)

秋霜阵阵,秋日复黄塞北林。(文学院2016级 奚日城 三等奖)

老师评析:出句为"春雨蒙蒙,春风又绿江南岸",看似很难,其实难度并不大,但要对得精彩并不容易。既然上联有"春",于是一般人会从"春夏秋冬"入手。既然上联是"春雨蒙蒙",所以下联对"秋风瑟瑟""秋霜阵阵""夏日炎炎""冬阳黯黯"的比较多。这样的下联,不仅意义上一致,而且形式上严谨,应该说是很好的。但是,总给人感觉生硬了一些,呆板了一些。

下联"柳絮纷纷,柳条长留故人心",独树一帜,另辟蹊径,关键在于"柳条长留故人心",运用了古代"灞桥折柳"的典故。因为"柳"和"留"为谐音,表达依依不舍的情感。经过文人雅士们不断写诗作赋，灞桥折柳赠别那种离愁别绪和深情厚谊就被定格了下来。

早春时节，柳絮飘舞，宛若飞雪。朋友离别，折柳相送，情深意长。和上联"春雨蒙蒙，春风又绿江南岸"一起，不正是一幅"离别"的图画吗？

66. 第六十六期

出句：涛声依旧人何在。

获奖下联：

春色正新桃自开。（研究生部2016级　李亚春　一等奖）

山盟虽在书难托。（文学院2015级　李佳文　二等奖）

繁花复始心难寻。（汉语国际教育专业2015级　饶蓉　三等奖）

老师评析：出句为"涛声依旧人何在"，看似简单，似乎很容易对好，其实有几个必须注意的难点：

一、"依旧"，不要把它看成是动宾结构，应该把它看成是偏正结构，所以下联"江月无常情自然"就不合适了。有些人用"自然"来对，也是不对的，例如："花影自然燕又归"。"自然"的"然"字表示"……的样子"，表示某种状态，相当于词缀，诸如欣然、坦然、茫然等。

二、"何在"，虽然从意义上说是"宾语前置"，理解成"在什么地方"，但是，在对联中我们还是把它看成"偏正结构"（状语＋谓语）。

三、从上联的意义来看，应该是表达对朋友或情人的思念，时间已经过去了许久，可是音讯全无。下联"山盟虽在书难托"写得非常吻合，和上联浑然一体。下联"繁花复始心难寻"的"心"字用得不妥，是说他（她）的心思捉摸不透呢，还是他（她）的心已经离我远去？下联"春色正新桃自开"看似是写桃花，和情人无关，其实从内涵来看还是写情人，写情人的不在以及心中的茫然和失落。这里用了唐代崔护的著名绝句《题都城南庄》："去年今日此门中，人面桃花相映红。人面不知何处去，桃花依旧笑春风。"因此，这句下联名列第一是理所当然的。

67. 第六十七期

出句：风过枫林枫叶响。

获奖下联：

春临椿树椿芽开。（汉语国际教育专业2016级　马自轩　一等奖）

露满路径路人痴。（汉语国际教育专业2016级　周文德　二等奖）

桨摇江面江涛翻。（文学院2016级　奚日城　三等奖）

老师评析：对于征联而言，必须首先对公布的上联进行深入研究，才能对症下药、应答如流。最高的境界是珠联璧合、天衣无缝。

本期的出句是"风过枫林枫叶响"，有三个要点是在应对时必须注意的：一、"风"和"枫"同音；二、"枫林""枫叶"里两个"枫"字重复；三、上联表达的意思是"风吹过枫林，枫叶摇曳发出一阵阵的声响"。第一名对得最好，三个要点都对得非常工整。第二名也很好，可惜一个"痴"字不好理解。如果把"痴"字改成"愁"字就好了，有点"清明时节雨纷纷，路上行人欲断魂"的感觉。第三名的意义很好，可惜"桨"和"江"的声调不同。"夜侵野渡野鸥飞"，很有诗意，也是"夜""野"声调不同。

有几位同学注意到了"风"和"枫"同音，可是因为词汇不丰富，只得生搬硬套。例如："雾吹坞岛坞花开""月登岳顶岳山清""叶飘夜景夜色迷"。

68. 第六十八期

出句：风云盛会，千载挈纲关国运。

获奖下联：

天地宏图，一朝言策系民生。（文学院2016级　奚日城　一等奖）

光辉征程，百年铸业绘蓝图。（汉语国际教育专业2016级　马自轩　二等奖）

灿烂神州，八方昌景蒙党恩。（研究生部2016级　李亚春　三等奖）

老师评析：本期的应征下联，大部分水平非常高，对得非常好，例如"时代新潮，万言金句体民情""水墨宏图，九州挥笔谋新程"等。如何评价应征下联的高低，首先看其主题的一致以及与上联意义的吻合。上联"风云盛会，千载挈纲关国运"，毫无疑问写的是党的十九大，是写十九大代表和党中央对于新时代建设中国特色社会主义的新决策、新思路讨论研究以及今后继续发展的行动纲领。由此看来，第一名的"天地宏图，一朝言策系民生"、第二名的"光辉征程，百年铸业绘蓝图"应该是最好的。下联"炎黄佳筵，万年美德系家庭"，和上联所表达的主题就相差甚远了。

69. 第六十九期

出句：仁者广征，物鉴荣衰皆画卷。

获奖下联:

明君博纳,国逢盛败由民心。(研究生部 2016 级 李亚春 一等奖)

君子独善,天行消长应法规。(文学院 2016 级 陈龙 二等奖)

达人兼济,事分明暗俱心经。(文学院 2016 级 奚日城 三等奖)

老师评析:上联"仁者广征,物鉴荣衰皆画卷"有两个必须特别注意的地方。一是"广征"是偏正结构,是状语修饰谓语。应征下联中的"博纳""独善""兼济""兼具"等都是正确的。但是"博弈"不对,这里的"博"是动词,"博弈"是动宾结构。二是"荣衰"是并列结构,"荣"和"衰"是反义词。应征下联中的"盛败""消长""明暗""胜败"等都是正确的。但是"兴替"不对,"兴"和"替"不是反义词。

对联讲究"名词的小类相对",例如:江河湖泊、日月星辰、琴棋书画、诗词歌赋等。以"君子""达人""德人""智人"对上联中的"仁者",都对得准确,但是"孝子"就差得比较远了。

就整副对联的意义来说,下联和上联相比,气势应该更宏伟,意义应该更有深度。

70. 第七十期

出句:勿忘国殇,民族复起乾坤振。

获奖下联:

常思烈士,华夏再兴天地新。(研究生部 2016 级 李亚春 一等奖)

永怀壮志,社稷重兴寰宇惊。(文学院 2016 级 奚日城 二等奖)

须铭史鉴,华夏重兴日月明。(文学院 2015 级 冯芳婷 三等奖)

老师评析:上联"勿忘国殇,民族复起乾坤振"词性结构较为简单,主要是动宾结构。应对此联不难,但是下联要在气势上对好,就须费费脑子了。从收上来的征联来看,以"烈士""壮志""史鉴""忠魂"等来对"国殇",用"华夏""社稷""九牧"等来对"民族",以"天地新""寰宇惊""日月明"等对"乾坤"都对得很好。

71. 第七十一期

出句:日暮寒山寂。

获奖下联:

月明深涧幽。(文学院 2016 级 奚日城 一等奖)

云深古寺藏。（研究生部 2016 级　李亚春　二等奖）

风高冷月清。（文学院 2016 级　邓越明　三等奖）

老师评析：上联"日暮寒山寂"描写了一幅凄冷的山水画：夕阳西下，冬天的山岭一片寂静。下联"月明深涧幽"对得最佳，延伸了上联的意境，丰富了"凄冷的山水画"的内涵和画面。明月渐升，山间的溪流深幽静谧。下联"风清暗径幽"描写的意境和"月明深涧幽"非常相似，但是细究一下就可以分出高低。因为"月明"，所以可知"深涧"之"幽"，但是"风清"就和"暗径幽"没有什么必然联系。

"云深古寺藏"也对得很好，虽然没有描写山水，但是描写"古寺"也是吻合的。自古以来，古寺常常和深山联系在一起，有深山必有古寺。"深山藏古寺，山水洗尘心"。"藏"字用得精彩。

"风高冷月清"也对得很好。"风高"对"日暮"，"冷月"对"寒山"，"清"对"寂"，非常工整。

"鸟鸣山涧幽"借了古诗"蝉噪林逾静，鸟鸣山更幽"，是非常高明之举，可惜忘记了"山"的重字。下联"月隐枝头闹"表面上是对上了，但是不合逻辑，寒冬的深夜，"月隐"无光，还会有"枝头闹"吗？

72. 第七十二期

出句：紫燕飞来，雨落杏花白。

获奖下联：

黄莺啼起，风拂杨柳青。（文学院 2015 级　冯芳婷　一等奖）

素妆褪去，雪融万木春。（文学院 2015 级　冯芳婷　二等奖）

黄鹂唱起，晴开桃花红。（文学院 2017 级　刘婷　三等奖）

老师评析：本期上联"紫燕飞来，雨落杏花白"非常准确地表明了"春天"，从应对的角度来说，难度不大，所有应征下联基本上都可以说"对上了"，但是在和"紫燕飞来"相对的时候，有些人只追求形式上的"反对"而忽略了意义上的"合理"。例如"黄蝶舞去""黄莺啼去""金鱼游往"，它们都"一去不复返"了吗？说"素妆褪去""素妆隐去""寒云逝去"倒是真正"去"了。

下联"素妆褪去，雪融万木春"，初看起来"素妆""万木""春"似乎都没有对上，但是"素"也是颜色，"木"对"花"也很准确，更重要的是表达了"冬去春来"的大概念，因此，被评为第二名是实至名归的，或许还委屈了。

73. 第七十三期

出句：先人永逝，后辈长思，焚香祭酒情难尽。

获奖下联：

流水无言，青峰不语，扫墓献花恨不消。（文学院2016级　奚日城　一等奖）

春雨初歇，杏花骤放，作赋吟诗意更深。（研究生部2016级　李亚春　二等奖）

旭日初升，残星渐隐，掩面凝噎夜不眠。（文学院2016级　唐钟琳　三等奖）

老师评析：出句"先人永逝，后辈长思，焚香祭酒情难尽"，难度一般，但似乎同学比较少对这类长联，所以收上来的对联数量不是很多。很明显，上联写的是清明节扫墓、祭奠祖先的情节，下联内容也应与之相对或相关。第一名下联中的"流水""青峰""献花扫墓"显然和"清明"切合。第三名下联中蕴含的情感比第二名更符合，但格调就略逊一筹，且"夜不眠"和"情难尽"，小类名词对不上。有同学用"新烟情切，旧家雨纷，踏绿寻芳意尤真"来对，意境不错，可惜"情"字与上联"重"字，结构也需多注意。

74. 第七十四期

出句：华衣依旧人难古。

获奖下联：

汉节若初义在今。（2012级毕业生　张浩根　一等奖）

薪火相传世更新。（汉语国际教育专业2015级　欧阳玮　二等奖）

寒柏未凋山常青。（文学院2017级　李增宝　三等奖）

老师评析：上联的意思比较简单："华丽的衣服依然像旧时一样华丽，但是穿衣人却没有了旧时的古雅古意。"上联的立意很小，因此应征者在下联的立意方面就不好确定了。从应征的下联来看，作者的立意都比较大，讲节义、讲文化、讲社会等，虽然都写得很好，但是和上联在意义上没有什么关联。

"汉节若初义在今"难得以今对古，可谓绝对。下联的意义非常好，"汉代的使节（或许是苏武牧羊时用过的使节）还像当初一样，古人的高风亮节一直延续到了今天。"

"薪火相传更新"立意很高，说传统文化"薪火相传"。可惜"薪火"是并列结构,"华衣"是偏正结构,对得不严谨。

"寒柏未凋山常青"意义很好,语义连贯而自然。可惜"常"字是平声,此处应该用仄声字。

75. 第七十五期

出句:风华正茂,莫负青春酬壮志。

获奖下联:

意气方道,定惜岁月铸辉煌。(汉语国际教育专业 2015 级　江先亭　一等奖)

德智兼全,须怀理想树担当。(研究生部 2016 级　李亚春　二等奖)

年富力强,定教热血祭雄心。(2012 级毕业生　张浩根　三等奖)

老师评析:应征对联,首先必须了解所征之联的语法结构,否则就是"无的放矢""盲人骑瞎马"。上联中的"风华正茂"是主谓结构,其中"风华"是并列结构、"正茂"是偏正结构。可是有些应征者没有正确认识,所以对出的下联就相差甚远了。例如:"日暮残年""豆蔻年华""恰是青年""年富力强"等。

上联"莫负青春酬壮志"的语法关系应该理解为"连动句",有两个谓语。"莫"是状语,"负"是谓语,"青春"是宾语,"酬"是谓语,"壮志"是宾语。有的应征者没有认识到这种语法结构,所以就不可能对得上,例如:"珍惜锐志报家国","珍惜""锐志"结构都不准确,而"一方锦帕寄相思"就相差更远了。

76. 第七十六期

出句:绿染豫章开胜境。

获奖下联:

红铺华夏迈通途。(研究生部 2016 级　李亚春　一等奖)

风拂江水泛千波。(文学院 2017 级　黄羽晴　二等奖)

墨铺洪宇遣怡情。(文学院 2016 级　奚日城　三等奖)

老师评析:应征的下联都写得很好,下联"红铺华夏迈通途"被评为第一名的原因在于"艺术为政治服务""弘扬主旋律",表明我们走进了新时代,我们在实现中华民族伟大复兴的中国梦的道路上昂首阔步、奋勇前进。另一下联"红兴江赣展新颜"也有这个意义,可惜"江赣"一词不太通用。有些作者纯粹从风景描写入手,和上联融为一体,佳作频出。例如:"风拂江水泛千波",以"风"对"绿",大概是源于"春风又绿江南岸",既然上联是写"绿",下联当然就写"风"

了,奇思妙想。把"千"改成"清"字,从词性和意义上来说都会更好。下联"墨铺洪宇遣怡情"敢用"墨"来对"绿",超出了一般常理,别出心裁。可惜由于平仄的原因,把常说的"泼墨挥毫"改成"墨铺"就有些生硬了,"洪宇"的概念也太大了一些。

77.第七十七期

出句:鲲鹏展翅,九万里扶摇而上。

获奖下联:

神龙昂首,五千年遨游到今。(环境设计专业2016级　杨惠妍　一等奖)

日月生辉,二十载砥砺朝前。(研究生部2016级　李亚春　二等奖)

老师评析:上联气势宏大,出自庄子的《逍遥游》:"鹏之徙于南冥也,水击三千里,抟扶摇而上者九万里。"根据对联一般的写作要求,就气势、范围、程度、内涵等而言,下联应该比上联更加宏伟、更加广阔、更加高深、更加丰富,因此给下联的创作带来了很高的难度。所以,下联以"藕桂飘香"来对"鲲鹏展翅",明显就逊色了许多。

既然上联是"鲲鹏",下联的最佳选择应该是"神龙""凤凰"。"鲲鹏展翅"是主谓宾结构,"神龙昂首"也是主谓宾结构,可是"凤凰涅槃"只是主谓结构,因为"涅槃"是音译外来词,不是动宾结构。

上联虽然有两个分句,但是两个分句的主语都是"鲲鹏","鲲鹏"展翅,"鲲鹏"九万里扶摇直上。说"日月"生辉,可以;但是说"日月"二十载砥砺朝前,就不通了。由此看来,我们在应征对联时,除了要注意词性的一致,特别要注意上联整句的语法结构,不能"只见树木不见树林"。

78.第七十八期

出句:龙舟竞渡,粽香千里闻骚赋。

获奖下联:

百舸争流,江边万人听楚辞。(环境设计专业2016级　杨惠妍　一等奖)

纸鸢呼晴,艾绿万点洗春秋。(日语专业2017级　刘丽星　二等奖)

首脑上合,商汇六年享共赢。(钟舜冲　三等奖)

老师评析:上联"龙舟竞渡,粽香千里闻骚赋"非常精彩,寥寥数字却写出了民间最流行的端午风俗——"划龙舟""吃粽子",以"骚赋"暗指高风亮节的屈原。获第一名的下联"百舸争流,江边万人听楚辞",紧扣上联,延伸内涵,所描绘的画面则更加丰富、生动。"江边"之"边"字,应为仄声,因此改为"岸"字最好。

获第二名的下联"纸鸢呼晴,艾绿万点洗春秋"也非常精彩。刘丽星同学选择了"端午"的其他风俗,写"放纸鸢""插艾草",展现了丰富多彩的端午民俗。"纸鸢呼晴"中的"呼晴"二字改为"随风"应该会更好一些。

获第三名的下联是另辟蹊径,没有围绕"端午"来写,而是选择了和"端午"同时的"上海合作组织青岛峰会"。虽然两件事风马牛不相及,但是同一时期出现,一个是民间大事,一个是国际大事。虽然主题无关,但是两两相对,符合对联规则,是以楹联界有人称之为"时事联"。

79.第七十九期

出句:暑天凉雨,镜湖荷盛香十里。

获奖下联:

岚山寒霜,秋夜月明醉千家。(文学院2017级　黄羽晴　一等奖)

大地轻风,河岸柳烟绿两行。(钟舜冲　二等奖)

炎夏爽风,金榜名煌喜万家。(研究生部2016级　李亚春　三等奖)

老师评析:上联"暑天凉雨,镜湖荷盛香十里",描写了夏天的一场凉雨之后,湖水平静如明镜,荷花盛开,清香飘溢十里,好一幅美景。获第一名的下联"岚山寒霜,秋夜月明醉千家"紧扣主题,描写了秋季的山村风光:山披寒霜,清风朗月,丰收之后,千家万户畅饮,更有一番情趣。

获第二名的下联"大地轻风,河岸柳烟绿两行",就意境而言,本来应该高于获第一名的下联,但是"柳烟"对得不好。"荷盛"之"盛"是形容词,而"柳烟"之"烟"却是名词。

获第三名的下联"炎夏爽风,金榜名煌喜万家",虽然没有紧扣季节风光,但并不是"无的放矢",而是依据"当季乃发生",描写了和"暑天"相关的"高考",也是"应景"之作。由"荷盛香十里"联想到"高考放榜""名煌喜万家",也算是别出心裁。

80.第八十期

出句:丹桂飘香,寄情千里邀明月。

获奖下联:

金菊吐芳,寓心两地待重阳。(文学院2017级　周楠　一等奖)

秋风送爽,抒怀一曲携长空。（文学院 2018 级　丁厚尹　二等奖）

鸿雁传书,衔信万程抒情丝。（文学院 2018 级　吴玉婷　三等奖）

老师评析:上联很精彩,"丹桂飘香"说明了中秋之时;"寄情千里邀明月"使人很容易联想起李白的"举杯邀明月"。从参赛作品来看,有一位作者的下联是"金甲含志,遥祭古今共婵娟"。从上下联的意义吻合来看,这个下联应该是最好的。可惜"金甲"用得蹩脚,虽然作者自己注明"金甲,菊",但是人们不会认可。现在有些人喜欢铤而走险,喜欢用一些只有自己理解的"生造词"。说"黄金甲"代表"菊花"可以,因为黄巢《不第后赋菊》诗中有"满城尽带黄金甲"句,但是要用"金甲"代表"菊花",那就是生造了。

从意境来看,"寓心两地待重阳"和"寄情千里邀明月"是无法相提并论的,但是从结构上看还是很工整的,特别是"阳"对"月"非常准确难得。

"秋风送爽,抒怀一曲携长空"原本应为第一名,可惜一个"携"字晦涩难解,不知何意。

第三名"衔信万程抒情丝"的意境不错,可是"传书"和"衔信"完全重复,有所欠缺。

81. 第八十一期

出句:万壑霜枫晚。

获奖下联:

孤峰雪松直。（文学院 2018 级　丁厚尹　一等奖）

千山寒云深。（汉语国际教育专业 2018 级　陈娜　二等奖）

数行秋雁来。（文学院 2017 级　周楠　三等奖）

老师评析:上联"万壑霜枫晚"比较简单,只有五个字,所以应征的下联普遍对上了,也对得很好。如何评价高低优劣,主要看"数词"的相对、"名词的小类"相对、上下联意义的吻合。"万"是数词,因此应征下联中的千、一、数、孤都是准确的。至于"奇峰雪松拔""银烛秋色凉""城春木叶新"等,显然就逊色了。

第一名下联"孤峰雪松直",孤对万、峰对壑、雪对霜、松对枫,对得非常工整严格。"千山薄雾寒""千山归雁长""千峦暗影浮""孤帆雨山前""千嶂寒雀迟""千陇镜湖秋""千江暮云平""千山夕霞随"对得也很好,但是对比之下就可以看到不足了。

"千山云雾深"和第二名下联"千山寒云深"仅"一字之差"就名落孙山,其原因在于"寒云"是偏正结构,而"云雾"是并列结构。

82.第八十二期

出句:落月摇情,听山河入梦。

获奖下联:

飞花寄语,逐风雪抒怀。(文学院2018级 胡江 一等奖)

惊鸿照影,数四海归心。(汉语国际教育专业2018级 钟安琪 二等奖)

闲潭落花,待行人还家。(文学院2018级 姜艳 三等奖)

老师评析:看到上联"落月摇情,听山河入梦",想到了陆游的词"当年万里觅封侯,匹马戍梁州。关河梦断何处?尘暗旧貂裘"和陆游的诗"僵卧孤村不自哀,尚思为国戍轮台。夜阑卧听风吹雨,铁马冰河入梦来"。上联"落月摇情,听山河入梦"所表达的意思,大体和陆游的诗词一致。写应征联,首先是必须对应征的上联所表达的主题、意思进行认真分析、准确理解,然后再思考如何应对,否则就是盲人骑瞎马、无的放矢。由此看来,下联"飞花寄语,逐风雪抒怀"是本期对得最好的。

"飞花寄语,逐风雪抒怀"远远高于其他下联的另一方面是严格符合对联词性一致、结构一致的联律。上联的"落月摇情",偏正结构"落月"做主语,"摇"做谓语,"情"做宾语。"飞花寄语"对"落月摇情",非常精准。有的下联写作"曲径疏篱""碣石潇湘"就相差甚远了。

上联"听山河入梦"中的"山河"是并列结构,只有第一名的"风雪"对得十分工整,即便是第二名的"四海"、第三名的"行人"也没有用并列结构相对。这一期的应征下联普遍效果不好,其主要原因应该是对上联的理解不够、认识不准。

83.第八十三期

出句:小雪翩翩,荷尽菊残梅影俏。

获奖下联:

春分奕奕,风来柳乱李花开。(汉语国际教育专业2017级 闫海格 一等奖)

大雾漫漫,江平浪静扁舟现。(文物与博物馆学专业2018级 管祺婷 二等奖)

轻寒屡屡,松青柏绿竹园深。(文学院2017级 黄羽晴 三等奖)

老师评析：上联"小雪翩翩,荷尽菊残梅影俏"中的"小雪"有两层意思。一是"二十四节气"之一的"小雪"。所以,有人以"春分""惊蛰"相对。例如"春分奕奕,风来柳乱李花开""惊蛰隆隆,鹂鸣虫醒鹰化鸠"。二是"小小的雪花"。这样理解的人更多,于是纷纷以"薄絮""轻寒""大雾""烈日"等相对。例如："薄絮纷纷,冰释枝空桃面艳""春风嘤嘤,桂洞松老李花娇""轻寒屡屡,松青柏绿竹园深""大雾漫漫,江平浪静扁舟现""烈日炎炎,枝繁叶茂树荫青"。就"薄絮""春风""轻寒""大雾""烈日"这几个偏正词组看,"大雾"应该是最好的,以"大"对"小",以"雾"对"雪"。

不论是"节气",还是"小小的雪花","荷尽菊残梅影俏"都是符合季节和场景的描写。所以,第一名下联前面说的是"春分奕奕",后面就是"风来柳乱李花开"。可是,有的作者忽略了这种场景的续描写,例如这个下联："薄絮纷纷,冰释枝空桃面艳。"既然春天已经来了,柳絮在空中飞舞,冰雪怎么还会正在消融?枝条既然是空空如也,怎么又会有鲜艳的桃花盛开呢?

84.第八十四期

出句：锦绣河山,一笔丹青收画卷。

获奖下联：

峥嵘岁月,四十风雨洗乾坤。（文学院2017级 刘丽星 一等奖）

峥嵘岁月,千秋翰墨入诗囊。（文学院2017级 黄羽晴 二等奖）

老师评析：从上联"锦绣河山,一笔丹青收画卷"来看,下联并不难对。上联中的"锦绣"是并列结构,"河山"是并列结构,"丹青"是并列结构。应征的作者基本上注意到了这一点,对的词汇也基本正确。因此,对于下联优劣的评判主要看"立意"。

获第一名的下联为"峥嵘岁月,四十风雨洗乾坤"。虽然"四十"和"一笔"对得不完全工整,但是它特别强调了我国改革开放四十周年,具有特定的含义。整句所表达的意义是:经过四十年的峥嵘岁月,历经四十年风风雨雨,我们的国家改头换面、焕然一新。我们再看看其他下联,虽然都很工整,例如："峥嵘岁月,千秋翰墨入诗囊""文明华夏,百年璀璨入诗篇""峥嵘岁月,几行诗赋入书笺",但是从"立意"来看就逊色多了。特别是"文明华夏,百年璀璨入诗篇",表达的内涵还有明显的错误:我们的"文明华夏",怎么只有"百年璀璨"入"诗篇"呢?

85. 第八十五期

出句:春江水暖鸭知早。

获奖下联:

秋谷风寒蝉觉先。(文学院2017级 黄羽晴 一等奖)

秋夜月寒雁归迟。(文学院2018级 盛嘉卫 二等奖)

秋谷风凉菊落迟。(文学院2016级 奚日城 三等奖)

老师评析:上联"春江水暖鸭知早"化用苏轼的名句"春江水暖鸭先知"。对于"春江水暖",应征下联中的"秋谷风寒""秋谷风凉""秋夜月寒"都不错。

上联"春江水暖鸭知早",从表达的意思来看,应该有个特殊的"因果关系",所以下联"秋谷风寒蝉觉先"对得最好。有个成语叫"噤若寒蝉",这个下联应该来源于此。第二名的下联说"雁归迟",应景应时,正是雁南飞之时。第三名的下联说"菊落迟",其意义就逊色了许多,如果说"菊花"傲寒"初开""绽放",那立意就高多了。有下联"秋山风寒人晓迟",虽然从形式上看毫无问题,但是深入分析一下,就会觉得没有什么意义和情趣。还有一个下联"秋菊花香人嫌迟",也是如此,人们会"嫌"菊花开得"太迟"吗?人们恰恰是赞赏它们没有在春天和百花争艳,而是在深秋傲寒独自开放。

86. 第八十六期

出句:春雨润泥芽咧嘴。

获奖下联:

东风送暖叶舒眉。(钟舜冲 一等奖)

暖风融露蕊开颜。(文学院2017级 刘婷 二等奖)

晓风拂岸柳弯腰。(文学院2017级 黄羽晴 三等奖)

老师评析:上联"春雨润泥芽咧嘴",春雨湿润了泥土,种子发芽就像是咧开了嘴,非常生动形象,从修辞手法来说是拟人。所以,下联最好也应该生动形象,运用修辞手法。既然上联是"嘴",下联当然应该是"眉""颜""头",然后才是"心""腰"。"丝"(和风吹澜柳抽丝)、"香"(冬雪藏寒梅吐香)就有所不及了。下联"和风吹柳湖皱面",从意义上说特别精彩,可惜由于"面"是仄声,"一失足成千古恨"。

上联的"雨"字,只有"风"是绝对。"天对地,雨对风,大陆对长空",来稿作者基本上都坚持了这一点,因此还有一些佳句:"晨风拨雾柳描眉""秋风弹水月弯眉"。

有些下联在语意上说不通,例如"秋风扶叶果弯腰","果"怎么会"弯腰"呢?"农犁耘亩穗折腰",在"犁"地"耘"草的时候,"穗"怎么会"折腰"呢?

下联"浊醪入口爷反胃"倒是完全对上了,但这或许是作者故意的搞笑之作吧。

87.第八十七期

出句:桃红柳绿莺啼序。

获奖下联:

山青水碧鲤寄情。(文学院 2018 级　姜艳　一等奖)

水碧天蓝鹊踏枝。(文学院 2017 级　黄羽晴　二等奖)

日丽风和蝶恋花。(文学院 2017 级　黄羽晴　三等奖)

老师评析:我们常说,下联和上联相对,有三种境界:一是"对上",只要词性一致、结构一致,基本对上就可以了;二是"对好";三是"对绝"。如果要称之为"对绝",大概就是绝无仅有、别无选择了。本期的上联是"桃红柳绿莺啼序",如果要追求"绝对",必须特别关注两点:"红""绿"的颜色相对;"莺啼序",不仅仅是简单的主谓宾结构,而是运用了特殊的拟人修辞手法(有成语"莺歌燕舞","莺啼序"可以理解成:莺在吟唱诗词歌赋)。

由此看来,和"莺啼序"相对,"鹊踏枝""雀落檐"就远离"绝对"了。"鲤寄情"大概是最"绝"的。"鲤寄情"源于典故"锦鲤传书"。古代书信传递不便,常常幻想天空中的鸿雁、江河里的锦鲤能够传递书信。例如近代著名诗句:"清尊待月人如鹤,锦鲤传书水溢川。"

第一名"山青水碧鲤寄情"的平仄有误,如果改成"浪白水青鲤寄情"就更好了。

88.第八十八期

出句:百载传承,五四风华辉史册。

获奖下联:

千秋颂扬,桃李扬帆谱华章。(文学院 2017 级　戴玲玲　一等奖)

千年孕育,九州壮志耀乾坤。(汉语国际教育专业 2015 级　欧阳玮　三等奖)

十方砥砺,青春少年领风骚。(文学院 2017 级　黄羽晴　三等奖)

老师评析:上联"百载传承,五四风华辉史册",主题非常鲜明,就是纪念"五四运动"一百周年。五四运动的光辉照耀着中华民族的史册。

上联撰写得光彩夺目,所以下联也应该能和上联珠联璧合,交相辉映。下联"千秋颂扬,桃李扬帆谱华章"列为第一名,主要原因有三点:一、"千年颂扬";二、"桃李";三、"谱华章"。"千年颂扬",表明了五四运动伟大的历史功绩,"五四精神"将永远激励我们的民族奋发前进,将激励全党、全国各族人民特别是新时代中国青年为加快建设社会主义现代化国家、实现中华民族伟大复兴的中国梦而奋斗。"桃李"虽然不是数词,看起来和"五四"不是工对,但是就其意义而言却是准确的。

"五四"在人们的心中,其实际意义就是"青年"。"桃李"所指代的也是"青年学生"。譬如最著名的《毕业歌》:"我们今天是桃李芬芳,明天是社会的栋梁。""谱华章",展现了新时代中国青年积极拥抱新时代,让青春在为祖国、为人民、为民族、为人类的奉献中焕发出更加绚丽的光彩的伟大抱负和豪情壮志。

89.第八十九期

出句:草长莺飞,销魂最是江南雨。

获奖下联:

沙扬马啸,壮志当为塞北风。(文学院 2017 级　黄羽晴　一等奖)

云开燕舞,醉客无非陌上花。(文学院 2017 级　黄羽晴　二等奖)

绿肥红瘦,可怜唯有海棠香。(文学院 2018 级　姜艳　三等奖)

老师评析:从应征下联来看,大多数可以列为优秀作品,不论是从下联的立意来说,还是从应对的语法结构来说。但是,如果要从中分出高下,唯有从"工对"入手。具体而言,就是和"江南"相对。"江"是名词,"南"是方位名词。"江""南"合在一起,就成了以方位名词为中心的偏正结构。从应对的下联来看"塞北"最工,"陌上"次之。"海棠""书卷"相差就远了,"燕归"相差则更远了。

上联"草长莺飞,销魂最是江南雨",获第一名的下联是"沙扬马啸,壮志当为塞北风"。不仅"塞北"对"江南"极其工整,而且"风"对"雨"也是绝对。"草长莺飞"是江南的独特风光,"沙扬马啸"是塞北独具的风光。"壮志"应该看作动宾关系,和"销魂"又是难得的绝妙之对。上联描绘的是江南委婉的风景,下联抒发的是塞北狂放的豪情。上联和下联珠联璧合,相得益彰,确实是对联中的精品。了解了第一名下联之优,认识其他下联之不足便是显而易见的了。

90.第九十期

出句:呢喃四月梁间燕。

获奖下联:

聒噪一天树上鸦。(文学院2018级 周妍 一等奖)

咽鸣夏日水中蛙。(文学院2018级 周妍 二等奖)

瑟瑟秋风弦中音。(文学院2018级 胡江 三等奖)

老师评析:对联艺术是中国特有的文学形式,其根本原因在于中国的文字是单音节文字(即一字一音),所以可以上下联严格地两两相对。譬如五言的"明月松间照""清泉石上流";七言的"两个黄鹂鸣翠柳""一行白鹭上青天"。对联的基本原则是两两相对,其中有很多机巧玄妙,因此对联实际上又是文人高雅的文字游戏。

本期的上联"呢喃四月梁间燕"看起来简单,实际上有五处难点:"呢喃"是联绵词;"四"是数词;"月"是时间名词;"间"是方位名词;"燕"是飞禽。这五点是必须严格相对的,否则就属于宽对了。从应征下联来看,"聒噪一天树上鸦"应该是最恰当的。"咽鸣夏日水中蛙",也很巧妙,虽然此"日"不是时间名词,但是和"月"是绝对。"瑟瑟秋风弦中音"也有异曲同工之妙,"风"更不是时间名词,可是谁不说"风月"是一致的呢?

91.第九十一期

出句:河山竞秀,祖国风光好。

获奖下联:

日月交辉,神州气象新。(文学院2018级 周妍 一等奖)

日月争辉,神州气象佳。(文学院2018级 盛嘉卫 二等奖)

才俊争雄,中华儿女强。(会计学专业2019级 沈怡 三等奖)

老师评析:上联"河山竞秀,祖国风光好",字数不多,但是写出了我们伟大祖国的繁荣富强。应征下联基本上把握了赞美祖国的主题,但是疏忽了两点:"河山""风光"都是并列结构,因此违背了对联的格律要求。

第二名下联和第一名仅有两个字不同,但是分析起来,确实稍有逊色。一、日月"交相辉映"比日月"争相辉映"更好,更能表现我们国家的一片喜庆祥和的气氛;二、"佳"字和"好"字意思太接近,有"合掌"之嫌,"合掌"是对联中的大忌。"新"字更能表现我们祖国翻天覆地的变化。

下联"岁月峥嵘,时代气象新"本来和第一名下联有得一比,可惜"峥嵘"不是动宾结构。下联"万物繁盛,九州国力强"内容非常好,可惜"国"字和上联重字,"万物繁盛"和"河山竞秀"没有对上。还有一些下联,诸如"民众齐心,生活境况佳""民族齐聚,力量无限大""学子争流,华夏气象新"等,或是内容稍有不足,或是相对不够严谨,就不一一评析了。

92.第九十二期

出句:兰杜零落悲几许。

获奖下联:

蘅芷依稀冷三分。(汉语国际教育专业2018级　钟安琪　一等奖)

瑟鼓和调欢一时。(文学院2018级　赵洁　二等奖)

梅雪纷飞清五分。(文学院2018级　姜艳　三等奖)

老师评析:本期上联有几个难点,所以应征下联有一定的难度。第一,"兰杜"是什么意思?词的构成属于哪种格式?所谓"兰杜"就是兰花,一般指"春兰",和杜鹃花没有关系。因此,"杜"是没有意义的词缀。所以,不一定要用"并列词组"和"兰杜"相对。王昌龄的《同从弟南斋玩月忆山阴崔少府》有名句:"千里共如何,微风吹兰杜。"第二,"零落"是一个"并列合成词","零"说的是"草","落"说的是"木"。

只有对上联的语法结构理解透彻了,才能相应对出符合规则的下联。从应征下联来看,同学们都把"兰杜"当作"并列词组",例如"蘅芷""瑟鼓""梅雪""钟磬"等,因此,局限了应对的范围。

应征下联中和"零落"对得工稳的不多。例如"依稀"是联绵词、"纷飞"是偏正词组、"和调"说不清楚到底是"动宾"还是"偏正"。

93.第九十三期

出句:侠气卷山河,鹿鸣声里江湖远。

获奖下联:

诗情凝星汉,蝶飞梦外岁月长。(文学院2018级　盛嘉卫　一等奖)

素心牵日月,凤舞曲中天下休。(文学院2018级　熊怡玲　二等奖)

豪篇存日月,雕架影中笔墨遥。(文学院2017级　黄羽晴　三等奖)

老师评析:本期上联比较难对,有两个难点:一是"鹿鸣",它并不是仅仅表示"鹿在鸣叫"的意思，更是要表示"科举考试"；二是"里"，这是个方位名词。人们在作对联时，非常强调方位名词的严格相对。因此，要和"鹿鸣声里"准确相对就很难了。有些人写"沧海笑过侠客别""竹林风起余音绕""悠悠归途书声传""刀光剑影英雄久"等，完全不顾及方位名词"里"，自然就被早早淘汰了。有些人注意到"里"字，但是对得很生硬，例如"鹰呼鸣中武林生"。对得最好的是"蝶飞梦外岁月长"，"蝶飞"像"鹿鸣"一样，也含有典故："昔者庄周梦为胡蝶，栩栩然胡蝶也……不知周之梦为胡蝶与，胡蝶之梦为周与？"以"蝶梦"对"鹿鸣"应该是千古一绝。第二名的"凤舞曲中"对得也非常精彩，第三名的"雕架影中"就逊色多了，"雕架"不是主谓结构，而是偏正结构，其意义是（摆在书桌上的）"雕刻着花纹图饰的（悬挂毛笔的）笔架子"。

94. 第九十四期

出句：良辰竞巧思屈子。

获奖下联：

明月隐浊伴嫦娥。（国际贸易专业 2018 级 殷昌龙 一等奖）

端午争舟祭大夫。（张浩根 二等奖）

喜鹊架桥梦伊人。（文学院 2018 级 胡江 三等奖）

老师评析：上联"良辰竞巧思屈子"与端午有关，实为纪念屈原，所以下联可从此入手，巧以端午文化相对。"端午争舟祭大夫"就对得很好，抓住了中心立意，以端午竞龙舟来对。

虽然"明月隐浊伴嫦娥""喜鹊架桥梦伊人"写的不是端午，但所描绘的意境优美深远。在此方面，"端午争舟祭大夫"稍显逊色，有合掌之嫌；且"良辰"是偏正结构，以"端午"相对不太妥当。

95. 第九十五期

出句：月下疏枝风弄影。

获奖下联：

池中游鱼水破云。（文学院 2018 级 姜艳 一等奖）

篱边黄菊露生香。（文学院 2017 级 黄羽晴 二等奖）

庭前繁叶柳传情。（汉语国际教育专业 2018 级 林敏 三等奖）

老师评析：上联是"月下疏枝风弄影"，从"工对"的角度来看，有三个字必须特别注意："下""枝""风"。应征下联中的"池中""篱边""庭前""案前""楼中""雪里""云端",严格选用"方位名词",因此都对得非常工稳,"云升"就有些欠缺了。

用"繁叶"对"疏枝"是最佳的,但是整句"庭前繁叶柳传情"表达的意思却似乎有些虚无缥缈。上联"月下疏枝风弄影"描写的是一幅我们都看过的真实画面:月光如水,稀疏的枝条在地上印下了阴影,风儿吹来,枝条摇动,地上的阴影也随之摇晃起来。再看下联"池中游鱼水破云","游鱼"和"疏枝"相对,虽然不太符合"名词小类"的工对,但全句描写的是:池中的水面上倒映着空中的白云,鱼儿在水里漫游,水面上泛起一圈圈的涟漪,把水面上的白云都撕破了。这句下联和上联所描写的风情、运用的手法简直完全一致,真可谓"绝代双骄"。

96. 第九十六期

出句:长松之下,当有清风耳。

获奖下联:

高山之上,不乏闲云也。(文学院 2018 级　赵洁　一等奖)

轻舟之上,亦载明月矣。(文学院 2018 级　曾祺芬　二等奖)

蜀道之难,未见无人焉。(文物与博物馆学专业 2018 级　万文婧　三等奖)

老师评析:上联"长松之下,当有清风耳",其实对起来很简单。如果说只要达到最低的"对上"标准,应征的下联基本上都符合要求。如果是要评判其优劣,依据内涵、立意、工整等还是可以分辨出来的。

譬如获得第一名的下联"高山之上,不乏闲云也",以"高山"对"长松"、"闲云"对"清风",非常准确,立意一致,意境吻合,结构严谨。

获第二名的下联"轻舟之上,亦载明月矣",看起来构思特别巧妙,但是仔细思考一下就会发现问题:明月可以倒映在水中,轻舟怎么能够载明月呢? 除非舟漏水漫。如果改成"碧水之上,亦浮明月哉"应该更佳。

获第三名的下联"蜀道之难,未见无人焉","无人"是动宾结构,和偏正结构的"清风"不能相对。如果把"无人"改成"游子"不是很好吗?

97. 第九十七期

出句:云深无觅处。

获奖下联:

情重有寄隅。(文学院 2018 级　姜艳　一等奖)

草盛没归途。（文学院 2018 级　盛嘉卫　二等奖）

老师评析：上联"云深无觅处"非常简单，评选主要看三点：一看"觅"是动词；二看"无"是动词，最好用"有"相对；三看"云深"是主谓结构。获第一名的上联"情重有寄隅"对得非常工稳，"有"和"无"相对，正符合对联的写作要求——反对为上。上下联的意义也非常连贯吻合，可以理解成"天上的云层太深，无论怎么寻找也找不到它在哪里。可是，只要情深义重，一定会有寄托情义的角落"。"它"或许是爱情，也或许是友情、亲情。

获第二名的下联"草盛没归途"也对得非常工稳，但是从意境上说，和上联"云深无觅处"很难联系起来，很难融为一体，只是符合对联的规则，是一副对联而已。

98. 第九十八期

出句：枫红露重长亭寂。

获奖下联：

草黄霜冷古道荒。（文学院 2018 级　刘浩然　一等奖）

秋高气爽短歌行。（文学院 2017 级　刘国圣　二等奖）

柳绿絮轻池水漪。（汉语国际教育专业 2018 级　李欢　三等奖）

老师评析：上联非常简洁明了，结构是三个主谓词组。特别重要的是"红"和"长亭"。因此，所有应征者基本上都在这两个地方下功夫。

大约百分之八十的应征者是用"古道"对"长亭"。确实"古道"对"长亭"是绝对，因为大家都知道"长亭外，古道边，芳草碧连天"。例如："松青雾浓古道稀""天高雁瘦古道稀""霜白鸦寒古道深""秋暮月明古道寥"。分析一下，古道怎么"稀"呢？怎么"深"呢？获得第一名的下联"草黄霜冷古道荒"，选择了和"碧连天"的"草"来对上联的"枫"，非常巧妙。而且"荒"比"稀""深"准确得多。

有些应征者用"短"来对"长"，这是对联创作中追求的"反对"。获第二名的下联"秋高气爽短歌行"可谓是别出心裁了，而"松缥云深短径喧"中的"短径"就对得不妥了。

获第三名的下联"柳绿絮轻池水漪"，虽然"池水"和"古道"相去甚远，但是整个下联的意义和上联相反相对的，一个是"秋色"，一个是"春光"，因此也是难得的佳作。

99. 第九十九期

出句:乘风破浪,扬帆渡学海。

获奖下联:

探胜拾微,矢志越书山。(文学院 2017 级　黄羽晴　一等奖)

鼓瑟吹笙,载歌跃龙门。(文学院 2018 级　丁厚尹　二等奖)

吟诗作赋,举杯邀明月。(文学院 2017 级　龚夏莹　三等奖)

老师评析:本期的上联主题鲜明、结构简单,所以应征的下联都比较好。因此评判下联的优劣主要依据两点:一、主题的吻合;二、创作的意境。

获第一名的下联:"探胜拾微,矢志越书山","书山"对"学海"对得非常工稳,而且"探胜拾微"用词准确。有些人写作"攀高拾微",意境就相差太多了。有下联写作"攀峰越岭,拄杖登书山""披荆斩棘,亮剑攀书山",虽然都写到了"书山",但是其中的"拄杖""亮剑"和"书山"都不协调。

获第二名的下联:"鼓瑟吹笙,载歌跃龙门",虽然没有明确和"学海"相对,但是上下联的意义是非常吻合的。上联是"渡学海"的意气风发、斗志昂扬,下联是"跃龙门"的凯歌高奏、胜利喜悦。

获第三名的下联:"吟诗作赋,举杯邀明月",在主题上虽然并不是显而易见的吻合,但是意义依然相通。这个下联的意境很好,上联是意气风发、斗志昂扬,下联是高雅情趣、悠然自得。这位同学用了李白"举杯邀明月"的名句。可惜"月"字是仄声,犯了对联之大忌。如此看来,下联改成"对月邀云,把酒临诗山"或许更胜一筹。

有下联写作"穿云裂石,持笛鸣晓天""披星戴月,撷英缀芳华",完全符合对联的要求,可是作者要表达的意思令人费解。

100. 第一百期

出句:长空望断征鸿杳。

获奖下联:

落日看尽孤烟无。(文学院 2018 级　姜艳　一等奖)

古道觅尽落叶疏。(汉语国际教育专业 2017 级　闫海格　二等奖)

野渡飘零流水寒。(文学院 2017 级　黄羽晴　三等奖)

老师评析:本期佳作难选,勉为其难地挑选了几副,确实不尽如人意。上联中有两个难点。一是"望断"。"望断"是动补结构,动词 + 补语。因此,应征联中的"可怜""飘零"等就不合适了。二是上联"长空望断征鸿杳"表达的意思。上联的立意大概来自"天高云淡，望断南飞雁"。上联的意思大致可以理解为："仰望长空，望天空中飞翔的鸿鹄，一直望着鸿鹄飞到天的尽头，鸿鹄再也看不见了。"因此征联中的"大路盼来归士音""残雪散尽停半桥""秋水飘零落叶时"，不论是语法结构还是表达的意思都相去甚远了。

获第一名的下联"落日看尽孤烟无"，用典"大漠孤烟直，长河落日圆"，但和诗句中的意境还是有不小的差距。

101. 第一百零一期

出句：人欢马跃创新尚。

获奖征联：

凤舞龙腾赴前程。（文学院 2018 级　姜艳　一等奖）

燕舞莺歌添春风。（汉语国际教育专业 2018 级　林敏　二等奖）

石破天惊开康庄。（汉语国际教育专业 2018 级　林敏　三等奖）

老师评析：本期上联"人欢马跃创新尚"比较简单，因此有些应征者掉以轻心，出现了一些不应该出现的失误，例如："马叫龙奔啸长风""马立龙腾壮九州"。上联有"马"字，下联又有"马"字，大概是一时疏忽造成了"致命伤"，失去了参加评选的资格。非常惋惜的是，这两句下联的立意都很精彩，特别是"长风"对"新尚"可以谓之绝对。

从立意来说，下联"石破天惊开康庄"是最好的，气势磅礴，显示了改革开放以来，波澜壮阔、惊天地泣鬼神的壮观画面。可惜"新尚"是偏正结构，"康庄"是并列结构。词典解释："康庄，指宽阔平坦、四通八达的大路。比喻美好的前途。"从《尔雅·释宫》可以得知："四达谓之衢，五达谓之康，六达谓之庄。"这个例子告诫我们：在撰写对联的时候，对于一些词汇的选用，一定要查查字典、词典，千万不要"自以为是"。

102. 第一百零二期

出句：寒夜雨迟冬悄至。

获奖下联：

微曦云破日欲出。（汉语国际教育专业 2017 级　周观龙　一等奖）

清秋黄落雁缓归。（文学院 2018 级　姜艳　二等奖）

酷日晴早夏已来。（通信与电子学院 2019 级　王冰洁　三等奖）

老师评析:对于上联"寒夜雨迟冬悄至",不少应征者忽略了"悄"字。"悄"是形容词,做状语修饰动词"至"字。对联的基本规则是"实词对实词""虚词对虚词",所以下联"他日燕回春始来""暖阳风早春渐来""孤灯影斜梦已还"等就因失误而略逊一筹了。如果从严格工对而言,下联"酷日晴早夏已来"应该是最好的,"日"对"夜"、"晴"对"雨"、"夏"对"冬"等,都是非常工整的反对,可惜"已"是副词,不能和"悄"字相对。

第一名下联"微曦云破日欲出",虽然从"名词的小类相对"来看,"曦"对"夜"、"日"对"冬"对得并不工整,但是意义非常好,传递了一种积极向上、朝气蓬勃、前途光明的正能量。

第二名下联"清秋黄落雁缓归",虽然没有积极的思想内涵,但是和上联表达的意思完全吻合,形成了一幅切合时令的风景画。如果把"雁缓归"改成"雁南飞"就更准确了,因为大雁是候鸟,初冬时节它们不是"回归",而是飞向温暖的南方。

103.第一百零三期

出句:流水绕孤城,寒鸦万点。

获奖下联:

乱山锁重云,孤雁一只。(文物与博物馆学2019级 邹柿威 一等奖)

阔天笼四野,晴空一鹤。(文学院2018级 丁厚尹 二等奖)

明月照故里,灯火千盏。(文物与博物馆学2018级 曾祺婷 三等奖)

老师评析:这次的上联"流水绕孤城,寒鸦万点",太悲凉了,既是"孤城"又是"寒鸦",况且是"寒鸦万点",简直是铺天盖地了。

这次应征的下联很奇怪,很多对得非常好的下联,都犯了一个低级而致命的错误:句尾最后一字没有用平声。例如:"阔天笼四野,晴空一鹤""明月照故里,灯火千盏""阔天围平野,斜阳一抹""寒梅照露影,冰心一片""余晖照墟里,炊烟几里"。

上下联所表达的情境之间的关系可以有两种:一是"吻合";二是"相反"。就"吻合"而言,毫无疑问,"乱山锁重云,孤雁一只"应该是最好的。上悲凉,下悲凉,上下都悲凉。可惜"孤"字相重,或许是疏忽。"只"在古音中是入声,但是在今音中是平声。

下联"阔天笼四野,晴空一鹤"应该是"相反"了,表现的是宏伟壮观,有点

"大漠孤烟直,长河落日圆"的意味。有人对"阔天围平野,斜阳一抹","围"字就比"笼"字逊色多了。这两句下联的前半部分基本一样,后面的"晴空一鹤""斜阳一抹"所表达的意思就相去甚远,和"寒鸦"相对,一个"相反",一个"吻合"。

104.第一百零四期

出句:落花不语自依水。

获奖下联:

清风无意乱翻书。(文学院2018级　姜艳　一等奖)

清风多情常伴人。(汉语国际教育专业2018级　钟安琪　二等奖)

修竹却道他引风。(国际经济与贸易专业2018级　殷昌龙　三等奖)

老师评析:本期上联"落花不语自依水",平白如话,其实有两种理解:一是一种常见的场景,花从树上落到水里,顺着水漂走了;二是源于民间的俗语"落花有意,流水无情",冯梦龙的《喻世明言》中有"落花有意随流水,流水无情恋落花"。因此,立足于第二种理解而应对的下联必定要高于一筹。

上联虽然没有一个"情"字,但是其中内涵有"情"。下联"清风无意乱翻书",有"意"相对。此下联源于古代的著名诗句"清风不识字,何必乱翻书",信手拈来,和上联相对,确实是神来之笔,天衣无缝,恰到好处,可谓绝对。

以"情"为内涵的下联如"清风多情常伴人""游子存忧空叹月"也是佳作。"流水无情任东西"中的"流水无情"对得恰到好处。可惜"任东西"对"自依水"相差太远。

按照第一种理解的下联"修竹却道他引风"对得非常工整,特别是"他"对"自"可以说难能可贵。上下联组合起来确是一幅美丽的风景画。译成散文:"片片花儿正在落下,无声无语,落花默默地随着水流漂去;长长的翠竹摇曳着,却在诉说,是它引来了这一缕缕清风。"

105.第一百零五期

出句:绿柳迎新三分景。

获奖下联:

红梅含苞万家春。(汉语国际教育专业2018级　钟安琪　一等奖)

春光辉耀全家福。(文学院2018级　赵洁　二等奖)

青竹送喜千事吉。(文学院2018级　姜艳　三等奖)

老师评析:本期上联比较简单,很好应对,但还有几点需要注意:一是"绿柳"属偏正结构,应以偏正应之,另柳树抽芽、柳树发新为春天特有意象,在征联时,不该忽略所选取的意象与春天、春节之间的关联。二是不可忽略此期主题。此期应联首先要考虑的是此联传达出的主题——喜迎春节。同学在应联后应自觉判断所传达的是否与征联相应和,能否表达对即将到来的春节的期待、祝福之意。应征下联中和"迎新"对得工整的不多。例如"依稀"是联绵词、"纷飞"是偏正词组、"和调"说不清楚到底是"动宾"还是"偏正"。

106. 第一百零六期

出句:点缀清欢新气象。

获奖下联:

追忆流年旧时光。(文学院 2018 级　赵洁　一等奖)

坐看风流旧亭台。(文学院 2018 级　曾祺芬　二等奖)

吹落烟火旧星河。(文学院 2018 级　曾祺芬　三等奖)

老师评析:上联"点缀清欢新气象"中的一个"新"字,逼得应征者都以"反对为上",纷纷以"旧"字相对。因此,下联所表现的内容就非常狭窄了。其实,不要"反对"也可以,从上下文的意义一致而言,"正对"可能更好。

上联中有几个难点,应征者可能疏忽了。"点缀"是并列结构、"气象"是并列结构、"清欢"是偏正结构。有些作者误以为"清欢"是并列结构,于是以"烟火""风流""繁华"等来对。"清欢"释义:清雅恬适之乐,所以是偏正结构。见苏轼《浣溪沙(细雨斜风作晓寒)》:细雨斜风作晓寒,淡烟疏柳媚晴滩。入淮清洛渐漫漫。雪沫乳花浮午盏,蓼茸蒿笋试春盘。人间有味是清欢。

107. 第一百零七期

出句:藤萝蝶舞花有致。

获奖下联:

菡萏鱼戏波无痕。(文学院 2018 级　胡江　一等奖)

古木蝉鸣叶无心。(文学院 2018 级　赵洁　二等奖)

杨梅雨洗水留痕。(文学院 2018 级　姜艳　三等奖)

老师评析:上联"藤萝蝶舞花有致"出得很好。这是一幅美丽的画面:藤萝藤茎缠绕,千姿百态;羽状的叶,繁茂翠绿;淡雅的花,或紫或蓝;蝴蝶飞舞,蝶恋花。所撰下联也必须描绘一幅这样美丽的画面。由此,我们可以判断优劣。

"菡萏鱼戏波无痕"，应该是上乘之作。"菡萏"对"藤萝"，两者都是并列结构。鱼儿在荷花下悠然地游着，微波都没有波痕。鱼儿戏水，荷新发。

第二节　大学生楹联随笔

楹联作为老百姓喜闻乐见的、雅俗共赏的一种文学形式，非常接地气，成为人们生活中不可或缺的文化符号。因此，楹联文化不能仅仅只在课堂上、在竞赛中加以传承，还要体现其来源于生活、根植于大众的属性。要实现与人们文化生活的无缝对接，要随时代的变迁而历久弥新，这样的文化传承才是长远的、最具生命力的。楹联教学团队不仅要引导学生创作楹联，还要有意识地引导学生把自己的所思所想所感用楹联的方式进行表达。

一、生活篇

感　恩

肖丽萍

世界因为阳光，才有温暖，有了水源，才有生命；有了父母，才有子女。在生活中，很多人理所当然地享受着一切，享受着父母带来的安逸稳定以及物质生活。然而人们在享受的时候，往往忘了感恩。"感恩"是个舶来词，中国之前没有"感恩"这个词，但类似"谁言寸草心，报得三春晖""滴水之恩，涌泉相报""结草衔环，以恩报德"等熟语都是在表达感恩之情。

说到感恩，便想起一副对联："**人须报本常思反哺，树若成型叶念归根。**"随着孩子年纪渐长、日益懂事，父母却渐渐老去、白发初生。然而身处异地求学多年的我们，说起父亲母亲，却不知道该以怎样的心情、怎样的口吻。

虽说父母是孩子的第一任教师，但求学时那些无私奉献、兢兢业业的老师对我们的成长同样起着不可或缺的作用。"**园中桃李年年艳，国厦栋梁节节高**"，老师辛勤地哺育学生，年年如一日，为国家事业建设培养接班人。（教师评语：这副对联，我认为对得最好的地方就在于"桃李年年艳"和"栋梁节节高"，不仅格式相称、平仄相对，而且内容融会贯通，巧妙地使用了比喻等修辞手法。用年年艳的桃李象征学生，侧面说明老师的成功，旨在表达学生的感激之情。）

感恩，是一种生活态度的反映，是一种品德，是一片肺腑之言。

军 训 有 感

陈佩佩

军旗升起,八一枪声惊世界;故郡腾飞,几番新韵响中华。每年新生入学,都要进行军训。为期十天的军训生活,酸甜苦辣,百感交集。

炎炎烈日下,学弟学妹们挺拔的身姿遍布迷彩方阵,"立正""稍息"应该是他们练队形、定军姿后最想听到的命令。汗如雨下,即使淌过眼角,没有命令也不允许随便擦拭,这便是铁一般的纪律。**星火燎原,革命精神传万代;百川归海,建国功绩耀千秋**。经过这虽短暂却最美、最精彩的大学第一课,2014 届学子**愿继愚公移山不移志,誓学大禹治水也治心**。纵使**百味人生读书蓄志**,也必**一身浩气立业建功**。

改革布春,人面共桃花一色;鲲鹏展翅,神州与旭日齐辉。美哉,军训! **苦学广思,鲲鹏展翅待来日;千锤百炼,钢铁成材在今朝**。美哉,军训! **人才强国,教育先行,青年当努力;科技兴邦,知识为本,学子要拼搏**。美哉,军训! **当朝桃李,明日栋梁,年轻一代志高远;世界强国,亚洲砥柱,华夏千秋树长青**。

坚持、团结、责任、奉献,这个秋季我们收获了很多,感谢给我们艰苦磨炼的教官,感谢让我们从轻狂蜕变为成熟的大学第一课! **峥嵘岁月,武略开天,搏击风雷万里,苍茫大地主沉浮,不尽风流意;锦绣春光,文韬盖世,振兴华夏九州,砥柱中流谋崛起,无边壮志情**。若干年后,回忆起这段日子,感谢上苍给我们的这番经历。

金 秋

江 婷

已是金秋了。秋风吹过,秋叶纷纷,叶子一片一片飘落在地上,是秋天独有的魅力。一见飘落的红叶,就想起那座山上的枫叶林,现在那山上铺满了金灿灿的枫叶吧。不妨相约几位好友去爬山,和几位好友踏着发出窸窸窣窣声音的枫叶,来到这片金色的枫叶林,静静地躺在柔软的枫叶上。曲肱而枕,仰望天空,静静倾听自然的心声,任由枫叶飘落在身体上,忘了时间,只顾和好友沉浸在"停车坐爱枫林晚,霜叶红于二月花"的美景中。美景引发诗情,吟出一句:"秋叶动春心,红装羞试枫思嫁;霜花当月老,金礼轻提菊做媒。"(教师评语:此联前后两句结构一致,词性一致,平仄相对。例如:"动春心"对"当月老",均是动宾结构,且仄平平对平仄仄。此联巧用了拟人手法,生动活泼地描写出一派别致的秋景图,富有人物气息和生活气息,抹去了秋天的萧条之感,却增添了喜庆之感。此联妙哉!)

"一叶落知天下秋"意味着时光流逝,泛起秋思。大多数学子远离家乡,在异乡念书,难免会思念亲人和家乡吧。就我而言,在秋风扫落叶中也会思念家人。国庆节假日期间没有远行旅游,而是毅然回到父母身边。家中的生活安静、悠闲,我常常站在窗户边,远远望去,谷子黄了,沉甸甸的,点缀着丰收和喜悦;谷穗伸着懒腰,温暖又耀眼;金灿灿的稻田,在秋风的吹拂下,像一片金黄色的海浪在翻滚,十分壮观。还记得坐在老爸的自行车上缓行在稻田间的小道上的场景。如今独自徒步在校园的小路上,抬头时偶见南飞的北雁。此情此景,不乏诗意,吟出一副对联:"**北雁南飞,双翅东西飞上下;前车后辙,两轮左右走高低**。"哈哈,在惆怅中生发诗意。秋思中藏着太多美好的回忆,也许恰在金秋时节,这些回忆才尤显珍贵。

金秋的阳光温馨恬静,秋风和煦轻柔,蓝天白云飘逸悠扬。谁言自古逢秋悲寂寥,我言秋日胜春朝。慢慢行走吧,欣赏金秋的美景!

秋 日 有 感

刘超楠

让我们来感受一下唐代诗人刘禹锡的秋日豪情吧。"晴空一鹤排云上,便引诗情到碧霄",这是他《秋词》二首之一中最著名的两句,全诗笔力苍劲,一反传统的悲秋观,颂秋赞秋,赋予秋一种导引生命的力量,表现了诗人对自由境界的无限向往之情,胸次甚高,骨力甚健。然而,不仅仅是其开阔疏朗的境界和高扬向上的情感令世人称赞不已,单是其前律格调之工整就足以让我们后人学习了。"**晴空一鹤排云上,便引诗情到碧霄**",即便是粗略读来也有一种气度不凡的诗情滚滚而来,这便是"仄起平收"的效果了。所谓"仄起平收",是一种写诗或写对联的格式,即上联末句尾字用仄声,下联末句尾字用平声。在现代汉语四声中,分为阴平、阳平、上声和去声,对联的上联,必须是仄声结尾,即上联的最后一个字必须是现代汉语中的三声、四声字;反之,下联最后一个字必须是一声、二声字。既然如此,上面这两句又可读成"平平仄仄平平仄,仄仄平平仄仄平",其平仄对仗之工整无可挑剔,堪称完美!因为一般的诗句或者对联只需要从开头算起,两个字两个字对仗,最后三个字又一对,两个字之中只需要研究后面那个字。例如:"果园"和"菜园",尽管"仄平"对"仄仄",但毫无疑问,它们在对仗工整上是可行的。如此说来,评论其格律"无可挑剔"完全中肯。

说到寒意渐浓、立冬将至,我们再来看出自明朝《警世贤文》中勤奋篇的警句:"**宝剑锋从磨砺出,梅花香自苦寒来。**""仄仄平平平仄仄,平平平仄仄平平",对仗工整,寓意深远。梅的不屈不挠、高洁谦虚,常给人以立志奋发的印象,它的凌寒独自开更是令人肃然起敬。梅花在风雪中屹立,悄然怒放,这样的铁骨铮铮该要让人自叹不如了。

寒之将至,愿你我走在这广阔的世间,以无限的感动,傲视风雨,拥抱阳光,"面朝大海,春暖花开"。

节　约

陈佩佩

勤劳活百岁,节俭富千秋。说到节俭这个话题,不仅仅是老生常谈。朱子有一句治家格言,我觉得应该和大家共勉,正所谓:"**一粥一饭,当思来处不易;半丝半缕,恒念物力维艰。**"

勤是传家宝,简为聚富盆。前几天在微博上看到一个用洗衣液瓶子做成的花瓶,真是废物利用,变废为宝。今天在 1 栋 5 楼上课的时候,偶然间发现卫生间有好几个水龙头坏了,水哗哗哗地流向下水道,心揪得生疼。水龙头长期漏水未修理,也许是因为生产商使用劣质原材料,也许是因为楼栋管理员尸位素餐,也许也是因为我们的漠视。

居安思危。如果没有水,我们该怎么办? 还记得上学期期末的时候,电还在,水没了,不能刷牙不能洗脸,没有水喝,逼走了多少人! 虽然我国淡水资源储备很大,但人均淡水资源占有量仅为世界平均水平的四分之一。所以说,我国是一个缺水严重的国家。再加上水污染和新增人口,地球可供给我们的可直接饮用的淡水资源越来越少。

戒奢以俭。"江南水乡闹旱灾"的现象已屡见不鲜,我们还有什么理由浪费? 在自顾不暇的情况下,我们又该拿什么给子孙后代?

勤劳俭朴心灵美,礼让谦诚品德高。水是生命之源,只有早行节俭事,我们才可以不过淡泊年。水如是,电如是,身边事皆如是。

十 面 埋 伏

陈佩佩

5 月 13 日 19：00，"2015 年高雅艺术进校园——中央民族乐团赴赣公益演出"在我校音乐厅完美收官。在这一台既继承传统又推陈出新的民族音乐会上，一曲琵琶独奏扣人心弦。**十胡鼓雪陵间泻，高雁问梅月下生。**今天我们就来介绍下这首经典名曲《十面埋伏》。《十面埋伏》是一首历史题材的大型琵琶曲。本曲现存乐谱，最早见于华秋萍在 1818 年主编的《南北二派秘本琵琶谱真传》，简称《华氏谱》。

乐曲描写公元前 202 年楚汉战争垓下决战中汉军用十面埋伏的阵法击败楚军的故事。**一战转乾坤，问后果前因，空累凡夫悲历史；千年说楚汉，叹骚人墨客，偏从末路认英雄。**

王猷定在《汤琵琶传》一文中记载了琵琶演奏家汤应曾"所弹古调百十余曲"，称其"尤得意于《楚汉》一曲"，其琵琶弹奏技艺已达出神入化的境界："当其两军决战时，声动天地，屋瓦若飞坠。徐而察之，有金鼓声、剑弩声、人马声……使闻者始而奋，继而恐，涕泣无从也。其感人如此。"

现流行的《十面埋伏》全曲共有十三个小段落：列营吹打、点将排阵、走队、埋伏、鸡鸣山小战、九里山大战、项王败阵、乌江自刎、众军奏凯、诸将争功、得胜回营。

其中"埋伏"这段音乐给人一种夜幕笼罩下伏兵四起逼近楚军之感，战争一触即发。"鸡鸣山小战"中的"刹弦"技巧，形象地表现了双方短兵相接小规模战斗的情景。在整个乐曲的最高潮"九里山大战"中，青年琵琶演奏家蒋彦运用了多种琵琶弹奏技巧，描绘出千军万马的喧嚣声，在刀光剑影中胜负已定。

拔山举鼎空遗恨，泣血悲歌苦别姬。旋律凄切悲壮的"乌江自刎"与前面的激战形成鲜明对比，我们从弦弦琵琶语中似乎看到了西楚霸王"虞兮虞兮奈若何"的无奈与悲壮！

毕　业

林晶晶

毕业，指学生在学校或训练班修业期满或达到规定要求并通过审核结束在校学习，毕业的时间一般是在五六月份。六月风景美如画，然而在这充满诗意的时节,一群人却百感交集,感慨万千。他们就是毕业生,五六月份于他们而言是收获、分离和开始。

"挥笔如剑倚麓山,豪气干云揽月去;展卷似帆横湘水,长风破浪采珠回。"六月,金色的麦浪在荡漾,对于农民来说这是一个收获的季节,对于毕业生同样如此。在几年的学习生活中,我们收获了深厚扎实的学识、真诚可贵的友谊、精彩纷呈的生活。

"允文允武,前路几多高岗;一张一弛,此去一路扬帆。"毕业对于我们来说是一曲离歌,我们将离开亲爱的朋友、敬爱的老师、熟悉的环境,谱写人生的新篇章;毕业对于我们来说是一段新的旅途,我们不知道未来路途是怎样的,是一马平川抑或是崎岖难平,我们都要大步前行探索未来;毕业对我们来说是一个转角,下个路口会有新的人和物等待着我们,愿下个路口的你更加优秀。

"驰骋直奔千里远,翱翔必指九天高。"毕业后,我们勇于挑战人生的新征程,韬光养晦,厚积薄发,闯荡属于自己的天地。毕业后,有可能那些一起学习、一起笑、一起哭的人,很难再次相遇,但是那些记忆一定都在我们的心里永存。"毕业有期情无期,其友其谊会其意"。

青 春 有 梦

黄羽晴

古时的文人讲求"修身齐家治国平天下",从小研读"四书五经",发奋读书,以求考取功名。不少关于奋斗的名篇名句名对也出现在诗人们的笔下。孙敬、苏秦"头悬梁,锥刺股"的故事告诉我们年少之时要勤奋,为了自己的理想而不懈努力。李白《行路难》中"长风破浪会有时,直挂云帆济沧海"则是说要怀抱希望,即便受到挫折,前路茫茫,也要相信终会有成功的一天。

"有志者,事竟成,破釜沉舟,百二秦关终属楚;苦心人,天不负,卧薪尝胆,三千越甲可吞吴""风声雨声读书声,声声入耳;家事国事天下事,事事关心"……这些都是以青春励志为主题的对联。从这些对联中,我们可以领悟到作者对于青春的理解:不虚度年华,不碌碌无为,当怀揣理想,铸就辉煌。

我们正值年少,应当书生意气,挥斥方遒:满怀执着和倔强,指向我们最初的憧憬;用勇敢和奋斗,彰显我们年轻的志向;以感动和希望,呼应我们青春的脉搏。

毕 业 再 叹

黄羽晴

又是一年毕业季，又是一年离别时，又有多少人伫立在这个令人难以选择的岔路口，不想迈出一步，因为还有太多的不舍……

书山论剑，同窗情深一掬泪；

学海引舟，师长恩重千古心。

大学四年，无论是同窗之间的打打闹闹，还是师生之间的交谈与问答，都同样让人感慨万千。临别之际，你是否与同窗好友依依惜别，又是否与老师诉说离愁别绪？你们相逢在陌生时，离别在熟悉后，但无论如何，请记住这段时光，铭记这些情感，它们会是你人生路上一段闪耀的回忆。

四年时光，转瞬即逝。学长学姐们应该还记得自己当时收到录取通知书时的欣喜，刚入学时的迷茫与彷徨以及临近毕业时对未来的焦虑和担忧……四年，你们自己的努力与汗水，换来了收获与成长，相信这样的你们无论在哪个地方都能发光发热。如今，你们即将踏上新的征程，希望在不久的将来，你们都能心想事成！

忆往昔寒窗锥刺股，无悔青春；

盼来年花开香满园，看我锦程。

"一卷书来，十年萍散，人间事，本匆匆。当时并辔，桃李媚春风。恰同学，少年知交，酒如情浓。"生活不会辜负任何一个脚踏实地的人，想要进步，你得努力，还要坚持。希望学长学姐们离开校园以后也能时时刻刻充实自己，不忘初心，拒绝随波逐流；也希望你们能不骄不躁，不屈不挠，以梦为马，潜心向学，追求卓越，莫负韶华，相信你们终会成功！

四月的春天

江 婷

有人喜欢"不知细叶谁裁出"的二月，有人喜欢"雨横风狂"的三月，可是我更喜欢"草树知春不久归，百般红紫斗芳菲"的四月。四月的春天，不再像二月那般含蓄、三月那般腼腆，而是热情奔放、活力四射的。四月是一年中最美好的时候，既温暖又给人以无限憧憬。你可以选择去郊外踏青、公园散步，感受春天的气息；也可以待在学校的某个角落沉浸于书本，独自攻克专业知识的疑难困惑,或是品味小说中人物的喜怒哀乐……

　　清晨,我们总能在校园的林荫小道中听见一阵阵琅琅的读书声,看到同学们三五成群,或站或蹲,徜徉在知识的海洋里。"一年之计在于春,一日之计在于晨",每当看到这幅画面,我就不禁感叹身边同学的勤奋。此情此景,不禁让人想起一句话:"**良辰美景,惜时如金,敢与金鸡争晨晖;书山学海,甘之若饴,誓同峨眉共比高。**"(教师点评:此句虽字数相对,内涵丰富,意味深长,却没有遵循对联的平仄要求。如"良辰美景"与"书山学海","平平仄仄"与"平平平仄"显然是不相对的。"争晨晖"一连用三个同声的字,声律没有出现声调的抑扬高低而显得呆板,听起来就不那么和谐悦耳。"晖"与"高"均为平声字,不符合对联仄起平收的要求。再看一联:"立志须如三古圣,为书自起一家言。"此联对仗工整,每句联中平仄交错,上下联平仄相对,一"圣"一"言"仄起平收。而且上下联词语词性一致,结构一致:"立志"与"为书"均为动宾结构,"三"对"一"是平仄相对,且均为数量词。同上一例相比,此联是一副规整的对联。该联的意思是:应该向三位古代的圣人一样立志,写书应该写有自己的看法和见解。)

　　古人云:"读万卷书,行万里路。"阳光明媚,春光无限好,邀数人踏青,观赏山水风光,好不惬意!

　　正所谓:"**春日春风春相伴,人来人往人意浓!**"(教师点评:本联中的"春"和"人"相对,并按照某种规律,重复出现多次,是典型的复字联。)和朋友沐浴着阳光,享受着春风的抚摸,增进彼此的友谊。置身于春景中,不妨再来吟诵描写春天的对联:"**春到碧桃树上,莺歌绿柳楼前。**"(教师点评:"碧"与"绿"相对,明丽的色彩交织展现出了一幅生机勃勃的画面。"树上"与"楼前",这两组方位词对得十分巧妙。)春到莺歌,碧桃绿柳,多么富有动感的画面!春天到了,桃树柳树长出了嫩绿的新芽,一派万物复苏的青春气息。这时,楼前树上一只只黄莺翩翩起舞,唱着春天的赞歌,插上梦想的翅膀,收获属于我们的每一分耕耘!

二、时事篇

地震之感言

陈佩佩

亡灵已逝,一路黄泉结伴;伤者尚存,万人碧落搀扶。北京时间 2015 年 4 月 25 日 14 时 11 分,尼泊尔发生 8.1 级地震,震源深度 20 千米。西藏拉萨、日喀则等地震感强烈。

如果地震发生在我们身边,该怎么办呢?

分阴宜爱惜,刻漏逊精奇。(教师点评:此处"惜"为入声字。)破坏性地震从发生到房屋倒塌,一般只有十几秒的时间。

如果我们在教室上课或者在寝室休息,来不及跑到室外,应就近躲避,选择卫生间或洗手池、墙角等空间小、有支撑、不易塌落的易形成三角空间的地方,或者选择躲在桌子、床等结实物体下面,双手抱头,蜷曲身体,降低身体重心。要避开玻璃门窗和日光灯,千万不要跳楼,也不要拥挤在楼梯和过道上。

如果我们在户外,应避开高大建筑物,远离高压电线,跑到空旷地区,如操场,保持镇静,等待救援。

如果我们被埋压尚不能自我脱险时,应设法将手脚挣脱出来,清除压在自己身上,尤其是腹部以上的物体。用衣物捂住口鼻,防止烟尘呛入造成窒息。同时,应保存体力,等待救援,用石块敲击物体发出信号代替大声呼救。

如果我们是救援人员,要先抢救建筑物边沿瓦砾中的幸存者。在瓦砾堆中,则要及时抢救处在房屋底层或未完全遭到破坏的地下室中的幸存者。先使被救者头部暴露出来,迅速清除其口鼻内的尘土,防止其窒息,再暴露胸腹部。

沉着镇静,挥洒自如。俗话说:"小震不用跑,大震跑不了。"地震发生时,我们可运用知识,镇定自若地判断地震的大小和远近。远震主要是左右摇摆,很少上下颠簸,而且地声脆、震动小。近震则常以上下颠簸开始,然后才左右摇摆,遇到近震,就赶紧跑吧!

抗战胜利70周年有感

陈佩佩

今年是抗战胜利70周年。**国恨家仇,狼烟未远,鸣钟激奋无相忘;人和政畅,骏业将兴,追梦图强切莫停。**(江西　刘权)70年前,日本天皇向全国广播了"接受《波茨坦公告》""实行无条件投降"的诏书,标志着日本无条件投降。

牢记心中史,长鸣耳畔钟。在抗日战争中,我国军民伤亡3500万人以上,这令我的笔沉重起来。

九域鏖兵惊敌胆,百团大战慑倭魂。(河北　姚忠)1940年8月20日,中国共产党所率领的八路军发动以破坏华北日军占领的交通线、矿山为目的的突袭作战,这也是八路军与日寇在华北地区进行的一场规模最大的战役。这场战役共歼灭日伪军 5 万余人,重击了日伪军的反动气焰,极大地振奋了全国的抗战信心。

勿忘国耻,圆梦中华。干戈玉帛,以史为鉴,慎终追远,缅怀先辈。喟叹,落后就要挨打! 唯念,国家好,民族好,大家才会好!

雷 锋 精 神

肖斌斌

雷锋精神,其实质和核心就是全心全意为人民服务,为了人民的事业无私奉献。它已经成为我们这个时代精神文明的同义语、先进文化的表征。周总理把雷锋精神全面而精辟地概括为:"憎爱分明的阶级立场、言行一致的革命精神、公而忘私的共产主义风格、奋不顾身的无产阶级斗志。"[1]

"大爱精神荣草木,雷锋足迹印河山。"(陕西　孙良荫)1963 年 3 月 5 日,毛泽东主席发表了"向雷锋同志学习"的题词,在全国范围内掀起轰轰烈烈的学雷锋热潮。雷锋精神的传播,极大地改变了社会风貌,促进了社会主义精神文明建设,教育影响了几代人。

"一曲赞歌,树起文明榜样;九州盛举,唤回道德楷模。"(安徽　徐成来)雷锋在短暂的一生中,切切实实地把有限的生命投入了无限的为人民服务中去,雷锋常说:"革命需要我去烧木炭,我就去做张思德;革命需要我去堵枪眼,我就去做黄继光。"他努力学习毛主席的著作,吃苦耐劳、勤恳工作、艰苦朴素、廉洁奉公,时刻为群众着想,毫不利己、专门利人,树立了一个平凡而伟大的共产主义战士的形象。

"学雷锋,献爱心,构和谐社会;洒汗水,争佳绩,建美好家园。"(河北　张振遥)雷锋虽然早已离我们远去,但是他的精神永远活在我们心中,激励着我们一代又一代人为共产主义事业,为人民群众的切身利益而前赴后继、奋斗不息。

---

[1] 中共中央党史研究室宣传教育局. 中国共产党历史知识问答[M]. 北京:学习出版社,2016:64.

"一带一路"有感

田　丽

近期,亚太地区领导人齐聚菲律宾,在 2015 年亚太经合组织会议上,共同描绘亚太发展的新蓝图。中国作为亚太经合组织中第二大经济体,在世界舞台上扮演着越来越重要的作用。世界各国经济专家期待中国唱响"亚太强音",展示"中国力量",助推世界经济发展。

"构建平台通世界,打造优势贯中西",回首近年来中国经济的发展,"一带一路"倡议渗透融入中国当代经济的方方面面,它为世界经济的发展打开一条"新思路"。"独行快,众行远",开展更大范围、更高水平、更深层次的区域合作,成为各国人民的心声。

"一带一路"开启了一扇沿线国家和地区和平合作、互利共赢的机遇之窗。

这是一条开放合作之路——

中国始终坚持"开放"原则,"一带一路"倡议的提出,得到 60 多个沿线国家和地区的积极响应。亚投行人气一路攀升。

这是一条和谐包容之路——

从中国的丝绸、茶叶、瓷器和四大发明,到西域的香料、珠宝、医药、汗血马,古丝路连通的不只是商品贸易,更是东西方两大文明。**"百鸟鸣春,春风盈大地;群龙献瑞,瑞气满神州"**,"一带一路"倡导文明包容,尊重各国发展道路和模式的选择,加强不同文明之间的对话,求同存异、兼容并蓄、和平共处、共生共荣。

这是一条市场导向之路——

2014 年 12 月,丝路基金正式运行。"一带一路"在发挥政府作用的同时,坚持市场导向原则,遵循市场规律和国际通行规则,充分发挥市场在资源配置中的决定性作用和各类企业的主体作用。

这是一条互利共赢之路——

"如果将'一带一路'比作多国协奏的乐章,那么它的基调就是共赢。"巴基斯坦中国委员会执行主任菲扎尔·拉赫曼一语中的。通过建设"一带一路",有利于发挥各自比较优势,迎接新的机遇,形成互补互利互惠的良好格局。

"敬业夯基,铺就和谐发展路;同心筑梦,迎来民主自由春。""一带一路",合作共赢,中国定将奏响国家经济的最强音。

"四进四信"活动有感

邱旭君

"壮丽青春绣美景,广博天地放英华。" 2015 年,团中央学校部开展高校共青团"四进四信"活动。以团而聚,聚之以青年兮,聚之以思想兮,"四进四信"活动开展得如火如荼。

何为"四进四信"?

以"四进"为手段:进支部、进社团、进网络、进团课;以"四信"为目标:牢固树立对党的科学理论的信仰,坚定走中国特色社会主义道路实现"中国梦"的信念,增强对党和政府的信任,增进对以习近平同志为总书记的党中央的信赖。

没有比脚更长的路,没有比人更高的山,没有比青春更美的事业。时光倒转 96 年,5 月 4 日,中国新民主主义革命拉开序幕。近 100 年来,爱国、进步、民主、科学的五四精神一直引领着一代代青年成长。**"四有新人创大业,八方俊彦绘宏图。"** 当代青年面临着更复杂多样的新环境,如何让团中央"四进四信"活动开展得更加生动活泼,如何让高校思想引领摆脱流程化照本宣科,如何让高校理论社团迎来春天呢?

江山代有才人出,各领风骚数百年。高校共青团要引导青年学生自觉学习习近平总书记系列重要讲话精神,树立正确的世界观、人生观、价值观,坚定"主心骨",补足"精神钙",筑牢"压舱石",昂首自信地走上中国特色社会主义道路。

法治宣传日有感

陈佩佩

法治国家臻大治,清明社会倡文明。 12 月 4 日是全国法制宣传日,而每年的这个时候我校也会联合南昌大学、南昌航空大学联合开展法制宣传活动。

律法严明,九州欣大治;春风和煦,万众话小康。 还记得去年的这一天,学校通过校园环游车进行法制宣传,同时开展"法与校园"知识讲座和观看"法制电影"等活动,将一些和大家息息相关的法律知识通过多种方式展现出来。

法制春风扶大地,精神财富满乾坤。 今年,法制宣传活动的现场将会有何惊喜呢? **东方丽日耀明时,红舒九野;法治熏风苏冻土,碧透三江。** 让我们拭目以待吧!

三、节日篇

国庆节有感

田　丽

1949 年 10 月 1 日，"中华人民共和国中央人民政府今天成立了！"毛主席振聋发聩的宣言至今仍回荡在天安门，中国之狮仰天长啸，重振雄风！

此前，辛亥革命终结帝制，军阀混战狼烟四起；尔后，魑魅魍魉，昏天暗地，被污为"东亚病夫"的中国人饱受屈辱！

声声呐喊，浴血奋战，那段战火纷飞的时光，是对爱国最好的诠释，是中华民族不屈的抗争史！

"开创千秋大业；绘描四化宏图。"（广州　王强）在这毛泽东高唱"鹰击长空，鱼翔浅底，万类霜天竞自由"的时节，国庆又至。人们爱鱼鸟的自由，殊不知鹰隼于长空振翅，鱼龙于碧水遨游，若失了这样的大环境，哪有自由可言？鱼鸟如此，况人乎？田横带领五百志士，在海岛上为国自刎；郑成功横渡海峡，收复台湾：古今多少英雄人物为自己的祖国抛头颅、洒热血。

"年年国庆，庆祝新胜利；处处笙歌，歌唱大丰收。"看着那些今日仍战火连天的国家，人们每日枕戈待旦，你能不爱我国这"天朗气清，惠风和畅"的生活吗？君不见，每当国外发生骚乱时，我国大使馆对当地华人及时高效地予以保护。拥有一张中国护照，羡煞旁国！中华儿女们，不正因祖国而幸福无比吗？

"中华儿女，顶天立地；华夏子孙，革故鼎新。"国犹家也，弃家者，人恒弃之。外国的月亮并不比故乡的圆，亲身经历才会知道，"月是故乡明"。

何为爱国？英雄壮举？奋勇杀敌？当今和平建设年代，爱国行为无高低，简单亦显真挚。

我们坚持节约水电，坚持不用一次性筷子，坚持遵守交通规则……坚持平凡生活里每一个有益于集体和国家的好习惯，就是不平凡，就是爱国！

"今日高校学子，明朝国家栋梁"，对于我们而言，最重要的爱国行为便是扎实掌握专业知识。岳飞青年时不苦练武艺，何以立下赫赫战功精忠报国？若无精深的爆破知识，董存瑞哪知必须把炸药包顶起来贴在敌人碉堡上才有效果？再勇敢也是无用。

非专无以立足，非通无以应变。牢固掌握专业知识并为国所用，是我们大学生最基本的爱国行为。祖国，必因杰出的中华儿女们幸福无比！

元 旦 有 感

曾纪兴

"元旦"一词,在文学作品中最早出现于《晋书》,但其含义已经沿用了4000多年。中国古代曾以腊月、十月等的月首为元旦,汉武帝起为农历一月一日,中华民国起为公历1月1日,中华人民共和国亦以公历1月1日为元旦,因此元旦在中国也被称为"阳历年"。

"**五色彩笔绘宏图,宏图璀璨;一元复始迎新岁,新岁峥嵘**。"元,谓"首";旦,谓"日";元旦即"首日"。人生要度过一个又一个的元旦,生命也在一个又一个元旦中成长。元旦不仅是一个节日,更是与生命捆绑的时间记录,是人生旅途的纪年。纪年首日过新年,人生元旦再翻新篇。人生元旦意味着生命价值需重新评价和估量,意味着人生的新开始、新篇章。

"**老去又逢新岁月,春来更有好花枝**。"人生会经历许多磨难、许多无奈、许多烦恼、许多痛苦、许多不为人知的种种。在每个人的人生之路,抱怨只能消磨自身的锐气和信心,而振作在任何时候都有可能摆脱困境。要相信,前途是美好的,正如海明威所说,生活总是让我们遍体鳞伤,但到最后,那些受伤的地方一定会变成我们最坚强的地方。

"**天开新岁月,人改旧乾坤**。"人生元旦就是一次转机的起步之日,是一次升华,是一次崛起,是一次完善,是一次从头再来的机会。抓住人生的每一个元旦,抓住人生每一个元旦的契机,实乃人生之关键。

时光流逝,岁月轮回;光阴不再,今日非昨。人生不可沉迷过去之元旦,不可畏惧将来之元旦,追求现世之元旦方是正道。

无聊、寂寞、空虚、孤独,无人不怕;然一万年太久,我们应只争朝夕。人生元旦之时,抓住契机,确定航向,重新出发,为新的一年留下浓墨重彩的一笔。

清明节有感

肖斌斌

清明节又叫踏青节,在仲夏与暮夏之交,也就是冬至后的第108天。它是中国传统节日,也是最重要的祭祀节日之一,是祭祖和扫墓的日子。汉族传统的清明节大约始于周代,受汉族文化的影响,满族、壮族、鄂伦春族、羌族等少数民族也有过清明节的习俗。扫墓祭祖、踏青郊游是清明节的主题。

"燕子来时春社，梨花落后清明。"清明节的习俗除了禁火、扫墓，还有踏青、荡秋千、蹴鞠、打马球、插柳等一系列风俗体育活动。相传这是因为寒食节要寒食禁火，为了防止寒食冷餐伤身，所以大家参加一些体育活动来锻炼身体。

"百六日佳晨，杏酪榆羹何处梦；廿四番花信，石泉槐火为谁新。"相传春秋时期，随臣介子推在晋公子重耳流亡途中饥饿难耐之时，从自己大腿上割下一块肉给重耳吃。后来，重耳即位，重赏了当初伴随他流亡的功臣，唯独忘了介子推。再后来，晋文公重耳想起落难之时介子推"割肉奉君"，羞愧不已，亲自带人去请介子推，而介子推已带母亲隐居到绵山。在绵山找寻无果后，有人向晋文公献计，放火烧绵山，逼出介子推。大火烧遍绵山，却不见介子推的身影，火熄后才发现介子推与老母亲相拥被烧死在一棵老柳树下。晋文公见状恸哭。装殓时，人们在树洞里发现一封血书，上写道："割肉奉君尽丹心，但愿主公常清明。"为纪念介子推，晋文公下令将这一天定为寒食节。第二年，晋文公率众臣登山祭奠，发现老柳树死而复活，便赐老柳树为"清明柳"，并晓谕天下，把寒食节的后一天定为清明节。

前人如此，后人亦如此。人们将清明节用来悼念忠国、忠君、忠家之人，一则以此日扫祭先茔，怀念已故之人；二则希望后人不忘古之优良品行，并将它传承下来，渗透进当代人日常生活之中，在不知不觉中完善自身，升华个人。

"秀野踏青晨行早，芳草拾翠暮忘归。"清明时节，祭祖扫墓，缅怀先人。不论我们身在何处，或远或近。不论我们用何种方法，或竹杖芒鞋，亲自去到祖先坟头；或置身于离家百千里之外，泡一壶茶，在茶香中，追忆故人、故事。四月，清风吹，杨柳垂，心上繁花，思绪无涯。

上巳节有感

肖斌斌

上巳节，为农历三月初三。这一日，人们通常结伴去水边沐浴，称为"祓禊"，此后又增加了祭祀宴饮、曲水流觞、郊外游春等内容。其中，"郊外游春"简称春游，是一种古老的汉族民俗文体活动。春季郊野，万木吐翠，芳草茵茵，百鸟争鸣，阳光和煦，空气清新，置身于这如诗如画的环境中，能使人心胸开阔、疲劳顿消、精神振奋，还能促进细胞的新陈代谢。因而，春游具有特殊的保健作用。

"**春风吹绿千枝柳,时雨催红万树花**。"春天,是万物生长的季节。万物从严冬的桎梏中挣脱开来,贪婪地汲取着春日给予的阳光与暖风,在心底沉淀出一分温柔,抚育正在向上勃发、绽放的精彩。春暖必然花开,花开必然绚烂。花开时节,清风恰好,阳光恰好,最适合外出踏春。行者两三人,踏于田野间,欢笑,嬉戏。阵阵春风吹来,催红万树花,催红同行者秀丽的面庞。一轮红日,温暖着我们的心房。

"**呼朋引伴踏春去,戏水沐风咏歌回**。"春日出游,最开心的想必是孩童了。湛蓝的天空激发着他们的好奇心,飞翔的鸟儿勾起他们的兴趣,水底的游鱼浮动着他们的幻想。在田野间追逐奔跑,之前没有烦恼,之后亦不会有。孩童是幸运的,可以毫不怜惜地享受有限的春光,留存无限的欢愉。所有的大人都是小孩,虽然很少人记得,但在春光正好之时,就请忘却自己,做一次傻小孩,给自己些许的放纵,尽情享受春天给予的光与热。

"**阶前春色浓如许,户外风光翠欲流**。"不负春光,不负韶华,趁着春日,与全家老小,会二三友人,带上年轻的自己与一颗跳动的心,向着花开得正繁密处,挥洒属于春天的热情。

五四青年节感言

曾纪兴

五四运动走入了记忆。但对于我们青年而言,五四并未远去,那如潮水般涌向天安门前的怒形于色的人们仍历历在目,那激越高昂的呼声穿越近百年的时光隧道正清晰地响在耳畔。"**开华夏千秋盛举,展神州万古雄风**。"五四运动是一场影响深远的伟大的爱国运动和思想解放运动,它标志着中国发展史掀开了新的一幕,标志着中国青年成为反帝反封建斗争的先锋队。

"**青春红似火,大志壮如山**。""我们是五月的花海,用青春拥抱时代;我们是初升的太阳,用生命点燃未来。"当年的青年如今都已飘然远逝,留给我们且始终熠熠生辉的是这座丰厚而深邃的文化宝库中的爱国主义和创新精神!五四的火炬已经光荣地传到我们手中。五四先驱振兴民族的崇高理想,将通过我们继往开来。

"**莫让韶光付逝水,宜将烈火燃青春**。""少年智则国智,少年富则国富,少年强则国强,少年独立则国独立,少年自由则国自由,少年进步则国进步,少年胜于欧洲则国胜于欧洲,少年雄于地球则国雄于地球。"我们是早晨八九点的太阳,承载着祖国的希望和未来,肩负着建设伟大祖国的历史重任。

爱国、进步、民主、科学,先辈们秉承的理想信念,在过去、现在、将来一直都会是我们的力量和信心。我们青年一代在新的历史中,一定会成长为中华民族的中流砥柱。

教 师 节
曾纪兴

九月,农民收获之时,土地回报之际。在这个收获的季节,每一位学子都是老师们用智慧辛勤浇灌的丰硕果实。

碧血催桃李,丹心育栋梁。老师是春雨,滴滴润心田;老师是秋风,让我们硕果累累;老师是明灯,是我们人生道路上的引路人。

韩愈有言:"师者,所以传道受业解惑也。"老师们**甘做园丁,为祖国添秀;愿化新雨,给桃李送春**。他们无愧于师。我们饮水当思源,师恩须永怀。

尊师乃中华民族传统美德。古语有云:一日为师,终身为父。《吕氏春秋·劝学》中说道:"事师之犹事父也。"同时,相关典籍也能看到关于尊师之论,《礼记·学记》指出:"师严然后道尊,道尊然后民知敬学。"《荀子·大略》有云:"国将兴,必贵师而重傅。"教师得到尊敬,教育得到重视,这是国家兴盛发达的根基。由此可见,自古以来,我们中华民族就行尊师之道,讲究为学尊师。

育才兴邦,百年大计;尊师重教,一代新风。尊师并不是一朝一夕之事,需要我们用一生去践行:常怀感恩之心,报效社会,以实现自我人生价值去感谢我们的老师,以自身行动弘扬尊师优良传统。

九月十日,教师佳节。手捧最美的鲜花献与老师,向老师致以崇高的敬意。祝愿全天下所有的老师永远健康幸福快乐!

立 冬
曾纪兴

立冬,作为冬季的第一个节气,在公历每年的 11 月 7 日或 8 日。立,建始也,表示冬季自此开始。冬是终了的意思,有农作物收割后要收藏起来的含义,中国又把立冬作为冬季的开始。

立冬之后,白昼时间将继续缩短,正午太阳高度继续降低,气温下降变化明显。"**方过授衣月,又遇始裘天。**"由诗可知气温变化之快。

立冬之后,南北温差大。"**塞北寒方至,江南气尚和。**"北方的许多地方已是风干物燥、万物凋零、寒气逼人,并且已经开始出现初霜;而华南仍是青山绿水、鸟语花香、温暖宜人。

在农耕时代,劳动了一年的人们,利用立冬这一天休息一下,顺便犒赏一家人一年来的辛苦。有句谚语"立冬补冬,补嘴空"就是最好的比喻。

在中国北方,特别是北京、天津的人们爱吃饺子。因为饺子来源于"交子之时"的说法。大年三十是旧年和新年之交,立冬是秋、冬季节之交,故"交"子之时的饺子不能不吃。

而在南方,立冬人们爱吃些鸡鸭鱼肉。在台湾,立冬这一天,街头的"羊肉炉""姜母鸭"等冬令进补餐厅座无虚席。许多家庭还会炖麻油鸡、四物鸡来补充能量。

"**门尽冷霜能醒骨,窗临残照好读书。**"立冬将至,正是早起学习的大好时光,少年莫赖床。

除 夕 感 言

陈佩佩

一夜连双岁,五更分两年。除夕,又称大年夜、除夜、岁除、大晦日,是农历一年中最后一天的晚上,即春节前一晚。农历十二月多为大月,有三十天,所以除夕又被称为大年三十、年三十、年三十晚、年三十夜。"除夕"中"除"字的本义是"去",引申为"易",即交替;"夕"字的本义是"日暮",引申为"夜晚"。因而,"除夕"便含有旧岁到次夕而除,明日即另换新岁的意思。除夕之夜,你是和家人围坐在电视机前看春晚呢?还是拿着手机群发祝福短信呢?

春风送暖万家乐,乙未迎新百姓欢。十二生肖转又转,喜气羊羊(洋洋)又来临。**金马归山千里秀,银羊出阵万家欢。**正月十二,我们迎来了新学期新气象!

新学期,我们**羊年常讲吉祥话,春日宜听和谐声!**

新学期,我们**马归西域扬鞭去,羊进南昌逐梦来!**

新学期,我们**心系千秋华夏梦,情融一脉赣江春!**

新学期,我们**新羊挂起青云志,老马奋飞红景天!**

时圆民有梦,节庆国图强。每年3月,"两会"先后召开。我们国家又将发生什么改变呢? 让我们拭目以待吧!

国力显神威,发展势头方崛起;民生开胜境,文明指数正攀升。2015年将完成第一次现代化的中国向世界宣告:建设文明国度,经营美好家园!

第三节 大学生楹联创作获奖作品荟萃

第一部分 主题楹联竞赛获奖作品

楹联教学团队从2001年开始,分别以"党旗颂""歌颂党、歌颂祖国、歌颂社会主义""廉正、廉明""青年、科技、文化"等内容为主题,几乎每年举办一次面向全校师生的主题征联竞赛活动,构建了以楹联创作和竞赛形式为引领的楹联文化传承与育人模式。现汇集一些作品如下,供读者借鉴、评析。当然,其中可能有的作品不合格律要求,但都是学生独立创作的作品,甚至有些作品是现场限时创作,所以重在参与,以鼓励为主。

2001年主题楹联大赛获奖作品

(1)出句:党庆八旬,大业辉煌惊世界。

一等奖

旗飘万代,宏图锦绣耀山河。(东湖区 杨会林)

二等奖

民歌三代,丰碑灿烂耀中华。(东湖区 陈明华)

国兴万代,蓝图宏伟壮乾坤。(南昌高专1999级 古剑峰)

三等奖

民歌三代,丰功卓著定乾坤。(南昌教育学院 黎传绪)

旗飘万代,神州壮丽耀乾坤。(南昌高专1999级 熊王)

功高五岳,激情豪迈写春秋。(南昌市三建公司 杨润秋)

(2)自撰联

一等奖

姹紫嫣红,八秩寿辰歌烂漫;

钟灵毓秀,九州黎庶竞风流。(高安市 罗时记)

二等奖

党旗灿烂,八旬伟业千秋颂;

国运昌隆,三代丰功四海扬。(南昌县 何新发)

万里长征,一幅壮丽兴邦画;

三中全会,千首辉煌富国诗。(西湖区 蔡高荃)

三等奖

寿庆八旬,山河捧酒千杯绿;

图描十五,城镇献花百业红。〔上饶县(今广信区) 郭镇〕

德政符民意,万民同歌德政好;

党惠感国人,举国齐颂党恩深。(南昌市总工会 聂党生)

举国同歌,朝气蓬勃新世纪;

万民齐颂,生机无限美山河。(南昌高专 2000 级 邹欢)

2003 年主题楹联大赛获奖作品

一等奖

长万里东风,比翼齐飞,千帆竞发迎新岁;

载九州生气,与时俱进,万马奔腾奔小康。(2001 级 李贵强)

二等奖

喜送两千年,跃马扬鞭腾盛世;

欢呼十六大,开来继往展新猷。(2002 级 侯伟)

征联

出句 1:学子慕高专,登高步步前程远。

一等奖

教师肩重任,负重年年硕果丰。(2001 级 罗美仁)

二等奖

校园开胜局,求胜人人壮志雄。(2001 级 黄桂香)

校园扬美誉,爱美人人兴致浓。(2001 级 李芳)

出句 2:情系高专,心连学子,同舟共济开新面。

一等奖

胸怀大志,爱洒校园,比翼齐飞拓锦程。(2001 级 涂莉)

二等奖

梦牵祖国,魂绕中华,齐心协力铸锦章。（2001 级　朱晓鹃）

2004 年主题楹联大赛获奖作品

出句 1：科技兴邦,玉璞精雕成大器。

一等奖

文明治赣,华章博采庆新春。（2004 级　佚名）

二等奖

人才立校,石材百炼锻真金。（2003 级　宋彩琳）

教师育人,学生细抚变英才。（2002 级　刘小凤）

出句 2：求学修身,养海阔天高浩气。

一等奖

读书立志,树国强民富雄心。（2003 级　武改萍）

二等奖

兴科重教,建民安国泰中华。（2004 级　程鹏）

静心明德,蓄日新月异精神。（2004 级　闫秀芬）

出句 3：校园扬特色,楹联文化开新面。

一等奖

华夏绘宏图,国粹韵姿唱大风。（2004 级　吴强亮）

二等奖

赤县荡春风,科技人才展宏图。（2004 级　刘小龙）

赣水涌春潮,城市景观显秀颜。（2002 级　王国超）

出句 4：红谷滩,红角洲,洲滩一片欣荣气象。

一等奖

白云观,白鹿洞,洞观两边独特风光。（2003 级　武改萍）

二等奖

青云谱,青山路,路谱万般锦绣前程。（2004 级　吴强先）

2005 年主题楹联大赛获奖作品

"反腐"主题自撰联

一等奖

依制兴邦,激浊扬清三尺法;

以民为本,翻天覆地九州春。(中文系教师　文之清)

腐败不除,国无宁日;

清廉永葆,民有福音。(中文系教师　杨霞林)

为官应刚正不阿一身正气,

执法须鞠躬尽瘁两袖清风。(2004级　佚名)

二等奖

廉政治国,九州扬正气;

富民安邦,百业展宏图。(2004级　赵艳玲)

任长霞刚直率公,树一身正气;

牛玉儒廉洁处事,留两袖清风。(2004级　曾振英)

一身正气敢碰硬,

两袖清风不染尘。(2003级法制新闻1班　史承相)

2006年主题楹联大赛获奖作品

"青年·科技·文化"主题征联

出句1:百味人生,读书蓄志。

一等奖

一身浩气,立业建功。(2004级　尹星蕾)

二等奖

万般世界,立德修身。(2004级　陶耀辉)

五环奥运,携手传情。(2004级　刘萍)

出句2:改革布春,人面共桃花一色。

一等奖

鲲鹏展翅,神州与旭日齐辉。(2004级　程鹏)

出句3:人才强国,教育先行,青年当努力。

一等奖

科技兴邦,知识为本,学子要拼搏。(2004级　汪园)

出句4:今朝桃李,明日栋梁,年轻一代志高远。

一等奖

世界强国,亚洲砥柱,华夏千秋树长青。（2004 级　廖小珍）

二等奖

此刻良辰,昨宵美景,光阴几寸金弗如。（2004 级　黄丽丽）

出句 5:苦学广思,鲲鹏展翅待来日。

一等奖

千锤百炼,钢铁成材在今朝。（2004 级　肖太艳）

二等奖

笃行明辨,骏马奋蹄奔锦程。（2004 级　孙伏霖）

2007 年主题楹联大赛获奖作品

（1）征联

出句 1:军旗升起,八一枪声惊世界。

一等奖

故郡腾飞,几番新韵响中华。（2006 级　黄雄辉）

二等奖

经济腾飞,廿年改革壮中华。（2004 级　孙伏霖）

经济腾飞,三中春雨润河山。（2003 级　付浩芹）

出句 2:星火燎原,革命精神传万代。

一等奖

百川归海,建国功绩耀千秋。（2004 级　汪园）

二等奖

长风破浪,英雄功绩继千秋。（2004 级　徐海英）

（2）自撰联

一等奖

峥嵘岁月,武略开天,搏击风雷万里,苍茫大地主沉浮,不尽风流意;

锦绣春光,文韬盖世,振兴华夏九州,砥柱中流谋崛起,无边壮阔春。

（2004 级　周家根）

二等奖

十载辉煌,紫荆歌盛世;

万般锦绣,华夏庆长春。(2003 级 付浩芹)

三等奖

水火中救苍生,我谓青山多傲骨;

墓碑前怀英烈,谁说华夏少忠魂?(2004 级 刘小龙)

南昌起义,秋收起义,遍地星火开大业;

香港回归,澳门回归,万民同觞庆千秋。(2006 级 黄雄辉)

2009 年主题楹联大赛获奖作品

(1)征联

出句 1:华夏振兴,九万里鲲鹏展翅。

一等奖

神州崛起,五千年龙虎奔腾。(2008 级 张龙飞)

出句 2:旗展五星,六十春秋逢盛世。

一等奖

龙飞九天,五千文明耀神州。(2008 级 朱立波)

出句 3:莺歌燕舞,姹紫嫣红,看九州日新月异尽春色。

一等奖

雨顺风调,民安国泰,望四海人和政通永太平。(2007 级 龙鑫海)

二等奖

鼓打锣敲,谐音和采,听八面雨顺风调皆喜声。(2008 级 崔炜)

人杰地灵,齐心协力,观四海经世济民多英才。(2008 级 瞿霞萍)

(2)自撰联

一等奖

虎啸青山,春暖大地,太平盛世欣今日;

龙吟玉宇,浪击长天,锦绣中华创未来。(外国语学院 张昌建)

虎啸青山,改革春雷惊大地;

龙吟玉宇,振兴巨浪拍长天。(2008 级 蔡艳)

2010 年主题楹联大赛获奖作品

一等奖

凌寒独开,春随蜡梅千年艳;

迎霜犹立,人与劲松一样清。(2008级　杨武飞)

2011年主题楹联大赛获奖作品

(1)征联

出句1:南湖霹雳,风卷残云,神州万里艳阳照。

一等奖

北斗光芒,辉驱阴霾,华诞九旬伟绩传。(2009级　徐艳兰)

二等奖

遵义雷霆,力挽狂澜,华夏千秋波浪平。(2010级　钟奎)

华夏豪杰,天升旭日,大地四方春意浓。(2009级　张骁)

出句2:武昌首义,摧枯拉朽,建立共和兴伟业。

一等奖

辛亥初捷,革故鼎新,推翻专制展宏图。(2010级　佚名)

二等奖

雄狮复苏,动地惊天,废除专制展宏图。(2009级　徐艳兰)

湖广先光,革故鼎新,弘扬民主展鹏程。(2009级　刘开栋)

出句3:九十年岁月峥嵘,一柱独擎天宇阔。

一等奖

万千里江山锦绣,八方共仰北辰高。(外国语学院　张昌建)

(2)自撰联

一等奖

碧水扬波,送来桂棹兰舟,为革命领航掌舵;

红旗流彩,卷起金镰银斧,同工农辟地开天。(2009级　段琴琴)

党建九旬,河清海晏,和谐世界春风暖;

政通万里,物阜民安,锦绣中华气象新。(2009级　徐艳兰)

二等奖

峥嵘岁月,堪将伟绩比天地,天不老,地不老,江山不老;

富庶中华,可把丰功并日月,日其辉,月其辉,华夏其辉。(2009级　刘开
栋)

九秩丰功,改地换天,多破坎坷风云壮;

百年革命,继往开来,再创辉煌华夏新。(2009级 谭剑)

2012年主题楹联大赛获奖作品

(1)自撰联

一等奖

恩师传道,五千年文化承前启后;

学子知新,六十载春秋继往开来。(2010级 杨玉立)

喜庆六秩校诞,迎丰年瑞雪,俏满园红梅;

共描科大盛图,育百代精英,壮万里鹏程。(2010级 杨紫婉)

喜庆六秩华诞,沐三春惠雨,李芳桃艳;

共描科师盛图,育百代精英,才茂德馨。(2011级 李赛梅)

明德修师身,三尺讲台传薪火;

精业办教育,万棵桃李沐春风。(2010级 裴满意)

二等奖

改革开放,科学发展,辉煌十八大;

实事求是,锐意创新,灿烂九一载。(2011级 张龙飞)

享西湖风景,接光谷芳邻,三千亩新校园金碧辉煌迎盛典;

育万树桃李,饮中外美誉,六十年大手笔功勋卓著建丰碑。(2010级 李媚能)

明德精业,赫赫丽天秋日;

继往开来,轰轰出地春雷。(2011级 黄雯)

迎校庆,群英荟萃人人欢喜,精业明德创江西科大;

贺芳辰,绿树成荫朵朵花开,与时俱进书世纪新篇。(2011级 李赛梅)

紫气东来,慨叹学府中,朗朗豪气氤氲南北;

祥云西至,感唱校庆时,浩浩雄风纵贯高低。(2012级 黄雨芯)

(2)现场征对

一等奖

峥嵘岁月,六十年奋斗;

浩瀚苍穹,九万里扶摇。(2011级 晏金婷)

读书立志,期待来年鹏展翅;

传道育人,盼望明朝树成才。(2012 级　覃仕同)

二等奖

峥嵘岁月,六十年奋斗;

灿烂春秋,五千载流传。(2010 级　杨玉立)

读书立志,期待来年鹏展翅;

创业图强,企盼异日龙跃门。(2011 级　刘玲)

读书立志,期待来年鹏展翅;

奏乐抒怀,盼望他日雀上枝。(2010 级　杨紫婉)

2013 年主题楹联大赛获奖作品

(1)征联

出句:执政为民,建设和谐社会。

一等奖

抟摇于翼,放飞梦想人生。(2011 级　汤城芳)

齐心与共,承传悠久文明。(2012 级　陈佩佩)

二等奖

奉公立党,弘扬时代新风。(2011 级　黄雯)

育才强国,复兴盛世中华。(2011 级　陈晨倩)

廉洁克己,共襄法治国家。(2011 级　王翠)

求知寻径,编织理想蓝图。(2012 级　江婷)

创新强国,筑成美好家园。(2012 级　黄春华)

(2)现场征对

一等奖

少年须立志,

美梦必成真。(2011 级　李群)

实现中国梦,

攀登世界峰。(2013 级　田丽)

闻鸡起舞勤学早,

磨杵成针苦练多。(2013 级　田丽)

二等奖

少年须立志，

骄子必成才。（2011级　李亚春）

实现中国梦，

践行发展观。（2013级　李畅）

闻鸡起舞勤学早，

刺股悬梁苦练艰。（2012级　华伟）

少年须立志，

老大要明德。（2012级　徐铭）

实现中国梦，

腾飞华夏龙。（2011级　黄净）

闻鸡起舞勤学早，

掩耳盗铃痛悔迟。（2012级　肖辉）

2014年主题楹联大赛获奖作品

（1）征联

出句1：德才兼备，创一番事业。

一等奖

礼法并施，聚九州人心。（2014级　王子奇）

二等奖

血肉相融，亲两岸同胞。（2011级　李赛梅）

内外皆修，留两袖清风。（2013级　金玲）

出句2：反腐倡廉，老虎苍蝇一起打。

一等奖

驱邪扶正，民风党纪两头抓。（2012级　黄梦伟）

二等奖

激浊守正，官员百姓共同行。（2013级　汪静）

扬清激浊，好人坏蛋两分明。（2012级　陈彩杏）

（2）现场征对

出句1：思如泉涌真才子。

一等奖

品似菊清正仁人。（2012 级　黄晓军）

二等奖

愁似江流苦妇人。（2012 级　肖辉）

文似龙行靓美人。（2013 级　徐艳兰）

赋似水滴好状元。（2014 级　徐志强）

出句 2：天朗气清天地美。

一等奖

国强民富国家兴。（2012 级　李文丽）

二等奖

山清水秀山河娇。（2011 级　李亚春）

山高水远山峰新。（2012 级　陈佩佩）

出句 3：群英荟萃，激扬文字写天下。

一等奖

诸俊咸集，指点江山绘壮图。（2013 级　钟小康）

二等奖

一马狂猖，蹈厉精神传武林。（2013 级　徐艳兰）

2015 年主题楹联大赛获奖作品

（1）征联

出句 1：创业创新求发展。

一等奖

谋强谋富促繁荣。（2015 级　吉树萍）

二等奖

同心同德铸辉煌。（2013 级　王可慧）

同心同力促繁荣。（2015 级　程显媛）

出句 2：携手同心，两岸同圆中国梦。

一等奖

并肩共力，万民共铸九州魂。（2013 级　田丽）

二等奖

照肝共胆,八方共创地球村。(2015 级　叶聪聪)

并肩合力,九州齐唱复兴歌。(2013 级　王可慧)

披肝沥胆,九州齐奏盛唐音。(2012 级　肖辉)

(2)现场征对

一等奖

楹联比赛比才智,

口语论辩论思维。(历史文化学院　黄玲妹)

创业创新,创出新天地;

除乱除旧,除去旧顽疾。(2015 级　鄢霞)

写楹联,讴歌民族复兴中国梦;

赏花灯,庆贺万家欢乐团圆情。(2015 级　刘雨汉)

二等奖

创业创新,创出新天地;

扫乱扫旧,扫除旧风气。(2015 级　周菲)

写楹联,讴歌民族复兴中国梦;

画锦绣,颂赞世界和平地球村。(2015 级　王慧如)

2016 年主题楹联大赛获奖作品

(1)征联

出句:同心同德,人民跟党走。

一等奖

载歌载舞,风雨送春归。(2016 级　李亚春)

群策群力,法治护国行。(2016 级　刘磊)

二等奖

知暖知寒,葵花向阳开。(2016 级　熊昱)

群策群力,花木向阳开。(2015 级　黄龙龙)

(2)现场征对

一等奖

鲲鹏展翅凌云志,

学子施才报国心。(冯冰洁)

创新创业艰辛路,

扶困扶贫康乐途。（2016 级　奚日城）

雄鸡高唱,新年新气象;

巨龙腾飞,盛世盛中国。（2016 级　钟利姚）

二等奖

鲲鹏展翅凌云志,

蛟龙摆尾潜海心。（宫巧琳）

鲲鹏展翅凌云志,

大鱼舒鳍破浪心。（杨洋）

创新创业艰辛路,

同心同德锦绣途。（2016 级　钟利姚）

创新创业艰辛路,

求真求学勤奋人。（李惠）

雄鸡高唱,新年新气象;

金猴浅语,好景好地方。（周筠）

雄鸡高唱,新年新气象;

中国腾飞,好运好前途。（2016 级　郭俊梅）

雄鸡高唱,新年新气象;

神猴长啸,好景好时节。（赵文乾）

雄鸡高唱,新年新气象;

骏马奔腾,美景美山河。（陈旭峰）

雄鸡高唱,新年新气象;

翠柳摇曳,故友故人情。（李云平）

2017 年主题楹联大赛获奖作品

（1）征联

出句 1:再续篇章,民党齐心同筑梦。

一等奖

永延盛世,家国协力共兴邦。（宫巧琳）

二等奖

又添业绩,家国合力共迎春。(2016 级　李亚春)

又描锦绣,上下合力共迎春。(李菲)

出句2:不忘初心,载梦前行开盛世。

一等奖

永怀使命,扬帆远渡辟新航。(2016 级　李亚春)

二等奖

恪守使命,扬帆奋进著华章。(宫巧琳)

出句3:不忘初心,逐梦新时代。

一等奖

永怀使命,扬帆大海洋。(2016 级　李亚春)

(2)现场征对

一等奖

马云,(注:无情对)

犬吠。(2016 级　奚日城)

高手联坛争霸,

跛脚武场夺魁。(席杨)

九州日月开春景,

四海笙歌颂狗年。(李华清)

二等奖

马云,(注:无情对)

羊水。(刘琳)

马云;(注:无情对)

胡歌。(2015 级　叶聪聪)

高手联坛争霸,

大家擂台夺魁。(2015 级　熊迪杨)

高手联坛争霸,

天才赛场夺魁。(2017 级　孟雨彤)

2018 年主题楹联竞赛获奖作品

(1)征联

出句1:枫林红艳胜春色。

一等奖

前湖青渺浮水鸢。（2018级 文霖萱）

二等奖

学府书香创未来。

云月苍寒较夜霜。

书卷墨香似故人。

出句2:沃土茂林红角洲。

一等奖

鲜鱼肥蟹白洋淀。

二等奖

良田修竹黄埔港。

白云流水青山寺。

（2）现场征对

出句1:雪压冬云白絮飞。

一等奖

日照夏荷金光洒。（黎玉萍）

二等奖

雨落夏塘绿珠起。（顾友）

风催秋叶黄埃落。（陈紫灵）

月落秋水红枫起。（陈雨琪）

出句2:直挂云帆济沧海。

一等奖

可摘明月揽九天。（闫海格）

二等奖

力击战鼓期凯旋。（王千姿）

2019年主题楹联竞赛获奖作品

（1）征联

出句1:励精图治,融古今至理出新句。

一等奖

奋勇抢先,创中外传奇震五洲。(2015 级　叶聪聪)

二等奖

尽瘁鞠躬,贯中外真知生妙言。(2016 级　吴婷)

出句 2:耕经耘史,烛明千载昭华夏。

一等奖

勤政恪纲,梦起数年耀中国。(2016 级　黄欣)

二等奖

博古通今,党建百年佑九州。(2015 级　叶聪聪)

借古鉴今,海纳百川惠九州。(2016 级　张晓妍)

格物致知,国迎四海纳乾坤。(郑志英)

废寝忘食,鹏翔万里展宏图。(宫巧琳)

出句 3:通经卷,古为今用,常念民生国运。

一等奖

擅典故,上行下效,欲扬祖训家风。(2015 级　席杨)

二等奖

服衻衣,南行北化,心怀社稷江山。(2015 级　陈晓璐)

晓技艺,前传后继,恒守古法匠心。(2016 级　吴婷)

出句 4:欣望江山千里秀。

一等奖

幸观华夏万年青。(2018 级　邹敏)

二等奖

乐闻社稷万年兴。(2018 级　陈小丹)

悦听祖国盛世音。(2017 级　廖晓婷)

出句 5:民富国强,欢呼胜利迎新岁。

一等奖

众安道泰,雀跃辉煌辞旧年。(2019 级　吴春艳)

二等奖

文昌书盛,乐道复兴辞旧年。(2018 级　侯欢洋)

(2)自撰联

读习典,感百年兴替,而今国富民强,心潮澎湃;

看未来,歌华夏永昌,从此龙盘虎踞,气象万千。（尧君）

国运荣昌,经史耀明道路;

民心向附,纪纲畅晓寰尘。（2016级　奚日城）

2020年主题楹联大赛获奖作品

（1）征联

出句1:疫去山河故。

一等奖

春来天地新。（2020级　梁子晴）

二等奖

春回家国兴。（牛悦　胡雪杨　赵洁）

春来草木生。（2020级　王子青）

出句2:寒冬苦读真才子。

一等奖

酷暑勤学乃栋梁。（2020级　王子青）

二等奖

危难力搏是栋梁。（2020级　潘成浩）

出句3:一年一度,每共高朋吟雅韵。

一等奖

同岁同时,总邀亲友话怡情。（2019级　吴玲）

二等奖

几曾几何,当与旧友颂欢歌。（2018级　何静芝）

无时无刻,不与道友诉衷肠。（2020级　魏羽岐）

几时几刻,再无满座吐闲情。（2020级　熊文健）

2021年度主题楹联大赛获奖作品

（1）征联

出句1:百年恰是风华茂。

一等奖

初心不改岁月长。（2019 级　牛悦）

二等奖

万代仍思信仰真。（2019 级企业法律实务 2 班　谢清洋）

千载自成锦绣春。（2019 级汉语言文学师范 1 班　魏欣雨）

三等奖

千载难逢盛世昌。（2019 级　邱倩慧）

千载乐逢壮志昂。（2018 级　管藩一）

五载正逢岁月荣。（2018 级　王诗颖）

出句 2：辟地开天，南湖兴伟业。

一等奖

强民富国，北斗绘宏图。（2020 级　钟俊）

二等奖

通今破古，北斗展宏图。（2020 级　涂若瑄）

栉风沐雨，遵义谱新篇。（2019 级　谢清洋）

传薪接力，北国展宏图。（2019 级　牛悦）

出句 3：立志跟党走，百载初心旗更艳。

一等奖

建功与民行，千秋大业路益长。（2019 级　谢清洋）

二等奖

怀才为民谋，蓝图大业梦尤新。（2020 级　钟俊）

修身伴国飞，九州伟业梦尤新。（2019 级　聂冰晴）

投身为民谋，千回使命斥方遒。（2019 级　张雨婷）

第二部分　媒体刊登学生楹联作品

《新声联园》

江舟独钓寒江雪，

双燕齐飞凌日风。（梁丹）

喜雨润花花更艳，

和风梳柳柳多情。

蛙敲思念鼓,

月映盼归心。

诗吟万首寻佳句,

笔练千回写锦章。(温淑平)

白雪青山辞旧岁,

红梅绿柳报新春。

画美画新,华夏幅幅是锦;

写强写富,江山处处皆诗。(戴熙妙)

登高阁,邀仙人共赏月;

坐中堂,携知己齐举杯。(曾江余)

五老峰,峰绕雾,雾绕云,天上奇景;

三叠泉,泉溅水,水溅花,人间妙姿。(雷娟)

《中国楹联报》

夜静蛙声闹,

风拂草影摇。(王红)

风吹绿草根根舞,

日照红花朵朵香。(叶秀芬)

春雨滴滴润万物,

清风阵阵爽千家。(魏婷)

碧海蓝天景,

青山绿水图。(肖红为)

江流如鳞,鳞洒涛水金刺眼;

夕阳似火,火烧云霞红透天。(唐馨)

搜肠刮肚,觅得两佳句;

抓耳挠腮,改就一妙联。(张艳杰)

门前二三树,红花绿叶;

院内四五人,笑语欢歌。(肖赖霞)

问苍茫大地谁人主宰,

看伟大龙族我辈称雄。(侯会军)

登五岳胸怀凌云志，

望长城心涌壮士情。（李川）

数点星光天上闪，

一弯明月树梢悬。（刘淑君）

泪到尽时人憔悴，

情到深处月朦胧。（陈甜甜）

阳光总在风雨后，

汗水长流胜利前。（卢俊）

天高翼大鸿鹄志，

地广心宽壮士情。（苏晓丽）

一支粉笔，三尺讲台，育九州大栋；

几套彩书，满腹文章，描四化宏图。（宗丽娜）

雨打残花落，

风吹野草生。（李双双）

春风吹醒百花苑，

夏雨淋湿千竹林。（翁玮瑶）

《联苑新作》

老师堂上巧出无情对，

学子课余妙撰实用联。（金洁捷）

仁果香甜留哪里，

恩师教诲记心中。（桂丽枝）

春暖花开，漫看百花争艳；

风和鸟叫，闲听群鸟唱歌。（周东保）

满庭芳草绿，

十里杜鹃红。（明玉梅）

柴米油盐酱醋茶，品人生百态；

赤橙黄绿青蓝紫，观世界千姿。（程晓华）

储存春夏秋冬酒，

醉倒东西南北人。（张婷婷）

吟诗作赋风雅颂，

望海观天日月星。（朱慧敏）

心似天马行空自驰骋，

势如长虹贯日独纵横。（马全辉）

大江东去浪涛尽，

群燕南飞天色寒。（武改萍）

去千年古镇听几声更鼓，

来百里榕城赏万朵芙蓉。（陈榕蓉）

冬天气冷梅自傲，

秋夜风凉菊独香。（丁凯）

送冬迎春花，花香庭院；

别夏尝秋果，果甜师心。（薛倩星）

《楹联园地》（一）

淑为贤惠，

平乃正直。（温淑平）

繁木成荫，多姿多彩；

冰心为玉，无欲无私。（樊冰）

梁栋英才成大业，

丹青妙笔著华章。（梁丹）

文武双全立大志，

华实兼备求真学。（刘华文）

庭前李树，吐绿报春晓；

天上嫦娥，着装迎月圆。（李嫦）

刘玄德求贤，茅庐三顾；

诸葛亮兴汉，祁山六出。（刘亮）

鸟语花香辞旧岁，

龙腾虎跃跨新元。（徐艳玲）

红日撷一片，

朝霞披满身。（陈红英）

早候朝阳读诗卷，

晚随明月赋楹联。（吴继武）

《楹联园地》（二）

学艺求知，苦涉书山勤探宝；

返璞归真，勤游联海奋寻风。（胡剑峰）

桃李满园春色美，

鹤云弥宇日辉佳。（刘开烦）

桃李满园春色美，

诗联溢彩翰墨香。（胡剑峰）

桃李满园春色美，

英才遍地秋意浓。（李斌）

去去来来，出出进进，方酿一口蜂蜜；

年年岁岁，暮暮朝朝，才得半卷诗书。

深山古寺少俗韵，

清水芙蓉多自然。

细雨润花花更艳，

清风梳柳柳最柔。（温淑平）

窗前立志为人杰，

灯下读书至天明。（欧阳淑琴）

《楹联园地》（三）

泽雨润花花吐艳，

民心向党党增辉。

千滴甘霖千滴玉，

一锄黄土一锄金。

大地风和山染绿，

蓝田日暖玉生烟。

政善官清民永福，

风和日丽国长春。（曹树汉）

抒奇志奋鹏程,万众齐奔新世纪;

挥巨笔泼重彩,百族续写大文章。

科教兴邦,锦绣山河添异彩;

师生报国,风流人物展雄才。

紧抓机遇,千军奋进大西北;

适应时宜,万马奔腾新里程。（周明荣）

《楹联园地》（四）

岁举国同庆,

年万户齐欢。（陈剑英）

腾飞辞旧岁,

耀彩报新春。（陈青）

催开梅万点,

滋润柳千条。（舒艳梅）

竞放春光盈四海,

欢腾喜气满千家。（雷才冰）

迷人,不尽春光盈大地;

如画,无边瑞气满神州。（邹欢）

大地,泽花泽木;

蓝图,利国利民。（汤春利）

《楹联园地》（五）

空山阵阵钟声响,

晓雾幽幽雨点蒙。（王红）

红谷滩头观新景,

青云谱畔忆故人。（刘小凤）

春雷响,百花吐艳;

东风吹,万木争荣。（肖赣霞）

一夜春风花千树,

几枝翠柳絮满天。（侯会军）

山清水秀迷游者，

雾厚云多绕我心。（戴晶）

《楹联园地》（六）

品高亲友敬，

气正鬼神惊。（李嘉娜）

黄洋界，

青海湖。（康玉琴）

姹紫嫣红春壮丽，

银装素裹景妖娆。（付金艳）

天柱一峰擎日月，

匡庐五老拱星辰。（宗宇）

仙女湖中仙女隐，

状元桥上状元来。（胡娥）

红崖山里红崖焰，

碧玉潭中碧玉波。（马春艳）

《楹联园地》（七）

嫩柳知春意，

香花谢月辉。（明玉梅）

荷叶张盘装时雨，

柳条摆线约春风。（池随清）

愁如春水流不尽，

喜似荷花争奇开。（马全辉）

赤壁赋里赋赤壁，

空城计中计空城。（卢雨墨）

一方美景客拥至，

千里黄沙鸟难飞。（武改萍）

十余年甜酸苦辣均尝遍，

七次课诗词歌赋难俱全。（黄娟）

昔日生塞北,雪漫银川,蜡梅怒放争豪气;

今朝居江南,柳摇赣水,丽日高悬沐春光。（曾丽）

打桩是为楼基固,

登高只求视野宽。（苏子晓）

《楹联园地》(八)

经商有道财源广,

待客有诚情义真。（曾伟）

同经风雨情常在,

共度年华爱永存。（蔡慧慧）

亭亭垂柳风中立,

缕缕轻烟雨里飞。（和锋）

莲花打莲花落游莲花洞,

好汉唱好汉歌登好汉坡。（王小芳）

残花怜败柳,残残败败;

冷风笑凄雨,冷冷凄凄。（张慧）

晚霞融水面,

暮色进星光。（徐涵冰）

树上鸟儿叫,

花间春意浓。（曹爱芳）

岳鹏举,朱仙阵,兀术寒胆;

张翼德,长坂坡,孟德退兵。（黎军）

绿树绕门,树边红雨;

青山傍翠,山外白云。（郭方）

天昏地暗行人少,

茶淡酒薄情意真。（李仕江）

参 考 文 献

[1]余德泉.对联通[M].长沙:湖南大学出版社,1998.

[2]宋彩霞,孙英.楹联文化概论[M].北京:高等教育出版社,2016.

[3]梁章钜.楹联丛话全编[M].北京:北京出版社,1996.

[4]文师华,龚联寿.江西对联集成[M].南昌:百花洲文艺出版社,2017.

[5]王力.诗词格律[M].北京:中华书局,1983.

[6]王力.汉语诗律学[M].上海:上海教育出版社,1963.

[7]中国社会科学院语言研究所词典编辑室.现代汉语词典[M].5版.北京:商务印书馆,2005.

[8]李文郑.中国名联鉴赏大辞典[M].郑州:中原农民出版社,2010.

[9]蒋竹荪,等.分类名联鉴赏辞典[M].上海:上海辞书出版社,2004.

[10]王书利.中华对联故事[M].北京:线装书局,2016.

[11]时习之.时习之对联文选[M].北京:中国诗词楹联出版社,2014.

[12]刘麟生.中国骈文史[M].北京:商务印书馆,1998.

[13]朱庆文.楹联十讲[M].杭州:西泠印社出版社,2016.

[14]马雪松.对联与修辞[M].南昌:江西教育出版社.1992.

[15]杜华平.楹联:谐和之美[M].青岛:青岛出版社,2014.

[16]张志公.传统语文教育教材论[M].上海:上海教育出版社,1992.

[17]刘珣.对外汉语教育学引论[M].北京:北京语言大学出版社,2000.

[18]侯艳.楹联与楹联文化[M].成都:西南交通大学出版社,2020.

[19]朱彦民.楹联知识与赏析[M].天津:南开大学出版社,2009.

[20]毕云飞.楹联[M].济南:泰山出版社,2012.

[21]吴恭亨.对联话[M].长沙:岳麓书社,1984.

[22]赵浩如.历代楹联选注[M].上海:上海古籍出版社,1985.

[23]尚文化.古今对联故事选[M].沈阳:春风文艺出版社,1984.

[24]李杏林.妙联趣谈[M].合肥:安徽人民出版社,1985.

［25］梅嘉陵,龙寿钦,李渔村.古今名人对联故事［M］.长沙:湖南人民出版社,1985.

［26］白雉山.古今楹联选集［M］.武汉:湖北教育出版社,1985.

［27］孟繁锦.联律通则导读［M］.北京:中国诗词楹联出版社,2012.

［28］中国楹联学会.联律通则(修订稿)［J］.对联,2008(21).

［29］叶子彤.专家解读《联律通则》［J］.对联·民间对联故事(下半月),2010(1).

［30］叶子彤.专家解读《联律通则》［J］.对联·民间对联故事(下半月),2010(2).

［31］叶子彤.专家解读《联律通则》［J］.对联·民间对联故事(下半月),2010(3).

［32］叶子彤.专家解读《联律通则》［J］.对联·民间对联故事(下半月),2010(4).

［33］叶子彤.专家解读《联律通则》［J］.对联·民间对联故事(下半月),2010(5).

［34］叶子彤.专家解读《联律通则》［J］.对联·民间对联故事(下半月),2010(6).

［35］叶子彤.专家解读《联律通则》［J］.对联·民间对联故事(下半月),2010(7).

［36］赵雨.走向对仗的汉语言文学:清对联［J］.对联·民间对联故事,2000(5).

［37］谭蝉雪.我国最早的楹联［J］.文史知识,1991(4).

［38］吴新华.对联的基本要求与撰写方法［J］.中学语文,2007(5).

［39］陆震伦.略论最佳对联结构［J］.对联,1999(6).

［40］陈山漫.清乾隆至今恩施州土家族民间墓联墓志文化探析:以恩施自治州建始县清民间墓联墓志文化为例［J］.湖北教育学院学报,2007(10).

［41］赵秀敏.对联基础知识［J］.对联,2019(5).

［42］李传明.中国清真寺楹联赏析［J］.西北第二民族学院学报(哲学社会科学版)［J］,2001(4).

［43］韩巍.平行原则下的唐诗英译研究［D］.上海:上海外国语大学,2013.

[44]朱英贵.对联中的设问与反问[J].晚霞,2019(7).

[45]《课外阅读》编辑部.逆转联赏趣[J].课外阅读,2012(4).

[46]叶圣军.春风容物　秋水无尘:记福建省第三届杰出人民教师、省幼教特级教师张嘉华[J].教育探究,2013(3).

[47]姜远航.豫剧在对外汉语教学中的应用研究[D].南昌:江西科技师范大学,2021.

[48]国元令.意境传心境[J].对联,2019(11).

[49]张亦伟.论楹联艺术的用典[J].兰州教育学院学报,2012(8).

[50]邓锡禄."联边联"与"联边诗"[J].老年教育(老年大学),2007(3).

[51]吴岚.高中语文基础型课程中对联艺术教学的探索[J].上海师范大学学报(基础教育版),2009(2).

[52]张国学.记一副对联　学十点知识[J].对联,2004(11).

[53]任苏媛.善用中华传统文化　培养学生道德品质[J].基础教育论坛,2018(3).

[54]侯艳.高校楹联文化教育初探[J].钦州学院学报,2013(3).

[55]邓政阳.谈高师开展对联教学的必要性[J].内江师范学院学报,2005(3).

[56]洪珏.对联的示警:反思语文教学中传统文化的地位[J].基础教育研究,2006(8).

[57]夏法金,唐林仁,张晓青.高校校园文化建设与中华楹联文化的传承[J].宜春学院学报,2010(10).

[58]钮绮.论中华楹联文化与现代高职教育[J].湖州职业技术学院学报,2011(4).

[59]卢超.略论高职学生楹联文化活动[J].湖州职业技术学院学报,2012(4).

[60]郑丽君,赵效民.浅谈对课的素质教育功能[J].对联·民间对联故事(下半月),2000(5).

附录一 《声律启蒙》

诗词和对联是中国古代重要的文学形式,两千多年来一直薪火相传,至今仍具有强大的生命力。在古代,私塾的幼童就开始这种文学修养的训练,对声调、音律、格律等都有严格的要求。因此,一些声律方面的著作也应运而生,而其中清朝康熙年间车万育所作的《声律启蒙》,则是流传最为广泛的读物之一。

上卷

一东

云对雨,雪对风,晚照对晴空。来鸿对去燕,宿鸟对鸣虫。三尺剑,六钧弓,岭北对江东。人间清暑殿,天上广寒宫。两岸晓烟杨柳绿,一园春雨杏花红。两鬓风霜,途次早行之客;一蓑烟雨,溪边晚钓之翁。

沿对革,异对同,白叟对黄童。江风对海雾,牧子对渔翁。颜巷陋,阮途穷,冀北对辽东。池中濯足水,门外打头风。梁帝讲经同泰寺,汉皇置酒未央宫。尘虑萦心,懒抚七弦绿绮;霜华满鬓,羞看百炼青铜。

贫对富,塞对通,野叟对溪童。鬓皤对眉绿,齿皓对唇红。天浩浩,日融融,佩剑对弯弓。半溪流水绿,千树落花红。野渡燕穿杨柳雨,芳池鱼戏芰荷风。女子眉纤,额下现一弯新月;男儿气壮,胸中吐万丈长虹。

二冬

春对夏,秋对冬,暮鼓对晨钟。观山对玩水,绿竹对苍松。冯妇虎,叶公龙,舞蝶对鸣蛩。衔泥双紫燕,课蜜几黄蜂。春日园中莺恰恰,秋天塞外雁雍雍。秦岭云横,迢递八千远路;巫山雨洗,嵯峨十二危峰。

明对暗,淡对浓,上智对中庸。镜奁对衣笥,野杵对村春。花灼烁,草蒙茸,九夏对三冬。台高名戏马,斋小号蟠龙。手擘蟹螯从毕卓,身披鹤氅自王恭。五老峰高,秀插云霄如玉笔;三姑石大,响传风雨若金镛。

仁对义,让对恭,禹舜对羲农。雪花对云叶,芍药对芙蓉。陈后主,汉中宗,绣虎对雕龙。柳塘风淡淡,花圃月浓浓。春日正宜朝看蝶,秋风那更夜闻蛩。战士邀功,必借干戈成勇武;逸民适志,须凭诗酒养疏慵。

三江

楼对阁,户对窗,巨海对长江。蓉裳对蕙帐,玉瓒对银釭。青布幔,碧油幢,宝剑对金缸。忠心安社稷,利口覆家邦。世祖中兴延马武,桀王失道杀龙逄。秋雨潇潇,漫烂黄花都满径;春风袅袅,扶疏绿竹正盈窗。

旌对旆,盖对幢,故国对他邦。千山对万水,九泽对三江。山岌岌,水淙淙,鼓振对钟撞。清风生酒舍,皓月照书窗。阵上倒戈辛纣战,道旁系剑子婴降。夏日池塘,出没浴波鸥对对;春风帘幕,往来营垒燕双双。

铢对两,只对双,华岳对湘江。朝车对禁鼓,宿火对寒缸。青琐闼,碧纱窗,汉社对周邦。笙箫鸣细细,钟鼓响摐摐。主簿栖鸾名有览,治中展骥姓惟庞。苏武牧羊,雪屡餐于北海;庄周活鲋,水必决于西江。

四支

茶对酒,赋对诗,燕子对莺儿。栽花对种竹,落絮对游丝。四目颉,一足夔,鸲鹆对鹭鸶。半池红菡萏,一架白荼蘼。几阵秋风能应候,一犁春雨甚知时。智伯恩深,国士吞变形之炭;羊公德大,邑人竖堕泪之碑。

行对止,速对迟,舞剑对围棋。花笺对草字,竹简对毛锥。汾水鼎,岘山碑,虎豹对熊罴。花开红锦绣,水漾碧琉璃。去妇因探邻舍枣,出妻为种后园葵。笛韵和谐,仙管恰从云里降;橹声咿轧,渔舟正向雪中移。

戈对甲,鼓对旗,紫燕对黄鹂。梅酸对李苦,青眼对白眉。三弄笛,一围棋,雨打对风吹。海棠春睡早,杨柳昼眠迟。张骏曾为槐树赋,杜陵不作海棠诗。晋士特奇,可比一斑之豹;唐儒博识,堪为五总之龟。

五微

来对往,密对稀,燕舞对莺飞。风清对月朗,露重对烟微。霜菊瘦,雨梅肥,客路对渔矶。晚霞舒锦绣,朝露缀珠玑。夏暑客思欹石枕,秋寒妇念寄边衣。春水才深,青草岸边渔父去;夕阳半落,绿莎原上牧童归。

宽对猛,是对非,服美对乘肥。珊瑚对玳瑁,锦绣对珠玑。桃灼灼,柳依依,绿暗对红稀。窗前莺并语,帘外燕双飞。汉致太平三尺剑,周臻大定一戎衣。吟成赏月之诗,只愁月堕;斟满送春之酒,惟憾春归。

声对色,饱对饥,虎节对龙旗。杨花对桂叶,白简对朱衣。龙也吷,燕于飞,荡荡对巍巍。春暄资日气,秋冷借霜威。出使振威冯奉世,治民异等尹翁归。燕我弟兄,载咏棣棠韡韡;命伊将帅,为歌杨柳依依。

六鱼

无对有,实对虚,作赋对观书。绿窗对朱户,宝马对香车。伯乐马,浩然驴,弋雁对求鱼。分金齐鲍叔,奉璧蔺相如。掷地金声孙绰赋,回文锦字窦滔书。未遇殷宗,胥靡困傅岩之筑;既逢周后,太公舍渭水之渔。

终对始,疾对徐,短褐对华裾。六朝对三国,天禄对石渠。千字策,八行书,有若对相如。花残无戏蝶,藻密有潜鱼。落叶舞风高复下,小荷浮水卷还舒。爱见人长,共服宣尼休假盖;恐彰己吝,谁知阮裕竟焚车。

麟对凤,鳖对鱼,内史对中书。犁锄对耒耜,畎浍对郊墟。犀角带,象牙梳,驷马对安车。青衣能报赦,黄耳解传书。庭畔有人持短剑,门前无客曳长裾。波浪拍船,骇舟人之水宿;峰峦绕舍,乐隐者之山居。

七虞

金对玉,宝对珠,玉兔对金乌。孤舟对短棹,一雁对双凫。横醉眼,捻吟须,李白对杨朱。秋霜多过雁,夜月有啼乌。日暖园林花易赏,雪寒村舍酒难沽。人处岭南,善探巨象口中齿;客居江右,偶夺骊龙颔下珠。

贤对圣,智对愚,傅粉对施朱。名缰对利锁,挈榼对提壶。鸠哺子,燕调雏,石帐对郇厨。烟轻笼岸柳,风急撼庭梧。鸜眼一方端石砚,龙涎三炷博山炉。曲沼鱼多,可使渔人结网;平田兔少,漫劳耕者守株。

秦对赵,越对吴,钓客对耕夫。箕裘对杖履,杞梓对桑榆。天欲晓,日将晡,狡兔对妖狐。读书甘刺股,煮粥惜焚须。韩信武能平四海,左思文足赋三都。嘉遁幽人,适志竹篱茅舍;胜游公子,玩情柳陌花衢。

八齐

岩对岫,涧对溪,远岸对危堤。鹤长对凫短,水雁对山鸡。星拱北,月流西,汉露对汤霓。桃林牛已放,虞坂马长嘶。叔侄去官闻广受,弟兄让国有夷齐。三月春浓,芍药丛中蝴蝶舞;五更天晓,海棠枝上子规啼。

云对雨,水对泥,白璧对玄圭。献瓜对投李,禁鼓对征鼙。徐稚榻,鲁班梯,凤翥对鸾栖。有官清似水,无客醉如泥。截发惟闻陶侃母,断机只有乐羊妻。秋望佳人,目送楼头千里雁;早行远客,梦惊枕上五更鸡。

熊对虎,象对犀,霹雳对虹霓。杜鹃对孔雀,桂岭对梅溪。萧史凤,宋宗鸡,远近对高低。水寒鱼不跃,林茂鸟频栖。杨柳和烟彭泽县,桃花流水武陵溪。公子追欢,闲骤玉骢游绮陌;佳人倦绣,闷欹珊枕掩香闺。

九佳

河对海,汉对淮,赤岸对朱崖。鹭飞对鱼跃,宝钿对金钗。鱼圉圉,鸟喈喈,草履对芒鞋。古贤尝笃厚,时辈喜诙谐。孟训文公谈性善,颜师孔子问心斋。缓抚琴弦,像流莺而并语;斜排筝柱,类过雁之相挨。

丰对俭,等对差,布袄对荆钗。雁行对鱼阵,榆塞对兰崖。挑荠女,采莲娃,菊径对苔阶。诗成六义备,乐奏八音谐。造律吏哀秦法酷,知音人说郑声哇。天欲飞霜,塞上有鸿行已过;云将作雨,庭前多蚁阵先排。

城对市,巷对街,破屋对空阶。桃枝对桂叶,砌蚓对墙蜗。梅可望,橘堪怀,季路对高柴。花藏沽酒市,竹映读书斋。马首不容孤竹扣,车轮终就洛阳埋。朝宰锦衣,贵束乌犀之带;宫人宝髻,宜簪白燕之钗。

十灰

增对损,闭对开,碧草对苍苔。书签对笔架,两曜对三台。周召虎,宋桓魋,阆苑对蓬莱。薰风生殿阁,皓月照楼台。却马汉文思罢献,吞蝗唐太冀移灾。照耀八荒,赫赫丽天秋日;震惊百里,轰轰出地春雷。

沙对水,火对灰,雨雪对风雷。书淫对传癖,水浒对岩隈。歌旧曲,酿新醅,舞馆对歌台。春棠经雨放,秋菊傲霜开。作酒固难忘曲蘖,调羹必要用盐梅。月满庾楼,据胡床而可玩;花开唐苑,轰羯鼓以奚催。

休对咎,福对灾,象箸对犀杯。宫花对御柳,峻阁对高台。花蓓蕾,草根荄,剔薛对剜苔。雨前庭蚁闹,霜后阵鸿哀。元亮南窗今日傲,孙弘东阁几时开。平展青茵,野外茸茸软草;高张翠幄,庭前郁郁凉槐。

十一真

邪对正,假对真,獬豸对麒麟。韩卢对苏雁,陆橘对庄椿。韩五鬼,李三人,北魏对西秦。蝉鸣哀暮夏,莺啭怨残春。野烧焰腾红烁烁,溪流波皱碧粼粼。行无踪,居无庐,颂成酒德;动有时,藏有节,论著钱神。

哀对乐,富对贫,好友对嘉宾。弹冠对结绶,白日对青春。金翡翠,玉麒麟,虎爪对龙鳞。柳塘生细浪,花径起香尘。闲爱登山穿谢屐,醉思漉酒脱陶巾。雪冷霜严,倚槛松筠同傲岁;日迟风暖,满园花柳各争春。

香对火,炭对薪,日观对天津。禅心对道眼,野妇对宫嫔。仁无敌,德有邻,万石对千钧。滔滔三峡水,冉冉一溪冰。充国功名当画阁,子张言行贵书绅。笃志诗书,思入圣贤绝域;忘情官爵,羞沾名利纤尘。

十二文

家对国,武对文,四辅对三军。九经对三史,菊馥对兰芬。歌北鄙,咏南薰,迩听对遥闻。召公周太保,李广汉将军。闻化蜀民皆草偃,争权晋土已瓜分。巫峡夜深,猿啸苦哀巴地月;衡峰秋早,雁飞高贴楚天云。

欹对正,见对闻,偃武对修文。羊车对鹤驾,朝旭对晚曛。花有艳,竹成文,马燧对羊欣。山中梁宰相,树下汉将军。施帐解围嘉道韫,当垆沽酒叹文君。好景有期,北岭几枝梅似雪;丰年先兆,西郊千顷稼如云。

尧对舜,夏对殷,蔡惠对刘蕡。山明对水秀,五典对三坟。唐李杜,晋机云,事父对忠君。雨晴鸠唤妇,霜冷雁呼群。酒量洪深周仆射,诗才俊逸鲍参军。鸟翼长随,凤兮洵众禽长;狐威不假,虎也真百兽尊。

十三元

幽对显,寂对喧,柳岸对桃源。莺朋对燕友,早暮对寒暄。鱼跃沼,鹤乘轩,醉胆对吟魂。轻尘生范甑,积雪拥袁门。缕缕轻烟芳草渡,丝丝微雨杏花村。诣阙王通,献太平十二策;出关老子,著道德五千言。

儿对女,子对孙,药圃对花村。高楼对邃阁,赤豹对玄猿。妃子骑,夫人轩,旷野对平原。匏巴能鼓瑟,伯氏善吹埙。馥馥早梅思驿使,萋萋芳草怨王孙。秋夕月明,苏子黄岗游绝壁;春朝花发,石家金谷启芳园。

歌对舞,德对恩,犬马对鸡豚。龙池对凤沼,雨骤对云屯。刘向阁,李膺门,唳鹤对啼猿。柳摇春白昼,梅弄月黄昏,岁冷松筠皆有节,春喧桃李本无言。噪晚齐蝉,岁岁秋来泣恨;啼宵蜀鸟,年年春去伤魂。

十四寒

多对少,易对难,虎踞对龙蟠。龙舟对凤辇,白鹤对青鸾。风淅淅,露溥溥,绣毂对雕鞍。鱼游荷叶沼,鹭立蓼花滩。有酒阮貂奚用解,无鱼冯铗必须弹。丁固梦松,柯叶忽然生腹上;文郎画竹,枝梢倏尔长毫端。

寒对暑,湿对干,鲁隐对齐桓。寒毡对暖席,夜饮对晨餐。叔子带,仲由冠,郑鄙对邯郸。嘉禾忧夏旱,衰柳耐秋寒。杨柳绿遮元亮宅,杏花红映仲尼坛。江水流长,环绕似青罗带;海蟾轮满,澄明如白玉盘。

横对竖,窄对宽,黑志对弹丸。朱帘对画栋,彩槛对雕栏。春既老,夜将阑,百辟对千官。怀仁称足足,抱义美般般。好马君王曾市骨,食猪处士仅思肝。世仰双仙,元礼舟中携郭泰,人称连璧,夏侯车上并潘安。

十五删

兴对废,附对攀,露草对霜菅,歌廉对借寇,习孔对希颜。山垒垒,水潺潺,奉璧对探镮。礼由公旦作,诗本仲尼删。驴困客方经灞水,鸡鸣人已出函关。几夜霜飞,已有苍鸿辞北塞;数朝雾暗,岂无玄豹隐南山。

犹对尚,侈对悭,雾鬓对烟鬟。莺啼对鹊噪,独鹤对双鹇。黄牛峡,金马山,结草对衔环。昆山惟玉集,合浦有珠还。阮籍旧能为眼白,老莱新爱着衣斑。栖迟避世人,草衣木食;窈窕倾城女,云鬓花颜。

姚对宋,柳对颜,赏善对惩奸。愁中对梦里,巧慧对痴顽。孔北海,谢东山,使越对征蛮。淫声闻濮上,离曲听阳关。骁将袍披仁贵白,小儿衣着老莱斑。茅舍无人,难却尘埃生榻上;竹亭有客,尚留风月在窗间。

下卷

一先

晴对雨,地对天,天地对山川。山川对草木,赤壁对青田。郑郦鼎,武城弦,木笔对苔钱。金城三月柳,玉井九秋莲。何处春朝风景好,谁家秋夜月华圆。珠缀花梢,千点蔷薇香露;练横树杪,几丝杨柳残烟。

前对后,后对先,众丑对孤妍。莺簧对蝶板,虎穴对龙渊。击石磬,观韦编,鼠目对鸢肩。春园花柳地,秋沼芰荷天。白羽频挥闲客坐,乌纱半坠醉翁眠。野店几家,羊角风摇沽酒旆;长川一带,鸭头波泛卖鱼船。

离对坎,震对乾,一日对千年,尧天对舜日,蜀水对秦川。苏武节,郑虔毡,涧壑对林泉。挥戈能退日,持管莫窥天。寒食芳辰花烂熳,中秋佳节月婵娟。梦里荣华,飘忽枕中之客;壶中日月,安闲市上之仙。

二萧

恭对慢,吝对骄,水远对山遥。松轩对竹槛,雪赋对风谣。乘五马,贯双雕,烛灭对香消。明蟾常彻夜,骤雨不终朝。楼阁天凉风飒飒,关河地隔雨潇潇。几点鹭鸶,日暮常飞红蓼岸;一双鸂鶒,春朝频泛绿杨桥。

开对落,暗对昭,赵瑟对虞韶。辎车对驿骑,锦绣对琼瑶。羞攘臂,懒折腰,范甑对颜瓢。寒天鸳帐酒,夜月凤台箫。舞女腰肢杨柳软,佳人颜貌海棠娇。豪客寻春,南陌草青香阵阵;闲人避暑,东堂蕉绿影摇摇。

班对马,董对晁,夏昼对春宵。雷声对电影,麦穗对禾苗。八千路,廿四桥,总角对垂髫。露桃匀嫩脸,风柳舞纤腰。贾谊赋成伤鹏鸟,周公诗就托鸱鸮。幽寺寻僧,逸兴岂知俄尔尽;长亭送客,离魂不觉黯然消。

三肴

风对雅,象对爻,巨蟒对长蛟。天文对地理,蟋蟀对螵蛸。龙生矫,虎咆哮,北学对东胶。筑台须垒土,成屋必诛茅。潘岳不忘秋兴赋,边韶常被昼眠嘲。抚养群黎,已见国家隆治;滋生万物,方知天地泰交。

蛇对虺,蜃对蛟,麟薮对鹊巢。风声对月色,麦穗对桑苞。何妥难,子云嘲,楚甸对商郊。五音惟耳听,万虑在心包。葛被汤征因仇饷,楚遭齐伐责包茅。高矣若天,洵是圣人大道;淡而如水,实为君子神交。

牛对马,犬对猫,旨酒对嘉肴。桃红对柳绿,竹叶对松梢。藜杖叟,布衣樵,北野对东郊。白驹形皎皎,黄鸟语交交。花圃春残无客到,柴门夜永有僧敲。墙畔佳人,飘扬竞把秋千舞;楼前公子,笑语争将蹴鞠抛。

四豪

琴对瑟,剑对刀,地迥对天高。峨冠对博带,紫绶对绯袍。煎异茗,酌香醪,虎兕对猿猱。武夫攻骑射,野妇务蚕缲。秋雨一川淇澳竹,春风两岸武陵桃。螺髻青浓,楼外晚山千仞;鸭头绿腻,溪中春水半篙。

刑对赏,贬对褒,破斧对征袍。梧桐对橘柚,枳棘对蓬蒿。雷焕剑,吕虔刀,橄榄对葡萄。一椽书舍小,百尺酒楼高。李白能诗时秉笔,刘伶爱酒每哺糟。礼别尊卑,拱北众星常灿灿;势分高下,朝东万水自滔滔。

瓜对果,李对桃,犬子对羊羔。春分对夏至,谷水对山涛。双凤翼,九牛毛,主逸对臣劳。水流无限阔,山耸有余高。雨打村童新牧笠,尘生边将旧征袍。俊士居官,荣列鹓鸿之序;忠臣报国,誓殚犬马之劳。

五歌

山对水,海对河,雪竹对烟萝。新欢对旧恨,痛饮对高歌。琴再抚,剑重磨,媚柳对枯荷。荷盘从雨洗,柳线任风搓。饮酒岂知歆醉帽,观棋不觉烂樵柯。山寺清幽,直踞千寻云岭;江楼宏敞,遥临万顷烟波。

繁对简,少对多,里咏对途歌。宦情对旅况,银鹿对铜驼。刺史鸭,将军鹅,玉律对金科。古堤垂蒻柳,曲沼长新荷。命驾吕因思叔夜,引车蔺为避廉颇。千尺水帘,今古无人能手卷;一轮月镜,乾坤何匠用功磨。

霜对露,浪对波,径菊对池荷。酒阑对歌罢,日暖对风和。梁父咏,楚狂歌,放鹤对观鹅。史才推永叔，刀笔仰萧何。种橘犹嫌千树少，寄梅谁信一枝多。林下风生，黄发村童推牧笠；江头日出，皓眉溪叟晒渔蓑。

六麻

松对柏，缕对麻，蚁阵对蜂衙。颓鳞对白鹭，冻雀对昏鸦，白堕酒，碧沉茶，品笛对吹笳。秋凉梧堕叶，春暖杏开花。雨长苔痕侵壁砌，月移梅影上窗纱。飒飒秋风，度城头之筚篥；迟迟晚照，动江上之琵琶。

优对劣，凸对凹，翠竹对黄花。松杉对杞梓，菽麦对桑麻。山不断，水无涯，煮酒对烹茶。鱼游池面水，鹭立岸头沙。百亩风翻陶令秫，一畦雨熟邵平瓜。闲捧竹根，饮李白一壶之酒；偶擎桐叶，啜卢同七碗之茶。

吴对楚，蜀对巴，落日对流霞。酒钱对诗债，柏叶对松花。驰驿骑，泛仙槎，碧玉对丹砂。设桥偏送笋，开道竟还瓜。楚国大夫沉汨水，洛阳才子谪长沙。书簏琴囊，乃士流活计；药炉茶鼎，实闲客生涯。

七阳

高对下，短对长，柳影对花香。词人对赋客，五帝对三王。深院落，小池塘，晚眺对晨妆。绛霄唐帝殿，绿野晋公堂。寒集谢庄衣上雪，秋添潘岳鬓边霜。人浴兰汤，事不忘于端午；客斟菊酒，兴常记于重阳。

尧对舜，禹对汤，晋宋对隋唐。奇花对异卉，夏日对秋霜。八叉手，九回肠，地久对天长。一堤杨柳绿，三径菊花黄。闻鼓塞兵方战斗，听钟宫女正梳妆。春饮方归，纱帽半淹邻舍酒；早朝初退，衮衣微惹御炉香。

荀对孟，老对庄，弹柳对垂杨。仙宫对梵宇，小阁对长廊。风月窟，水云乡，蟋蟀对螳螂。暖烟香霭霭，寒烛影煌煌。伍子欲酬渔父剑，韩生尝窃贾公香。三月韶光，常忆花明柳媚；一年好景，难忘橘绿橙黄。

八庚

深对浅，重对轻，有影对无声。蜂腰对蝶翅，宿醉对馀醒。天北缺，日东生，独卧对同行。寒冰三尺厚，秋月十分明。万卷书容闲客览，一尊酒待故人倾。心侈唐玄，厌看霓裳之曲；意骄陈主，饱闻玉树之赓。

虚对实，送对迎，后甲对先庚。鼓琴对舍瑟，搏虎对骑鲸。金匼匝，玉璁珑，玉宇对金茎。花间双粉蝶，柳内几黄莺。贫里每甘藜藿味，醉中厌听管弦声。肠断秋闺，凉吹已侵重被冷；梦惊晓枕，残蟾犹照半窗明。

渔对猎，钓对耕，玉振对金声。雉城对雁塞，柳袅对葵倾。吹玉笛，弄银笙，阮杖对桓筝。墨呼松处士,纸号楮先生。露浥好花潘岳县,风搓细柳亚夫营。抚动琴弦,遽觉座中风雨至;哦成诗句,应知窗外鬼神惊。

九青

红对紫,白对青,渔火对禅灯。唐诗对汉史,释典对仙经。龟曳尾,鹤梳翎,月榭对风亭。一轮秋夜月,几点晓天星。晋士只知山简醉,楚人谁识屈原醒。绣倦佳人,慵把鸳鸯文作枕;吮毫画者,思将孔雀写为屏。

行对坐,醉对醒,佩紫对纡青。棋枰对笔架,雨雪对雷霆。狂蛱蝶,小蜻蜓,水岸对沙汀。天台孙绰赋,剑阁孟阳铭。传信子卿千里雁,照书车胤一囊萤。冉冉白云,夜半高遮千里月;澄澄碧水,宵中寒映一天星。

书对史,传对经,鹦鹉对鹡鸰。黄茅对白荻,绿草对青萍。风绕铎,雨淋铃,水阁对山亭。渚莲千朵白,岸柳两行青。汉代宫中生秀柞,尧时阶畔长祥蓂。一枰决胜,棋子分黑白;半幅通灵,画色间丹青。

十蒸

新对旧,降对升,白犬对苍鹰。葛巾对藜杖,涧水对池冰。张兔网,挂鱼罾,燕雀对鹍鹏。炉中煎药火,窗下读书灯。织锦逐梭成舞凤,画屏误笔作飞蝇。宴客刘公,座上满斟三雅爵;迎仙汉帝,宫中高插九光灯。

儒对士,佛对僧,面友对心朋。春残对夏老,夜寝对晨兴。千里马,九霄鹏,霞蔚对云蒸。寒堆阴岭雪,春泮水池冰。亚父愤生撞玉斗,周公誓死作金縢。将军元晖,莫怪人讥为饿虎;侍中卢昶,难逃世号作饥鹰。

规对矩,墨对绳,独步对同登。吟哦对讽咏,访友对寻僧。风绕屋,水襄陵,紫鹄对苍鹰。鸟寒惊夜月,鱼暖上春冰。扬子口中飞白凤,何郎鼻上集青蝇。巨鲤跃池,翻几重之密藻;颠猿饮涧,挂百尺之垂藤。

十一尤

荣对辱,喜对忧,夜宴对春游。燕关对楚水,蜀犬对吴牛。茶敌睡,酒消愁,青眼对白头。马迁修史记,孔子作春秋。适兴子猷常泛棹,思归王粲强登楼。窗下佳人,妆罢重将金插鬓;筵前舞妓,曲终还要锦缠头。

唇对齿,角对头,策马对骑牛。毫尖对笔底,绮阁对雕镂。杨柳岸,荻芦洲,语燕对啼鸠。客乘金络马,人泛木兰舟。绿野耕夫春举耜,碧池渔父晚垂钩。波浪千层,喜见蛟龙得水;云霄万里,惊看雕鹗横秋。

庵对寺,殿对楼,酒艇对渔舟。金龙对彩凤,獭豕对童牛。王郎帽,苏子裘,四季对三秋。峰峦扶地秀，江汉接天流。一湾绿水渔村小，万里青山佛寺幽。龙马呈河，羲皇阐微而画卦；神龟出洛，禹王取法以陈畴。

十二侵

眉对目，口对心，锦瑟对瑶琴。晓耕对寒钓，晚笛对秋砧。松郁郁，竹森森，闵损对曾参。秦王亲击缶，虞帝自挥琴。三献卞和尝泣玉，四知杨震固辞金。寂寂秋朝，庭叶因霜摧嫩色；沉沉春夜，砌花随月转清阴。

前对后，古对今，野兽对山禽。犍牛对牝马，水浅对山深。曾点瑟，戴逵琴，璞玉对浑金。艳红花弄色，浓绿柳敷阴。不雨汤王方剪爪，有风楚子正披襟。书生惜壮岁韶华，寸阴尺璧；游子爱良宵光景，一刻千金。

丝对竹，剑对琴，素志对丹心。千愁对一醉，虎啸对龙吟。子罕玉，不疑金，往古对来今。天寒邹吹律，岁旱傅为霖。渠说子规为帝魄，侬知孔雀是家禽。屈子沉江，处处舟中争系粽；牛郎渡渚，家家台上竞穿针。

十三覃

千对百，两对三，地北对天南。佛堂对仙洞，道院对禅庵。山泼黛，水挼蓝，雪岭对云潭。凤飞方翙翙，虎视已眈眈。窗下书生时讽咏，筵前酒客日耽酣。白草满郊，秋日牧征人之马；绿桑盈亩，春时供农妇之蚕。

将对欲，可对堪，德被对恩覃。权衡对尺度，雪寺对云庵。安邑枣，洞庭柑，不愧对无惭。魏征能直谏，王衍善清谈。紫梨摘去从山北，丹荔传来自海南。攘鸡非君子所为，但当月一；养狙是山公之智，止用朝三。

中对外，北对南，贝母对宜男。移山对浚井，谏苦对言甘。千取百，二为三，魏尚对周堪。海门翻夕浪，山市拥晴岚。新缔直投公子纻，旧交犹脱馆人骖。文在淹通，已咏冰兮寒过水；永和博雅，可知青者胜于蓝。

十四盐

悲对乐，爱对嫌，玉兔对银蟾。醉侯对诗史，眼底对眉尖。风飐飐，雨绵绵，李苦对瓜甜。画堂施锦帐，酒市舞青帘。横槊赋诗传孟德，引壶酌酒尚陶潜。两曜迭明，日东生而月西出；五行式序，水下润而火上炎。

如对似，减对添，绣幕对朱帘。探珠对献玉，鹭立对鱼潜。玉屑饭，水晶盐，手剑对腰镰。燕巢依邃阁，蛛网挂虚檐。夺槊至三唐敬德，弈棋第一晋王恬。南浦客归，湛湛春波千顷净；西楼人悄，弯弯夜月一钩纤。

逢对遇，仰对瞻，市井对间阎。投簪对结绶，握发对掀髯。张绣幕，卷珠帘，石碏对江淹。宵征方肃肃,夜饮已厌厌。心褊小人长戚戚,礼多君子屡谦谦。美刺殊文,备三百五篇诗咏;吉凶异画,变六十四卦爻占。

十五咸

清对浊,苦对咸,一启对三缄。烟蓑对雨笠,月榜对风帆。莺睍睆,燕呢喃,柳杞对松杉。情深悲素扇,泪痛湿青衫。汉室既能分四姓,周朝何用叛三监。破的而探牛心,豪矜王济;竖竿以挂犊鼻,贫笑阮咸。

能对否,圣对贤,卫瓘对浑瑊。雀罗对鱼网,翠巘对苍岩。红罗帐,白布衫,笔格对书函。蕊香蜂竞采,泥软燕争衔。凶孽誓清闻祖逖,王家能义有巫咸。溪叟新居,渔舍清幽临水岸;山僧久隐,梵宫寂寞倚云岩。

冠对带,帽对衫,议鲠对言谗。行舟对御马,俗弊对民岩。鼠且硕,兔多毚,史册对书缄。塞城闻奏角,江浦认归帆。河水一源形弥弥,泰山万仞势岩岩。郑为武公,赋缁衣而美德;周因巷伯,歌贝锦以伤谗。

附录二 《联律通则》(修订稿)摘要

中国楹联学会

引言

楹联是中华文化宝库中的独立文体之一,具有群众性、实用性、鉴赏性,久盛不衰。

楹联的基本特征是词语对仗和声律协调。

为弘扬国粹,我会集中联界专家将千余年来散见于各种典籍中有关联律的论述,进行梳理、规范,形成了《联律通则(试行)》。在一年多的试行实践基础上,又吸纳了各方面的意见进行修改,制订了《联律通则》(修订稿)。现经中国楹联学会第五届第十七次常务会议审议通过,予以颁发。

内容

第一章 基本规则

第一条 字句对等。一副楹联,由上联下联两部分构成。上下联句数相等,对应语句的字数也相等。

第二条 词性对品。上下联句法结构中处于相同位置的词,词类属性相同,或符合传统的对仗种类。

第三条 结构对应。上下联词语的构成,词义的配合,词序的排列,虚词的使用,以及修辞的运用,合乎规律或习惯,彼此对应平衡。

第四条 节律对拍。上下联句的语流一致。节奏的确定,可以按声律节奏"二字而节",节奏点在语句用字的偶数位次,出现单字占一节;也可按语意节奏,即与声律节奏有异有同,出现不宜拆分的三字或更长的词语,其节奏点均在最后一字。

第五条 平仄对立。句中按节奏安排平仄交替,上下联对应节奏点上的用字平仄相反。单边两句及其以上的多句联,各句脚依顺序连接,平仄规格一般要求形成音步递换,传统称"平顶平,仄顶仄"。如犯本通则第十条避忌之(3),

或影响句中平仄调协,则从宽。上联收于仄声,下联收于平声。

第六条　形成意联。形式对举,意义关联。上下联所表达的内容统一于主题。

第二章　传统对格

第七条　对于历史上形成的且沿用至今的属对格式,例如,字法中的叠语、嵌字、衔字,音法中的借音、谐音、联绵,词法中的互成、交股、转品,句法中的当句、鼎足、流水等,凡符合传统修辞对格,即可视为成对,体现对格词语的词性与结构的对仗要求,以及句中平仄要求则从宽。

第八条　用字的声调平仄遵循汉语音韵学的成规。判别声调平仄遵循近古至今通行的《诗韵》旧声或现代汉语普通话的今声"双轨制",单在同一联文中不得混用。

第九条　使用领字、衬字、介词、连词、助词、叹词、拟声词,以及三个音节及其以上的数量词,凡在句首、句中允许不拘平仄,且不与相连词语一起计节奏。

第十条　避忌问题。(1)忌合掌;(2)忌不规则重字;(3)仄收句尽量避免尾三仄,平收句忌尾三平。

第三章　词性从宽范围

第十一条　允许不同词性相对的范围大致包括:

(1)形容词和动词(尤其不及物动词);

(2)在以名词为中心的偏正词组中充当修饰成分的词;

(3)按句法结构充当状语的词;

(4)同义连用字、反义连用字、方位与数目、数目与颜色、同义与反义、同义与联绵、反义与联绵、副词与连词介词、连词与介词与助词、联绵字互对等常见对仗形式;

(5)某些成序列(或系列)的事物名目,两种序列(或系列)之间相对,如,自然数列、天干地支系列、五行、十二属相,以及即事为文符合逻辑的临时结构系列等。

第十二条　巧对、趣对、借对(或借音或借义)、摘句对、集句对等允许不受典型对式的严格限制。

第四章　附则

第十三条　本通则作为楹联创作、评审、鉴赏在格律方面的依据。由中国楹联学会解释。

第十四条　本通则自 2008 年 10 月 1 日起施行。2007 年 6 月 1 日公布的《联律通则(试行)》同时废止。

附录三　现代汉语古入声字今读阳平的汇总表

按照音序列举如下：

B

拔、跋、白、薄（báo）、雹、鼻、荸、别、蹩、勃、渤、博、搏、膊、帛、泊、驳、伯、箔、舶

C

察

D

达、得、德、狄、获、迪、的（dí）、涤、敌、嫡、笛、籴、迭、谍、喋、牒、碟、蝶、叠、毒、独、读、渎、犊、黩、夺、度（duó）、踱、铎

E

额

F

乏、伐、筏、罚、阀、佛、弗、怫、拂、伏、茯、服、幅、福、辐、蝠

G

轧（gá）、阁、格、蛤、革、隔、嗝、膈、葛、国、掴、帼

H

合、盒、颌、核、涸、阁、阖、貉、囫、斛、滑、搳、活

J

及、汲、级、极、吉、即、亟、急、疾、嫉、棘、集、瘠、藉、籍、荚、颊、嚼、孑、节、杰、劫、洁、诘、捷、竭、截、睫、局、菊、决、诀、抉、觉、珏、绝、倔、掘、崛、厥、獗、蹶、蹶、爵、嚼、攫、孓

K

壳、咳

M

没、膜

P

枇、濮、璞

S

勺、芍、杓、舌、十、什、石、识、实、食、拾、蚀、孰、塾、熟、赎、俗

X

习、席、袭、熄、檄、匣、侠、峡、狭、硖、辖、胁、协、挟、穴、学、噱(xué)

Z

杂、砸、凿、责、则、泽、择、贼、扎(zhá)、轧(zhá)、闸、铡、宅、翟、着、折、哲、蜇、蛰、辄、辙、执、直、值、殖、侄、职、妯、轴、竹、竺、烛、逐、灼、酌、茁、镯、啄、琢、卒、族、足、昨

后　记

　　盛夏八月，酷暑难耐。几经易稿，书稿行将付梓。然而心中一直忐忑不已，总担忧还有未完善之处，总感觉不尽如人意，故不敢轻易交付。但转念想想，出发点是好的——为楹联文化传承尽绵薄之力，聊以自慰，心里又踏实了些。

　　年少时生活在农村，每到春节，家里会买来红纸、墨水、毛笔，喊我写春联。那时候人小，少敬畏之念，提笔蘸墨，照着通书上的现成春联临摹，一笔一画，却难登大雅之堂。左邻右舍读书不多，见我能书写春联，皆不吝溢美之词，同时也送来纸笔，求几副联墨。彼时，心中些许得意油然而生。实际上自己还不理解楹联一词，但心中已播下兴趣之种。

　　到现工作单位后，非常幸运地遇上黎传绪、杨霞林两位联坛前辈，他们一直在不遗余力地践行着楹联文化传承之理念，所以中文系乃至学校，楹联创作氛围浓厚。杨霞林教授见我是汉语言文字学专业出身，有意识地引导我参与中文系楹联文化课程教学改革，组织学生竞赛，申报教学成果奖，令我获益匪浅。黎传绪教授联墨双修，工于创作，实践经验丰富。在他的影响下，我也开始尝试楹联创作、楹联赏析。几年之后，由黎老师举荐，我进入南昌市楹联家协会担任副会长。两位高师诲人不倦、玉成其美，与我亦师亦友，其楹联传承之功、提携后进之德，当记之！

　　兴趣使然，初心不改，我也一直擎着楹联教育的旗帜前行，以鉴赏、创作、竞赛、科研为主要形式，教学空间从教室延伸到校园，再进一步延伸到社会，包括组建楹联学生社团、开展楹联知识讲座、组织一年一度的校园主题楹联竞赛、开设校报楹联擂台赛、指导学生楹联科研训练、带领学生外出采风等，只为联花吐幽香。经十几年坚守，我也有了一些收获：《楹联教育》荣获教育部2015年"礼敬中华优秀传统文化"系列活动特色展示项目；学校成为中国楹联高校联盟首创成员之一；沈建中、陈佩佩、陈武、田丽、奚日城、肖斌斌、曾纪兴、叶聪聪、黄羽晴、林晶晶、江婷、刘超楠、肖丽萍、姜艳等一批楹联创作学生骨干，成为楹联传承的有生力量。

一直以来,内心有个想法:把师生楹联作品汇集起来出版。因为其中凝结了一代代志同道合的老师的辛苦付出,也见证了一批批倾心国学的学生的不懈努力。经年执笔,本书遂以教材形式成稿。在此,一并感谢学校、学院的资助,感谢文献资料原作者的智力支持,当然要特别感谢江西省楹联学会会长张小华博士执笔作序。由于作者的学识和能力有限,纵然浅尝辄止,也难免挂一漏万、考虑不周。本书一定还存在疏漏、错误等问题,恳请读者不吝赐教,以便改正提高。

肖放亮

2022 年 8 月 28 日